U0128463

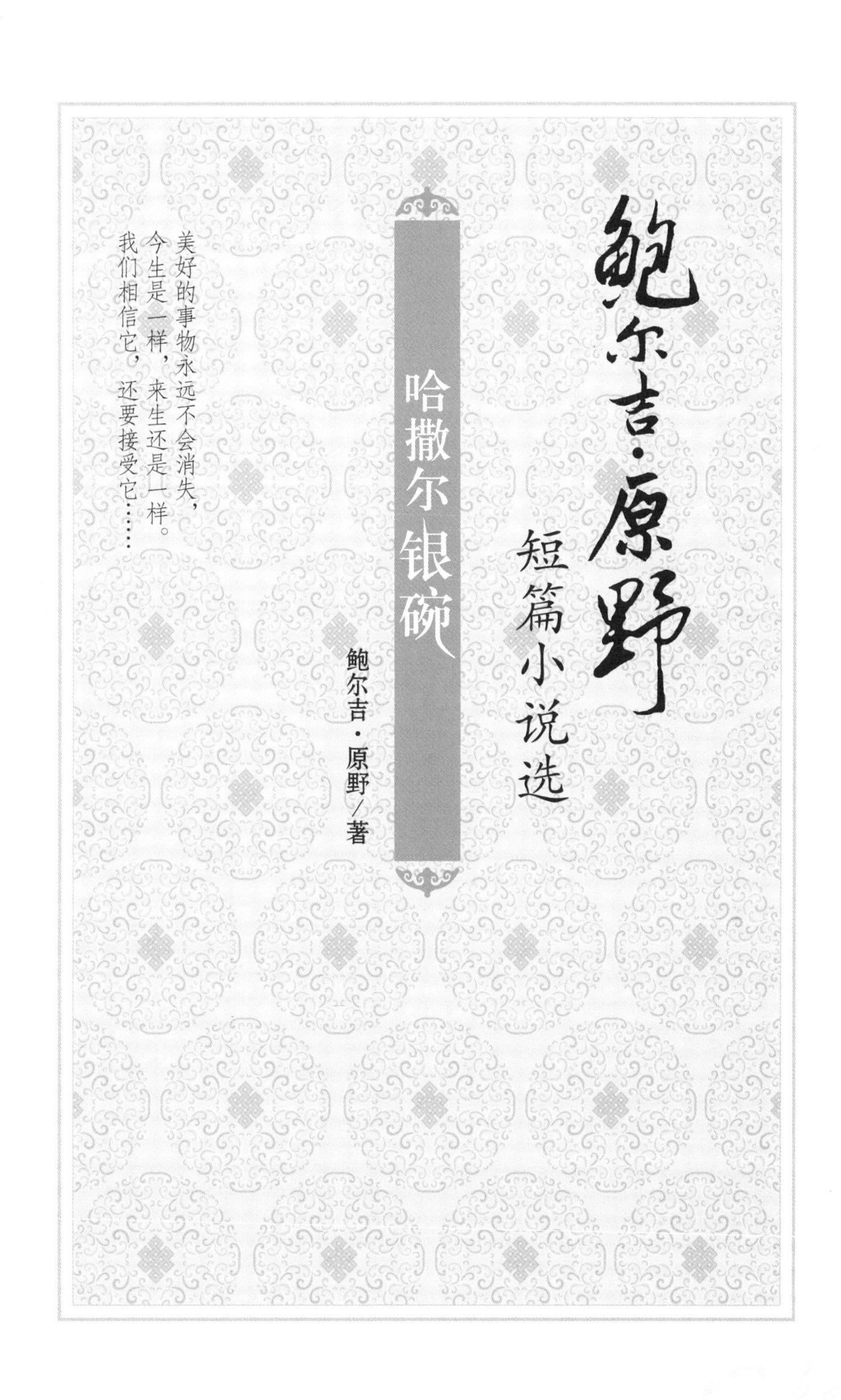

鲍尔吉·原野短篇小说选

哈撒尔银碗

鲍尔吉·原野／著

美好的事物永远不会消失，
今生是一样，来生还是一样。
我们相信它，还要接受它……

内蒙古出版集团
内蒙古人民出版社

图书在版编目(CIP)数据

哈撒尔银碗:鲍尔吉·原野短篇小说选/鲍尔吉·原野著.
-呼和浩特:内蒙古人民出版社, 2011.12(2018.9 重印)
ISBN 978-7-204-09710-4

Ⅰ.①哈… Ⅱ.①鲍… Ⅲ.①短篇小说-小说集-
中国-当代 Ⅳ.①I247.7

中国版本图书馆 CIP 数据核字(2011)第 270432 号

哈撒尔银碗——鲍尔吉·原野短篇小说选

作　　者　鲍尔吉·原野
责任编辑　朱莽烈
封面设计　宋双成
出版发行　内蒙古人民出版社
地　　址　呼和浩特市新城区中山东路 8 号波士名人国际 B 座
网　　址　http://www.impph.com
印　　刷　内蒙古爱信达教育印务有限责任公司
开　　本　710mm×1000mm　1/16
印　　张　14.25
字　　数　215 千
版　　次　2012 年 1 月第 1 版
印　　次　2018 年 9 月第 2 次印刷
书　　号　ISBN 978-7-204-09710-4/I·2050
定　　价　28.00 元

序

我从上世纪80年代开始写短篇小说,从写作诗歌和短篇小说走上文学创作道路。

那个时期,我写作并发表过一批短篇小说。总结一下,我的心得是不会写。短篇小说远看像一座房子,走近发现是一个琉璃球,折射幻象,但没有门,进不去。

作为一个文学创作上的懦弱者,我中止了这种文体的写作。而我对短篇小说的阅读始终没有停下来,不为创作——我的创作不太强调功利性,而且我反对为了写作而读书这么一种态度——从阅读中看到别样的生活体味和别样的美。

好的短篇小说呈现蚕茧式的工艺美或玉器的温润美。这种美是说不尽也说不出的生命况味,说尽了一切的是长篇小说。这里说的“美”包括幽默、辛酸、感触,它包含着比可以表述的情感更深一层的流动的抓不到的东西,但好的作家——如辛格、契诃夫、索尔·贝娄——像UFO发现者一样发现了短篇小说当中的美。如果不算诗歌,短篇小说对写作人的要求更高。它很容易让写作人露馅,暴露平庸。短篇小说的结构、节奏、人物和语言排斥技艺笨拙的写作人。

这是我多年之后对我写不好短篇小说的总结。

在后面的时间中,我主要写作散文。写散文,我最喜欢写有人物和故事的散文。有一天,我终于悟到:我的内心世界仍然有一块田园,它叫做短篇小说。在潜意识里,我喜欢写它,虽然也怕它。后来,我开始写短篇小说,觉得比过去写得好了一些，选出一部分集合在这里，请读者品评，当然更希望读者喜欢。我不是交答卷，没人管你写的好不好，我想给读者带来一些愉悦。

这些作品多数发表在《读者》杂志“原创精品”栏目，如《巴甘的蝴蝶》、《铜钢琴》、《我叫余香》等。《巴甘的蝴蝶》获蒲松龄短篇小说奖，《我叫余香》被改编成广播剧获亚洲广播联盟大奖。另一些作品发表在《人民文学》杂志、《作家》杂志和《羊城晚报》花地副刊。有的篇目被小说选刊、小说月报和人民文学出版社年度选本选载。

说起短篇小说，我还是心虚。好的短篇小说坚固、玲珑、不因为时光而褪色。我劝自己慢慢写吧，借助这样一种文体反映人间别样的美，是偏得；反映我所身属的民族的大爱大善，是我最想说的话。

感谢内蒙古人民出版社出版这部短篇小说集，我虽心系草原，但在远离内蒙古的外地生活了20多年。这本书拉近了我与故乡的距离。

鲍尔吉·原野

2011年12月21日

沈　阳

目 录 Contents

巴甘的蝴蝶

1

人说巴甘长得像女孩，粉红的脸蛋上有一层黄绒毛，一笑，眼睛像弓一样弯着。

他家在内蒙古东科尔沁的赫热塔拉村，春冬萧瑟，夏天才像草原。大片绿草上，黄花先开，六个小花瓣贴在地皮上，马都踩不死。铃兰花等到矢车菊开败才绽放。每到这个时候，巴甘比大人还忙，那时他三四岁。他采一朵铃兰花，跑几步蹲下，再采红火苗似的萨日朗花，开裆裤鼓出两瓣屁股。

妈妈说："老天爷弄错了，巴甘怎么成了男孩儿呢？他是闺女。"

妈妈告诉巴甘不要揪花，"奥布德简休。"——蒙古语，疼呢。他把花带土挖出来，浇点水，栽到什么地方。这些地方是箱子里，大舅江其布的烟荷包里，收音机后面，还有西屋的皮靴里。即便到了冬天，屋里也能发现干燥裂缝的泥蛋蛋，上面有指痕和干得像烟叶一样的小花。

巴甘的父亲敏山被火车撞死了。他和妈妈乌银花一起生活，庄稼活——比如割玉米，由大舅江其布帮助。大舅独身，只有一匹 3 岁的雪青毛骟马。妈妈死后，大舅搬过来和巴甘过。

妈妈得的不知什么病，其实巴甘也不知什么叫"病"。妈妈躺在炕上，什么活都不干，天天如此，额头上蒙一块折叠的蓝色湿毛巾。许多人陆陆续续看望她,包括从来没见过的,穿一件可笑的红风衣的80岁的老太太,穿旧铁路制服的人,手指肚裂口贴满白色胶布的人。这些人拿来点心匣子,自己家种的西红柿,拿来斯琴毕力格的歌唱磁带。妈妈像看不见,平时别说点心,就是塑料的绿发夹,她也惊喜地捧在手里。

“巴甘,拿过去吃吧。”妈妈指着嫦娥图案的点心盒子,说罢阖目。不管这些人什么时间进来,什么时间走,也不管他们临走时久久凝视的目光。巴甘坐在红堂柜下面的小板凳上,用草茎编辫子,耳听大人说话,听不懂。有时妈妈和大舅说话,把巴甘撵出屋。他偷听,妈妈哭,一声盖过一声,舅舅无语。这就是“病”?

晚上,巴甘躺在妈妈身边。妈妈摸他头顶的两个旋儿,看他耳朵、鼻子,捏他的小胖手指。

“巴甘,妈妈要走了。”

“到哪里?”

“妈妈到了那个地方,就不再回来了。”

巴甘警惕地坐起身。

“巴甘,每个人有一天都要出远门,去一个地方。爸爸不是这样的吗?”

巴甘问:“那么,我要去哪里?”

“你哪里也不去,和大舅在一起。我走了之后,每年夏天变成蝴蝶,来看你。”

变成蝴蝶?妈妈这么神奇,她原来为什么不说呢?

“我可以告诉别人吗?”巴甘问。

妈妈摇头。过一会儿,说:“有一天,村里人来咱们家,把我抬走。那时候我已经不说话了,也不睁眼睛。你不要哭,也不要喊我。我不是能变成蝴蝶吗?”

“变成蝴蝶就说不出话?”

妈妈躺着点头,泪从眼角拉成长条流进耳朵。

她说得真准,有一天,家里来了很多人,邻居桑杰的奶奶带巴甘到西屋,抱着他。他们把妈妈抬出去,在外面,有人掀开她脸上的纱巾。妈妈的脸太白了。人们忙乱,雨靴踩得到处是泥,江其布舅舅蹲着,用手捏巴甘颤抖的肩头。

2

从那个时候起，赫热塔拉开始大旱。牧民们觉得今年旱了，明年一定不旱，但年年都旱。种地的时候，撒不上种子，没雨。草长得不好，放羊的人把羊赶了很远还吃不饱，反把膘走丢了。草少了，沙子多起来。沙堆像开玩笑一样突然出现在公路上，或者堆在桑杰家的房后。小孩子高兴，光着腚从上面滑下来，用胳膊掏洞。里边的沙子湿润深黄，可以攥成团。村里有好几家搬走了，到草场好的地方。

巴甘看不到那么多的花了。过去，洼地要么有深绿的草，要么在雨后长蘑菇，一定有花。现在全是沙子，也看不到蝴蝶。原来，它们在夏季的早晨飘过来、飘过去，像纸屑被鼓风机吹得到处飞舞。妈妈变成蝴蝶之后，要用多长时间才飞回赫热塔拉呢？中途累了，也许要歇一歇，在通辽或郑家屯。也许它见到河里的云彩，以为是真云彩，钻进去睡一会儿，结果被水冲走了。

那年敖包节过后，巴甘坐舅舅的马车拉化肥，在老哈河泵站边上看见蝴蝶。他已经十多岁了，跳下马车，追那只紫色的蝴蝶。舅舅喊：

“巴甘！巴甘！”

喊声越来越远，蝴蝶在沙丘上飞，然后穿过一片蓬蓬柳。它好像在远方，一会儿又出现在眼前。巴甘不动了，看见它往远处飞，一闪一闪，像树叶子。

后来，他们俩把家搬到奈曼塔拉，舅舅给一个朝鲜族人种水稻，他读小学三年级。

这里的学校全是红砖大瓦房，有升国旗的旗杆，玻璃完好，冬天也不冷。学校有一位青年志愿者，女的，金发黄皮肤，叫文小山，香港人。文老师领他们班的孩子到野外唱歌，夜晚点着篝火讲故事。大家都喜欢她和她包里无穷无尽的好东西：塑料的扛机枪的小人、指甲油、米老鼠形的圆珠笔、口香糖、闪光眼影、藏羚羊画片。每样东西文老师都有好多个，放在一个牛仔背包里。她时刻背着这个包，遇到谁表现好——比如敢大声念英语单词，她就拉开包，拿一样东西奖励他。

有一天下午，文老师拿来一卷挂图，用图钉钉在黑板上。

“同学们，”文老师指着图，“这是什么？”

“蝴蝶。”众声说。

图上的蝴蝶铺翅，黄翅带黑边儿，两个触须也是黑的。

“这是什么？”

“蛆虫。”

“对。这个呢？”她指着一个像栗子带尖的东西，“这是蛹。同学们，我们看到的美丽的蝴蝶，其实是由蛹变的。你别看蛆虫和蛹很丑，但变成了蝴蝶之后……”

“你胡说！”巴甘站起来，愤怒地指着文老师。

文老师一愣，说：“巴甘，发言请举手。坐下。”

巴甘坐下，咬了一下嘴唇。

“蛹在什么时候会变成蝴蝶呢？春天。大地复苏……”

巴甘冲上讲台，一口咬住文老师胳膊。

“哎哟！”文教师大叫，教室乱了。巴甘在区嘉布的耳光下松开嘴，文老师捧着胳膊看带血的牙痕，哭了。巴甘把挂图扯下，撕烂，在脚下踩，鼻子淌着血。区嘉布的衣裳扣子被扯掉，几个女生惊恐地抱在一起。

“索耶略铁米？（疯了吗？）”校长来到，他用手戳巴甘额头。巴甘后仰坐地。他把巴甘拎起来，再戳。“索耶略铁介（疯了）！”巴甘再次坐地。

校长向文老师赔笑，用嘴吹她胳膊上的牙痕。向文老师赔笑的还有江其布舅舅，他把一只羊牵来送给了文老师。校长经过调查，巴甘并没有被疯狗咬过，告诉文老师不用害怕。然而，巴甘被开除了。

一天晚上，文老师来到巴甘家，背着那个包。她让江其布舅舅和黄狗出去待一会儿，她想和巴甘单独谈一谈。

“孩子，你一定有心结。”文老师蹲下，伸出绑着绷带的手摸巴甘的脸，“告诉老师，蝴蝶怎么了？”

蝴蝶？蝴蝶从很远的地方飞过来，也许是锡林郭勒草原，姥姥家就在那里。蝴蝶在萨日朗的花瓣里喝水，然后洗脸，接着飞。太阳晒的时候，它躲在白桦树的叶子下面凉快一下，太阳落山之后再飞。在满天星光之下，蝴蝶像一个精灵，它也许是玉白色，也许是紫水晶色……

“蝴蝶让你想起了什么？孩子。”

巴甘摇头。

文老师叹口气，她从包里拿出一双白球鞋——皮的，蓝鞋带儿，给巴甘。

巴甘摇头。他的黄胶鞋已经烂了，胶皮没烂，帆布的帮露出肉来。他没鞋带儿，就用麻绳从脚底板系到脚背。

文老师把新鞋放在炕上，巴甘抓起来塞进她包里。

文老师走出门，看见江其布纯朴可怜的笑脸，再看巴甘。她说：“蝴蝶是美丽的。巴甘，但愿我没有伤害你，上学去吧。”

巴甘回到了学校。

3

巴甘到了初一年级的时候，成了旗一中的名人。在自治区中学生数学竞赛中，他获得了第三名，成为邵逸夫奖学金获得者。

暑假时，盟里组织一个优秀学生夏令营去青岛，包括巴甘。青岛好，房子从山上盖到山下，屋顶红色，而沙滩白得像倒满了面粉，海水冲过来上岸，又退回去。

夏令营最后一天的活动是参观黄海大学。楼房外墙爬满了常春藤，除了路，地上全是草，比草原的绿色还多。食堂的椅子都是固定的，用屁股蹭，椅子也不会发出声响。吃什么自己拿盘子盛，把鸡翅、烧油菜和烧大虾端到座位上吃。吃完，把铁盘子扔进一个红塑料大桶里。

吃完饭，他们参观生物馆。

像一艘船似的鲸鱼骨架，猛玛的牙齿，猫头鹰和狐狸的标本，巴甘觉得这其实是一个动物园，但动物不动。当然，鱼在动，像化了彩妆的鱼不知疲倦地游过来游过去，背景有灯。最后，他们来到昆虫标本室。

蝴蝶！大玻璃柜子里粘满了蝴蝶。大的像豆角叶子那样，小的像纽扣，有的蝴蝶翅膀上长出一对圆溜溜的眼睛。巴甘心里咚咚跳。讲解的女老师拿一根木棍，讲西双版纳小灰蝶，墨西哥君主斑蝶，凤眼蛱蝶……巴甘走出屋，靠在墙上。

蝴蝶什么时候到了这里？是因为青岛有海么？赫热塔拉和奈曼塔拉已经好

多年没有蝴蝶了。蝴蝶迷路了,它们飞到海边,往前飞不过去了,落在礁石上,像海礁开的花。

夏令营的人走出来,没人发现他。巴甘看见拿木棍的女老师。他走过去,鞠一躬。老师点点头,看着这个戴着“哲里木盟”字样红帽的孩子。

巴甘把兜里的钱掏出来,有纸币和用手绢包的硬币,捧给她:“老师,求您一件事,请把它们放了吧!”

“什么?你是内蒙古的孩子吧?”

“放了吧!让它们飞回草原去。”

“放什么?”

“蝴蝶。”

女老师很意外,笑了,看巴甘脸涨得通红,脸有怒意并有泪水,止笑,拉起他的手进屋,一言不发看着他。

巴甘沉默了一阵儿,一股脑把话说了出来。妈妈被抬出去,外面下着雨,桑杰的奶奶用手捂着他的眼睛。每个人最终都要去一个地方吗?要变成一样东西吗?

女老师用手绢揩拭泪水。等巴甘说完,她从柜里拿出一个木盒。“你叫什么名字?”

“巴甘。”

“这个送你。”女教师手里的水晶中嵌着一只美丽的蝴蝶,紫色镶金纹,“是昆山紫凤蝶。”她把水晶蝶放进木盒给巴甘,眼睛红着,鼻尖也有点红。她说:“美好的事物永远不会消失,今生是一样,来生还是一样。我们相信它,还要接受它。这是一只巴甘的蝴蝶。”

窗外人喊:“巴甘,你在哪儿?车要开了……”

哈撒尔银碗

尼玛又叫猴子尼玛。小的时候不知怎么怎么的缘由坐到了火盆上,屁股烤冒了烟,油"滋滋"地冒到了肉的外面,卵子烙得不是东西了。

"猴子尼玛,这是你前世造的孽,长大了不要怨我们噢。"奶奶慢慢拽他烧得缩了一节的阴囊的系带。"尼玛,屁股是见不得人的东西,红就红了吧,谁都看不见。"

这个事情就是这样,尼玛屁股糟糕了,脸好得很,越长越帅,简直像格萨尔王一样。尼玛的头发卷得像海螺,胡子带向上的弯钩。他眼睛像镶上去的,从哪个角度看都闪光。嘴唇的唇线也有好几个弯,好得很哪。鼻子额头都好得很。尼玛到别人家串门,因为这个长相受到欢迎。这个村里的人见到尼玛,看看他的脸,再转过去看看他下面的屁股。屁股有裤子遮着也要看一看嘛,习惯了。

后来,尼玛老了。前额的横纹像用四根铁丝勒出来的,两腮一巴掌大的地方暗红,酒烧的。嘴老了之后无端地咧着,笑的样子。睡觉时也露齿,像泡在温泉里边。尼玛没媳妇,他不想这个事。卵子的什么线烧焦了,粘连了,和别的线合并了,断了和女人的关系。省心啊,又省事。尼玛坐在蒙古包门口,看年轻男女打闹。他挤眼睛,闹吧,像公羊和母羊,公老鼠和母老鼠,公虫子和母虫子。尼玛用左手捋口,从上唇到下唇,再把下巴揪一下,嘴里发出"咂"的一声。

说尼玛这一天上吐固勒吉山采药。他向喇嘛确吉学会了找草药的本领。采集不同石头上不同的苔藓。鹿尿的石头、狼尿的石头,石头长的苔藓治不一样的病。比如半夜惊睡，或者一咳嗽有一股尿滋出来；还比方说，平时聋，挨骂的时候耳朵醒了。这一天，尼玛到达吐固勒吉山顶的时候，天蓝得快要沉下来了，泉水在石头缝偷偷地往下流，山下的蒙古包像蘑菇一样，有大有小。他要唱歌了，好，每次到山顶都唱一样的歌：

"……带来钻鼻的草香，
拨开呀人群哪朝里边看，
看什么？有一匹枣骝马仪表堂堂。
枣骝马仪表堂堂，
带我去东村寻找海棠。"

他用嘶哑的、吸气少而吐气多，把气吐尽的唱法唱歌。这是东部说书艺人的唱法。唱着，咦？还有一个声音加进来。是的，尼玛大声唱，这个声音有；尼玛闭紧嘴唇不出声，声音还有：喔——，呀——，咦——，这是自己的回声吗？不会的。

过了很长时间，还是"呀——，哟——"，像有人用脚踩在黄鼬肚子上，从它肛门挤出的带粪汁的屁音。难道狐狸也会唱歌？岩羊在唱歌吗？

这个事情不好办了，尼玛找这个声儿。他趴在石缝里往下看，看到一个黄东西。

"咴[①]——"没有声音。尼玛扔石子，黄东西不动。是什么……什么呢？

尼玛解开裤带，朝下撒尿，哗——横着、竖着，再划圆圈。

"哟、哟！"这是黄东西发出的声音，人！"哟、哟"是蒙古话喊痛的词语。他妈的！一个人怎么能掉到这么窄的地方？尼玛把系在腰上的绳子顺了下去。科尔沁谚语说"带绳子的人是聪明的人"，说对了。

黄东西拽着绳子一点点爬出来，戴肩章和领花，是兵士，和张作霖穿黑衣服的兵士不一样，带鞘的刺刀在拦腰皮带左边，手枪在右边，红皮鞋的鞋带一直系到脚腕子。

---

① 咴，蒙古语，打招呼，语气词。

“塔拉哈日见、塔拉哈日见。[①]”他鞠躬，再鞠躬。脸刮破了，腿肉露在外边。

“噢，你到这里面干什么？”尼玛问。

“我渴。”

“你怎么会说蒙古语？”

兵士软在了地上。

“这个人怎么上来反而死了呢？”尼玛摸他鼻子，有气，抱起来，背他下山。背人和背羊一样，正着背不行，倒着背。尼玛抱着兵士的脚，兵士头手下垂，往下走。后半截没唱完的歌又唱着：

“前边呀传过来好听的梵唱，
听得我一阵阵心明眼亮。
拨开呀人群哪朝里边看，
看什么？有一尊金佛像闪闪发光。
金佛像闪闪发光，
明天上莫力庙早早上香。”

回到家，尼玛给兵士敷药，用野猪肉熬粥喂他。兵士醒了，望着尼玛流下眼泪。

“你是哪个地方的人？”尼玛问。

“哑贲[②]沃勒斯[③]。”

哑贲？尼玛没听说过。

兵士坐起来，说：“世界上有许多国家。”

“那当然。唐朝的国家、宋朝的国家，尼泊尔也是一个国家，释迦牟尼佛的诞生地。”尼玛还是想不起来哑贲的国家在什么地方。

“海的那一边。”

① 塔拉哈日见，蒙古语，感谢。
② 哑贲，日本的蒙古语拼法。
③ 沃勒斯，蒙古语，国家、部落、那边的……

“呜[1]——”,尼玛惊讶,从海的那一边来的客人,太了不起了。越是遥远的地方的客人,蒙古人越是欢迎。从那么远的地方来到这里,是瞧得起你这个地方嘛。

“你从海的那一边来,就是为了到吐固勒吉山的石缝里找东西吗?”

“不,不是我一个人,我们有很多人。在通辽,黑大庙、郑家屯和哈尔滨都有我们的人。”

尼玛说:“哈尔滨是个好地方,用一张黄羊皮可以换到银制的水烟袋。”

“我们尊敬你们。”兵士挺直上身,“你们是伟大的成吉思汗的子孙。可尊敬的蒙古人,你救了我的生命。”

兵士把兜里和内衣兜里的东西掏出来,带银链的怀表、没见过的钞票。

“请随便拿走。”兵士说。

“呜!”尼玛抗议,“救了别人是不能收东西的。如果我在雪地里救了你的狗和羊,你应该送给我其他的好东西。人命不能用东西换。”

兵士脸红了,收拾东西。

尼玛看中了兵士的刺刀,一尺多长,带鞘,又威风又有用。尼玛示意看看,兵士解下皮带,把刀递过去:“送给你。”

尼玛把刀别在腰上,得意洋洋。他找出一块整个的带囊的麝香,送给兵士,这也是好东西。兵士也高兴。

兵士说:“我们是天皇的武士,我把武器送给了你,见证了哑责和蒙古的友谊。”

“天皇是什么人?”

兵士说:“天皇是神,代表日照大神的旨意,像成吉思汗一样。”

“噢,你们的可汗。你叫什么名字?”

“姚西瓦。”兵士俯首,“请多指教。”

姚西瓦掉到石缝里,没受什么伤,恐惧、脱水和饥饿使他虚弱。渐渐好起来之后,他迎着初升的太阳做操,大声唱歌。尼玛问他:

---

① 呜,蒙古语,表惊讶的语气词。

“你在石头缝里唱的什么歌?”

“我唱了吗? 要是唱了,是唱给妈妈的。”

“你妈妈会听到吗?”

“会的。”

尼玛觉得姚西瓦的妈妈了不起,在海的那一边能听到这么微弱的歌声。

“妈妈生我们的时候经受了痛苦,如果我们早早死掉,要向她谢罪。”

“你想你的妈妈,为什么不早点回去?”

姚西瓦没说话。

“你在那个石缝里找什么?”

“矿藏。就是金子、银子和铁矿石。我在大学里学探矿。”

“依嘻[1],找金子应该问我。兴安岭南边的古林河边有一个金矿,几百个人用筛子找金子。”

“我的标本袋子掉到了石缝里。”姚西瓦很悲伤。

“那么,你的蒙古语是跟谁学的?”

“教官。”

“你说得和我们一样好了。”

“我们联队的人都学会了蒙古语。在你们的土地上,我们看到了鲜花和清澈的河流,伟大的成吉思汗给子孙留下了富饶的宝藏。”

“就是。”尼玛很高兴听到了海那边的人这样说话,“你们多住一些日子吧。”

姚西瓦告诉尼玛:“我们不走了。”

不走了? 走路的人哪有不回家的道理。“不走? 你们在这里干什么?”

“帮助你们建立一个国家。”

“我们有国家呀!”

“不! 我们为满洲人和蒙古人建立一个幸福的国家,改变蒙古人懒惰的习惯。清朝把你们的锐气磨尽了,汉族人剥削你们。”

尼玛笑了:“这些疯话是谁告诉你的?”

---

① 依嘻,蒙古语,表不屑的语气词。

“怎么是疯话？这是天皇的圣谕！”

尼玛觉得姚西瓦的脑袋被石头撞出毛病了，但不应该和客人争论。

到了第四天，姚西瓦辞行。他说：“尼玛先生，感谢你救了我一命，我到临死前的那个瞬间也会记着你。”

“不要这样说，感谢你送给我这把刀。”

“非常惭愧，我还有一个小小的请求。”

“你说吧。”

“请你先接受我对自己内心的谴责，因为我喜欢上了你的一样东西。”

“我哪有什么好东西，喜欢就拿走吧。”

“不好意思。”姚西瓦头更低了。

“噢，你说嘛。”

姚西瓦长时间低着头，慢慢指身后一样东西，又低头。

柜上的银碗。噢，尼玛把银碗拿过来，拿大襟蹭，“姚西瓦先生，你的话真像用拳头打在我脸上一样。蒙古人不能拒绝朋友的请求，但是祖先留下的这个银碗我不能给你。我已经听到自己心跳的声音了，拒绝朋友的请求让我脸上发烧，请你原谅我。这个碗是哈布图·哈撒尔用过的碗，我要世世代代传下去。”

姚西瓦脸生怒气，瞪尼玛。

尼玛再解释：“这是祖先用过的东西，不能传给外人，再说你也不是蒙古人，否则我会不得好死。”

“什么叫不得好死？”

“做了不敬祖先的事情，走路摔死，被出生三天的小羊羔踢死，掉河里淹死。”

“还有被皇军的子弹打死。”

“皇军是谁？”

“我就是皇军。”

尼玛不高兴姚西瓦这样说，不像朋友。

“我知道哈布图·哈撒尔是成吉思汗的大弟弟，神箭手。我也知道这个碗是一个珍贵的东西。尼玛先生，请把碗送给我。”

“不会的。”

姚西瓦把手压在枪上，“我用枪打死你，拿走这个碗，你相信吗？”

“不会的。”尼玛压住火，这个人刚才那么羞愧，怎么说翻脸就翻脸？

“我知道你是成吉思汗的子孙，你们现在懦弱了，不配占据这个碗和这片美好的土地！”

尼玛指着姚西瓦：“你无礼！”

姚西瓦掏出手枪，朝上面“砰”地放一枪。

尼玛吓了一跳，全身血液半天才流回心脏。他吐了口唾沫。“别劣[①]！你这个人刚才还谦恭，怎么突然像强盗一样？”

“砰！”皇军又放一枪。

尼玛又吓了一跳，他对枪声和自己的哆嗦挺恼火，想了想，说：“你走吧。”

“波户日海布恰！”姚西瓦用蒙古语说的这句骂人话惹恼了尼玛。这话直译是把你的屁股眼儿夹紧，关上，引申意为闭上你的臭嘴。什么？他竟敢提屁股？尼玛一拳把姚西瓦打趴下。

姚西瓦嘴唇和鼻子肿了，他捂着，哇啦哇啦说什么话，尼玛听不懂，估计是骂人。他本想把些话记下来，到通辽找明白人问问，姚西瓦怎样骂人，说得太快，记不住。

姚西瓦把手拿下来，看到血，再加尖锐地咒骂。他睁着只剩一条小缝的眼睛，双手在地上摸，找手枪。

手枪呢？尼玛四下看，没看到姚西瓦的手枪。在他看的时候，姚西瓦扑过来，掐住尼玛脖子，两人翻滚。

尼玛尽最大的力量掰姚西瓦的手，让气管能进一点气，另一只手从他腋下掏进去抱紧，这样，姚西瓦掐脖子的手就使不上劲儿了。谁知道，尼玛感到尖刀扎进了自己的后背。不知什么时候，姚西瓦把尼玛腰上的刺刀攥到手里了。刀贴着脊骨往前扎，割断了肌腱和血管。哟，哟！姚西瓦把刀拔出来，又扎，扎在骨头上，尼玛听到了吱吱的声音。

---

① 别劣，蒙古语，表不吉利的语气词，意如晦气。

“把碗给我!”姚西瓦说。

“不会的!”

姚西瓦倒向一边,尼玛箍住他,把他抱在自己身体上面,压后背的刺刀。尼玛抱紧姚西瓦,刀穿过自己的身体,扎进姚西瓦的身子。血像河流一样在胸膛四溢,刀尖穿出来钻进姚西瓦的心口窝。姚西瓦嚎叫。天皇是个狗屎,你们这样的人说翻脸就翻脸。哈撒尔的银碗怎么能到你的手里?不会的!各种疼痛交织一体,然后消失了。尼玛觉得姚西瓦松手了,自己的手也掉下来,想看这个哑贲一眼,眼睛咋也睁不开。

匈牙利舞曲

认识李杠，是在冬天。

某日，我路过嫩江街，见一人蹬倒骑驴（人力车）快蹬不动了，他就是李杠。大冬天，别人穿羽绒服，缩脖走路，他穿一蓝球衣，后背浸湿了；脸红，挂着汗，像刚出锅的熟食；屁股左拽右拽，车上的水泥装多了，恨载[1]。

恨载的人都要强。我核计，看你上坡怎么办？

不出意料，他拐入小区，门前的小坡有冰。车蹬不上去了，绷着，不进不退。我跑过去，着把手，车过了。

他擦汗，说："好人一生平安。"我说："别客气，以后少装点儿。"他说："好人一生平安。"

没走几步，他喊："大哥！大哥！"

我站脚，他跑过来问："大哥，你家有暖气吗？"

我逗他："你想拉走啊？"

"那哪能。"他掏出一团麻，说："这个送你，没准儿能用上。"

我问："多少钱？"

他身子一躲，"看大哥说的，我一个蹬倒骑驴的，能送你啥呀？"

暖气水管子漏了，管箍用麻缠，也许有用。

---

① 恨载：东北方言，承担超常的任务或事项。

而后,夏天了。我买菜过新紫竹餐馆,见一人坐倒骑驴上闲看街景。他见我,嗖地跳下来,摘下草帽。

"大哥,还认识我不?"

我忘了。

他说:"恨载那个。"

想起来了,他看着比冬天时年轻,二十多岁,眼珠儿黄,脸上也有金黄的小绒毛。

"大哥,我知道你在××厅上班的。"

"混饭呗。"我说。这是第二面。

第三面,前不久。他摸上门来了,在楼下按门铃。我通过对讲问:"谁?"

"李杠。"

"我不认识你。"

"蹬倒骑驴的,恨载那个,送麻的。"

我问:"有事吗?"

他说:"我上屋跟你说。"

我不太情愿招他,不知他底细,但也开了门。

进屋,他四下看,说:"房子真大,快赶上候车室了。"

我说:"你还挺能哨呢。"吾乡把调侃曰"哨"。

"瞎哨呗。"

坐下。我说:"你叫李杠?"

"杠头的杠。"他说。

我问:"带麻来了吗?"

他脸红了:"大哥,别笑话我了。有个事求你。"

"说吧。"我补充,"大事办不了。"

"不是。"他伸手挡,"我不给你添麻烦。大哥,我问个事,你有匈牙利舞曲吗?"

我懵了:"你说什么?"

"匈牙利舞曲。"声小了,胆怯。

我还是惊讶,问:“你改行了?”

他真不好意思了,说:“大哥,你再说我坐不住啦。”

“行,咱俩正经说。谁的匈牙利舞曲?”

他回答:“勃拉姆斯。”

我说:“不是李斯特的?”

“不是。”他说话自己都觉别扭。

“行啊,你!”

他脑袋往下栽,扭捏了好一会儿才说话,蹬倒骑驴的人扭捏起来比一般人生动。下面是他讲的故事。

“大哥,你这个,反正你乐意咋想就咋想,它是这么回事。我吧,原来我不是蹬倒骑驴了,送桶装水。一回送水,上永泰小区,七楼,房子也像你家似的。一般人家不让送水的进屋里。那家老爷们拎不动桶,让我把桶装到饮水机上。从门口走到饮水机也就十来步吧,我听到他家音响放一个曲子,特好听。我想多听一会儿,不行啊。人家把水票、空桶给你,就得走。出了门,舍不得,我觉得没听过这么好的曲子。到了楼下,要出门了,我想,不行,这是个机会,又上楼。敲开门,那人特惊讶,说:‘水票给你啦!’我说:‘给了。大哥,想再听听你家那个曲儿。’他说:‘什么?’要不是眼镜挡着,眼珠子都冒出来了。他说:‘你有病啊!’咣地把门关上了。”

“打这往后,我老合计这个曲儿。我跟你说吧,它那个调儿,(我插话:旋律)对,旋律,别人也这么说,在脑子里扎根了,拔不出来。转悠,不管你干啥,它这玩意一遍一遍响,自动的。早晨一醒,就开始了,嗡——坑人的地方在哪儿你知道不?想哼哼,哼不出来。我跟一个哥们儿说,也是蹬倒骑驴的,‘有个曲儿,特好听。’他问啥曲,我说:‘你听着。’结果,出不来,一哼变味了。他说我这是学哑巴说话。没办法,我上太原街,卖音响的店挨屋转,寻思没准能碰上这个曲儿呢。没有,哪有那么巧的事?你说买唱片吧,咱还不知叫啥名,买啥?没法买。给我整的,老闹心了。后来吧,我那个啥,哎呀,那个那个……(我插话:别着急,不是赢房子赢地,慢慢说。)说的就是,也不是赢房子赢地,不当吃不当喝,知道不知道啥曲儿能咋的?不还得出苦力吗?说是那么说,‘嗡——’,旋律在脑子里转,魔怔了。”

“嗐,想来想去,我还得找那个人去,豁出去了。我买了一把菊花,在永泰小区门口等着,等那个男的。第一天没等着,花蔫巴了。第二天,又掏五块钱,买花,咱一天也挣不了多少钱。等他。真见着了,这小子穿西服,耷拉脑袋走道呢。我把花献给他,又给他看身份证,说一番,说:‘先生,你告诉我那个曲儿叫啥名?’他挺意外,挺给面子,让我上楼,站门外听;是这个曲儿,敲两下门,不是,敲一下,过到下一个曲儿。放了四五个曲儿,都不是,我正听呢,让一个过路的训了一顿,是警察。‘干啥呢?你哪儿的?’也不怨他,我这打扮,在人家门口支棱耳朵听声,不像那回事。我说:‘听曲儿呢。’警察说:‘胡扯!’,把我肩膀薅住了,我朝屋里喊:‘救命!’那男的出来,把我救了。他说:‘行了,找不着你说的那个曲儿,走吧。’完事儿了,我也死心了,再琢磨这事该找挨揍了。要不说巧呢,昨天,我送货走岐山路,四十中学对面,一个店正放这个曲儿呢,给我乐的,几步跑过去,问店里的人这是啥曲。人家问:‘问这干啥?’我说:‘你行行好吧,我都快魔怔了,就想知道这叫啥曲,谁整的?’那小伙挺好,他卖文具,说:‘这是匈牙利舞曲,勃拉姆斯整的。’我说:‘老弟,你再给我放一遍行不?’他一甩袖子,说:‘你别搅我生意。’结果,我还让城管罚了十块钱,倒骑驴占道停放。也值!花十块钱能知道匈牙利舞曲啊……”

李杠的故事听起来有点荒唐。其实每个人心里都有过近乎荒唐的愿望,因为“荒唐”,愿望最终被放弃了。李杠却被它牵着鼻子,愚蠢地往前进发。我在CD中找到这首曲子,柏林爱乐乐团演奏,索尔第指挥,3分40秒。

放音——匈牙利舞曲。李杠抿紧嘴唇,眼望远方,换上了另一种表情,傻傻的。听罢,他环顾四周,无端地笑了,再哈哈大笑,似乎当上了皇帝。他伸出弯曲的食指,想评论。说:“这个,这个,勃拉姆斯……唉。”

我问:“勃拉姆斯咋的啦?”

李杠挺直腰身,挥动有力的手势:“他这个(手势),刚开始(手势),然后慢慢地(手势),再突然(手势),太牛×了。”

“你说详细点儿。”

他仰面大笑:“你这是笑话我,我一个打零工的,还能详细说人家勃拉姆斯?

可别扯了。大哥,你认识勃拉姆斯不?”

我用他的话说:“可别扯了,我认识勃拉姆斯还在这儿待着?勃拉姆斯死多少年了。”

“大哥,”李杠庄重地说,“其实你应该认识勃拉姆斯,你是有档次的人。”

“那是。”我回答他,“我还想认识莫扎特、德沃夏克、鲍罗丁、斯美塔纳,可惜一个都不认识。”

“那些人,”李杠显然对我说的这些作曲家的名字很不屑,“认不认识都稀松,要能认识勃拉姆斯就好了。”

“给勃拉姆斯扫地都合适。”我说。

“扫地?我给勃拉姆斯掏下水道都合适。”李杠又问我:“他是哪儿的?”

“你问勃拉姆斯是哪单位的?”

“我问……”李杠又扭捏一番,“勃拉姆斯有啥资讯?”

“哎哟!”我故作惊讶,“你还知道资讯呢?”

李杠嘿嘿乐,露出整齐的短牙:“跟广播电台学的。”

“那我告诉你,”我说:“勃拉姆斯是德国人,作曲家,钢琴家。他相中俄国皇亲一个女的,两人好,但最终没结成婚,因为沙皇不同意。”

“结什么婚?”李杠说,“租房子住呗。”

“外国人把婚礼看得神圣。沙皇不同意,教堂不能给他们主持婚礼,所以他们算不上夫妻。”

李杠若有所思,突然说:“大哥,我走了,谢谢你啊。”

我说:“别出去骂沙皇啊。”

“不能,你放心吧。”李杠辞别。

有一天,我路过四十中学,恍惚听到勃拉姆斯的匈牙利舞曲,我以为是李杠说的那个小文具店放的。一拐弯,见北陵大街路边的树下,一个人力车正播放这个曲子,车上摆着各种各样的音乐影视光盘。走街串巷卖盗版碟的小贩放匈牙利舞曲,太高雅也太离奇了。到跟前,见摊主坐马扎,闭眼靠在树上赏乐。猜一猜是谁?没错,是李杠。

李杠穿一件前卫的花衫,表情安然,闲适,一脸的满足。

爷爷的名字

从公社后面的护岸林往西看，是一片原始次生林。那天晚上，爽净的夕阳斜射下来，树林挂上了金子汁。落叶松站在湖泊边上，像为远航者招手送行。它们个个披着金色流苏的斗篷，站立笔直。湖水在光线奇妙的安排下，变成孔雀蓝，上面有一道道浮萍。松树金色的倒影被绿萍遮挡间或露出，真应了那个词——壮丽。壮丽都在自然界，而非人间。

走过去，站在树下观湖。湖水变成清清的白水，而漂萍借夕阳的光线镀一层金红。林间行走，鞋底有绵软的腐殖土。我伸手往地下掏，一尺以下还有铁锈色的松针，烫手，散出一股氨水的气味。

隔不远的松树上挂一个木头小房子，麻绳栓的，里边絮着牙签那么细的树枝，鸟窝。

牧区没见过这种人工设置的鸟窝，德国斯图加特的大树常挂这种木头房子，也在路边。这儿的鸟窝是谁设置的呢?

然而草原少有德国那些在树林里散步的人。在斯图加特山上，方圆 50 多公里的森林里，哪一个角落均可见到跑步、骑车或散步的人。他们脸上带着笑容，如演员上场一样从树后闪出，倏尔消失，仿佛回到格林兄弟童话中。

夕阳照在这里的每一棵松树上，毫无偏私。树身下端的松针砖红色，干枯了，树顶仍然青翠，此刻染一层漆似的红色。

前面有两个小伙子走过，我用汉语向他们问好。高个子小伙儿遗憾地摊开手,他不懂汉语,用英语和我对话。我觉得幽默,我的意思是在偏远的乌兰扎德嘎的草原上,路人不懂汉语不算奇怪,但用英语应答,显得逗。我之英格,并不力士,只好说 Good - bye,他们笑了,好像我搞笑。

回乡里,我问吉雅泰,此地不懂汉语懂英语的人多吗?吉雅泰摇头,说那是印度,这里没有。我说遇到两个小伙子,胸背挺直,像服过兵役,穿很高级的皮鞋,讲英语。

吉雅泰翻白眼想半天没结果。他打电话,手比划脚下的鞋,又比划腰板。吉雅泰就这么纯朴,估计他正跟村里人打听"直腰板、穿皮鞋,说英语的人"。

"嗨,图瓦的人。"吉雅泰告诉我。

我问:"是俄罗斯南西伯利亚的图瓦,还是新疆的图瓦?"

"俄罗斯的图瓦。"吉雅泰说,"两个图瓦留学生,在呼和浩特的大学留学,假期到咱们这儿搞调查。"

我说:"好嘛,我要接见一下他们。"

吉雅泰用他的大阳摩托把我驮到葱村,到达图瓦大学生住的牧民家。

他们俩都在家,一人叫巴特,一人叫瓦申克,都会说纯熟的蒙古语。他俩坐着笑,细长眼睛堆起小肉眼泡儿,这是突厥式相貌特征。巴特说,他俩毕业于俄联邦图瓦自治共和国的克孜勒大学。他学德语,瓦申克学兽医学。毕业了,一起到中国内蒙古留学。

"到中国学什么?"我问。

"我学作曲,"巴特说,"瓦申克学习古代蒙古文。"

瓦申克说:"巴特的爸爸是我们图瓦国的总统。"

巴特指瓦申克:"他爸爸有驯鹿群。他姐姐结婚那天,他爸爸请两千多人吃饭。雇中国人用铁锹在大锅炒菜,特别气派。我哥哥结婚,我爸爸只请三十个人吃饭。"

我问:"你爸爸是总统,来客多对他形象不好,对吗?"

巴特回答:"请到的人越多形象越好,我们的婚礼不收礼金。我爸爸挣钱少,总统挣不到太多钱,跟同等工龄的警察挣的钱一样多,没医生挣得多,更没他爸爸有钱。"

我问瓦申克:“你爸爸在婚礼上请的人都是亲戚朋友吗?”

“亲戚的亲戚,朋友的朋友。”瓦申克说,“提前三个月就告诉他们了。有人赶牛车从蒙古国乔巴山过来,有人从布利亚特国的贝加尔湖西岸那边来。”

“为参加你姐姐的婚礼?”

“对嘛。”瓦申克自豪地回答。

“我参加了婚礼,”巴特说,“两千多人,在山坡下一个圆圈儿一个圆圈儿坐着吃肉喝酒。啊,婚礼上的人根本望不到边,到处都是人。我们借中国工地的手推车垫上塑料布装洋葱炒肉,烤羊腿,运来运去。白酒装在白塑料桶里,用大碗舀出来喝。”

简直是格萨尔王的史诗。我问:“什么人围在一起吃喝?”

“一家人呗。”巴特回答,“随便啦,想和什么人在一起就在一起。坐在草地上,喝多了躺一会儿,一直吃到第二天早上。”

这真叫狂欢。“有人送礼物吗?”我问。

“有。”瓦申克说,“有什么送什么,送马的,送珊瑚珠,也有送酒的,都喝了。”

“不送礼物会不会窘迫?”

“没有,”瓦申克说,“大家快乐跟送东西没关系。”

巴特说,他爸爸领着女儿女婿,自豪地跟每一圈儿的人碰杯,接受别人的祝福,一共醉了五次。

“五次?”

“就是躺地上睡了五次。休息一下,起来再和别人碰杯。”巴特问瓦申克:“你爸爸一共跟多少人碰了杯?”

瓦申克说:“一千多人吧。”

“太厉害了。”我说,“宴会一共花了多少钱?”

“不知道,”瓦申克说,“我爸爸也不知道。婚礼的肉啊、菜、酒啊、盘子碗和直径一米五的中国铁锅都是克孜勒一家公司提供的。婚礼结束后,他们把我家的鹿都赶走了。”

“你爸爸又穷了?”我问。

“不穷,”瓦申克奇怪地看我,“他还有房子和三头奶牛。他养鹿就是为我姐姐举办婚礼。”

这个胸怀,一般人比不了。我问巴特:“总统先生参加他姐姐的婚礼了吗?”

巴特拘束地说:“参加了,他喝醉了,睡了三天才醒过来。”

“总统先生带礼物了吗?”我问。

“带了,送给瓦申克爸爸一个德国产的打火机。”巴特说。“我爸爸是柏林大学的哲学博士,当过教授。他当总统是为国家服务,像服兵役一样,这是议会的意志。在我们国家,谁也不能违背议会的决议,当然普京例外。”

“你们到这里做什么?”我问。

“我们来收集蒙古人爷爷的名字。”他们俩的表情很得意。

“爷爷的名字?”我说没听明白。

巴特说:“有人不知道自己爷爷的名字,这是可耻的事情。蒙古人尊敬老人,都记得自己爷爷的名字。好多人的爷爷还活着,并记得自己爷爷的名字。我们要出版一本书,叫《爷爷们》。按着几条大河流的走向,按户调查记录。我们调查到的爷爷们大约是1890年到1960年出生的人。他们的名字、出生年月和居住地组成一个词条,按字母顺序排列。我们已经在德国出版了第一册——《额尔古纳河流域的爷爷们》。其实,每个男人最后都变成了爷爷。记录了他们的名字,就记下了名字里的文化史。”

我觉得这个调查包含着有趣的信息,虽然我不知道趣味在哪里。我问:“你们调查的学术意义是什么?”

“保留蒙古人的传统。”巴特说,“你看,1910年到1940年出生的东部蒙古人的姓名有许多藏语名字,这是喇嘛教的影响,桑布、敖日布、尼玛、玛希,太多了。有满洲语,跟清朝有关系,肖兴嘎、益兴嘎、德德玛,都是满洲语的名字。还有突厥语,巴特——我的名字就是突厥语。也有波斯语,胡格吉胡,这是从元朝传过来的波斯语名字。这些名字的语意和时代性都是非物质文化遗存,再过一百年就有用了。”

瓦申克说:“姓名还有词源学的信息,记录现代蒙古语的来源。比如乌兰,来自古日耳曼语。名字里还有匈奴语,跟现在匈牙利的马扎尔语近似。姓名还有博物学信息,姓名记录着过去的山川和湖泊的名字,工具、兵器和法器的名字。

核心价值在于注释,我们不具备注释的学识。中国学者知道的也不算多,我们请德国的蒙古学教授做注释。”

“你们在这里还做什么?”我问。

瓦申克说:“搜集民歌,告诉牧民每天晒十五分钟的太阳,这是世界卫生组织最新发布的卫生提示。劝牧民戒烟,他们如果戒了烟,送他们一头牛犊。”

“谁出钱?”

“巴特出钱。”瓦申克说,“巴特的呼麦唱片在英国卖得很好。他的账户每年都打进来五六千欧元。”

“唱一首呼麦吧。”我说。

巴特瞟一眼瓦申克,他俩几乎同时哼唱一首歌曲,用呼麦。巴特唱高音和中音两个声部。瓦申克唱低音声部。他们手拍胸脯确立节奏。歌声很优美,有一点点忧伤。巴特说:“这首歌名字叫《呼和浩特的小鸟》。”

“树林里的鸟笼是你们放的吧?”

“是的。”瓦申克回答,“有的小鸟从树顶的窝里掉下来,被喜鹊吃掉了。路过的人遇到雏鸟,拣起来放进人工窝里,它们就活了。”

“喜鹊吃小鸟吗?”我奇怪。

“哎呀!”吉雅泰说,“喜鹊还吃水里的青蛙呢,它爱吃肉。”

巴特说:“树上的小鸟握不紧窝里的树枝,会掉下来。它们没长翅膀,飞不了,也不会觅食。小鸟的爸爸妈妈急得叽叽叫。喜鹊、蛇都会吃掉它。人工的鸟窝是救护站。爸爸妈妈叼虫子喂它们,半个月,它们就飞走了。”

“飞到了呼和浩特。”我说。“对对。”他们说着笑了。

我叫余香

1

王大杏推门走进“柔依依”鲜花店。外面刚下完一场小雨，灯光下的马路亮晶晶的，但没积水。汽车在红灯下排了几十辆，花店正好在路口，门前放一只竹编的花篮。

鲜花成束成捆戳在红塑料桶里。王大杏第一次到花店，茫然。

“您选什么花？送给爱人、母亲还是病人？”店里的姑娘快速问话，相貌显然没花那么好看，脸苍白。花上带着露珠，露珠不淌，花瓣上可能有看不见的小绒毛挡着。

“我……”大杏穿一件烟草色的咔叽布工装，他在车行给汽车打蜡，说，“和你们商量一下，我……”

“商量什么？”老板过来了，像退休老头，戴一副花布套袖。

“商量……”王大杏不知怎么把话说出来。“我……”他指着地上的花瓣，玫瑰花瓣像一个半圆的深红贝壳，还有白菊的花瓣，散落在塑料地板革上。“这些花瓣你们还要吗？”

“你想干啥？”老板问。

“我想要这些花瓣，要是你们不要的话。”王大杏攥着防雨绸兜子，里边叮当响，那是钢精勺子在铝饭盒里的声音，还有半个咸鸭蛋。

“你要花瓣干啥?”

王大杏当然不能说出缘由,他又不会撒谎,没准备。他眼瞅顶棚,说什么?做工艺品,不行;用花瓣粘墙,更不行。

“走吧。”老板开始撵,意思你不说就不给。

“我买。”

“咋算钱?”老板问。

这也没想过,玫瑰每枝 5 元钱肯定太贵了。王大杏吸气,仿佛棘手。

“把电话留下。”女孩说,她好像是老板的女儿,一笑比刚才好看了。“店里没这么多花瓣,攒多了打电话告诉你。”

“好,好。”王大杏点头,留电话。

女孩拿纸看:“你叫啥名儿?”

“王大杏。”

“老王家是大姓?”

“杏树的杏。”

“还有叫这名的?”

王大杏想告诉她,他爸是大夫,杏林是中医的别称。但没说,谁知道人家愿不愿意听。

2

春节同学聚会,王大杏得知南郊有一座济慈医院,专门照顾临终老人。这是同桌林杰告诉他的。林杰虽然是市政府的处长,每星期都到医院做一天义工,三年了。

林杰看王大杏感兴趣,饭后开车带他去了医院。

那天刚下过雪,他们先扫雪,然后进病房。

林杰照顾三个老人,第一个是张奶奶。她瘦小,白床单里差不多看不到躯体。在一大堆皱纹的脸上(连上下唇都有竖纹),眼睛亮而柔和。她已经 90 多岁了,是清朝皇室后裔。林杰扶她坐起来,给她梳头。接着,剪指甲。王大杏看到,象征性地剪剪,指甲并不长。

“您想吃什么跟院长说,跟我说也行。”

林杰为张奶奶梳头、剪指甲的时候,王大杏捏了一把汗。他认为这个老太太快不行了,可能下一分钟就死掉。他觉得自己不敢碰她。

在走廊,林杰告诉王大杏,这些老人都不怕死,上这儿死来了。他们一是希望死的时候别孤单,身边有个人。二是别痛苦。

王大杏问:“他们没子女吗?”

林杰:“有的有。张奶奶就一个儿子,去年死了,孙子在美国。再说,就算有子女,子女也不知他们啥时候咽气啊?全靠医院伺候。”

王大杏:“费用谁出?”

林杰:“有钱的出钱,没钱的医院管。穷人富人在这儿待遇全一样。”

第二个护理对象是王奶奶,86岁,无儿无女,喜欢小手工,剪纸绣花,爱美。他们进屋时,王奶奶站窗边把粉纸做的小花系在绿仙人掌上。

“王奶奶,我给你带来了一个儿子。”林杰说。

王奶奶仰面看王大杏,说:“孩子,你哈哈腰。”

王大杏一米八,他低头,让王奶奶看自己的脸。她看得细,像念字一样看他眉毛、眼睛。

“好,挺好。”王奶奶说,“就是眼睛小点儿。”

王大杏笑了,眼睛更小。

“多大啦?属啥?”

“二十七,属小龙。”

“小龙就是蛇。有媳妇没?”

“没。”王大杏耷拉脑袋。

“不好意思啦?”王奶奶说,“找不着媳妇,你媳妇也因为找你着急呢,时候不到。”

聊天结束了,王大杏说每周四来,工休。快出大门时,一群大夫、护士跑过来。林杰说:“有人临终,跟着我,别说话。”

他们俩换上白大褂,到102病室。

这是单人病室,窗帘粉红色,护士——大约有20多位女护士,在房间环立,手里捧着什么。院长——一位医学博士——抱着一个人,在地上缓行。那人裹着白床单,像孩子一样被托在院长胳膊里。王大杏定睛看,也是一位老太太,戴着蕾丝边的粉睡帽,安详闭目。这就是濒死过程吗?王大杏既感动又意外,人要是这么死太有福气了。老太太嘴动了一下,像吐了一口气。院长眨眨眼,一位护士把灯关了,护士们胸前齐齐闪着橘红的烛光。烛光跳着,像眨眼。院长用喉音哼唱一个曲子,护士们齐哼这支曲子。王大杏没听过,像摇篮曲,也像弥撒曲。

没有人哭,全在低唱。也没有手忙脚乱地抢救。院长始终看着老太太,胳膊左一下右一下地悠。老太太的身体也就四五十斤吧。

歌声中,老太太脸上流下两行泪,并没有睁眼,仿佛有一些笑容。王大杏鼻子酸,他看林杰。林杰脸上欢喜,像盼着一件事情的成功。王大杏叹一口气,真搞不清生和死哪一样更好。这时,院长示意,房间的灯亮了。老太太被放到床上,院长查她呼吸、心跳和瞳孔,做了一个手势。护士们静悄悄地把老太太移到担架车上,一声不响地换床单,好像怕老太太再醒过来。

外面的雪又开始下了,王大杏坐在林杰的桑塔纳车上,谁都没说话。雪花钻过车灯的光柱入地,道旁的杨树笔直地向后闪过,星星藏在浓密的雪花后面。王大杏耳边还响着护士们哼唱的歌曲,他不能相信在这个城市有这样的事情发生,像在电影里看到的那样。

3

周四,王大杏赶到医院时,王奶奶用水粉色在玻璃上画画,玻璃一共有六块。她画黄雀和粉色的牡丹,画几笔,翻过来对着亮儿看。

王大杏拿出几块切糕。

王奶奶没看就说:“吃不了,谁能消化切糕?放那儿,送老相好的。”

“老相好”是山东人赵爷爷,复员军人,爱跟王奶奶说话。

王奶奶问:“会粘玻璃不?”

“会。用‘哥俩好’就行。想要更结实,用建筑胶‘4116’粘,跟水泥似的。”

“就跟水泥似的。”王奶奶把几块玻璃拼一起,“这是我的骨灰盒,好看不?跟水晶宫似的。里边再垫上金丝绒,撒点儿花瓣,多美。傻小子,放白玉兰花瓣,记住没?”

“记住了,白玉兰花瓣。”

“画好了,你找胶给我粘上,别耽误了,这都是随时随地的事儿。唉!”王奶奶把玻璃放下,抬头想,像想旅行携带的东西。她眉毛快掉光了,下颏突出,和鼻尖接近。她拿画笔指大杏:“对啦,你考虑过没有,我临终怎么过?你和林杰好好商量。102病房老钱太太走得多好。点一大片小洋蜡,唱催眠曲,讲究,真讲究!但我不能和她一样。”

“王奶奶您有啥要求?我记下来。”

王奶奶扶着床走:“要是晚上,也点蜡,白天就不用了。不唱歌,给我放佛教皈依曲。骨灰盒就这样了,还缺一样事儿,你好好想。”

王奶奶的意思是临终仪式要创新。大杏说:“我一定好好想,王奶奶。”

“不是好好想,快想。你不了解我的心情啊。”

打那开始,王大杏天天都“快想”。他每天早上都告诉自己:王奶奶今儿晚上就要走了,怎么操作?终于,他想出来了。

王奶奶临咽气的时候,在她床上铺满花瓣,洗完澡,换上干净衣裳,躺在花瓣上,彩画的玻璃骨灰盒放床上,播放梵呗,多好。

王大杏算了一笔花瓣账:按一枝5元算,得七八斤花瓣,买不起,他一月才挣三百多元。花瓣得放冰箱里,保鲜。关键是,上哪儿弄这么多花瓣呢?

4

电话响了,晚上。那边说:“你是王先生吗?我是柔依依花店……”

王大杏说:“我不认识你。”挂了。他听到“柔依依”,把花店忘了。

铃声又响了,“你不是要花瓣吗?”

“对呀。”王大杏点头。

“那咋挂了?”

“我忘了。对不起!”

“……”

楼下,女孩拎一透明塑料袋,装二三斤花瓣,红白相间,鲜嫩,在路灯下显得富贵。

“多少钱?”王大杏问,心里说:“别超过5元。”

“给你送来,不是为钱,是问你一个事,你收集花瓣干啥?”

“咝——”王大杏吸气,像吃了辣子一样。

“有啥保密的?”女孩脖子系一条古铜色带斑点的绸巾,领子——就春天的气候而言——开得很低了,脖颈白皙。她脸色红一些了,走路走的。“是婚礼车用吗?”

大杏摇头。

“脱水做装饰画?”

大杏咬指甲。他想说是,但花瓣怎样才脱水?摇头。

“做药品?”

大杏叹气,花能做什么药品?听说能做香水。摇头。

“那你做什么?”大杏仰面,碧海新居20多层的窗口亮了,楼顶的红灯一会儿一亮,怕飞机撞上。他在想怎么回答,看女孩,好像希望她回答。

“那我走了。”女孩说。

王大杏拉住她,马上把手放下,“我……”

“你挺老实。我爸想知道这里边有什么生意。给你吧。”

大杏拿着塑料袋,看女孩走远,披肩发在腰间跳。本想把事儿告诉女孩,但怕她笑话。大小伙子操办这类事儿,不好意思。

他给林杰打了个电话,林杰正在歌厅唱歌。大杏说出用花床给王奶奶送行的创意,林杰说:“好!太好了!”大杏问应不应该跟花店说这个事。“那有啥?你呀,太迂。这是做好事,不是坏事,做坏事才躲躲闪闪呢。我跟他们说。”

周四早上,王大杏准备去济慈医院,电话响了,“下楼。”女孩的声音。

他下楼,见花店女孩推自行车在小区门口站着,后架夹一大包花瓣,有十来斤,笑迎他。大杏跑过去,不知说啥。

“你自行车呢?”女孩问。她穿橘黄色呢衣,戴一顶毛线织的黄帽。

王大杏推出车子。

“上碧流台。”女孩子骑上车。济慈医院在那儿。

“你咋知道的?”王大杏问。

“你朋友林杰告诉我了。临终关怀,这事儿挺好。”

街上的杏花已经开了,它们其实分两种。一种略粉,远望就算红的;另一种杏花白中散发淡绿。花瓣怕风吹,哪怕是一点小阵风,纷纷散落。车都舍不得轧过。

王大杏骑车,看一眼女孩。挺好看的,鼻梁直,嘴角有笑意。

“上回你到店里,脑门子尽汗。”女孩看大杏,“难得有像你这么腼腆的人。”

这话把王大杏说低头了。过一会儿,他看女孩。白纱巾在脖子上飘着,跟春天很般配。

“医院有冰箱吧?”

“有。”大杏答。

“王奶奶过世那会儿,我也参加,你看行不?”

“行!”王大杏想了一会儿,鼓足勇气问:“你叫啥名?”

女孩子笑,笑完了又笑,盯着王大杏说:“我叫余香。”

“嗯。”王大杏在心里重复:余香、余香,这名儿挺好。

西伯利亚的熊妈妈

去年夏天，我到南西伯利亚采风，走到小叶尼塞河与安加拉河交汇的一个地方过夜，住在原来的地质队员的营房。房子里茶炊、被褥完好，方糖和旧报纸仍放在那里。二十年了，没人动。

正喝茶，向导霍腾——他是图瓦共和国艺术院的秘书，胡须上永远沾着啤酒沫——说领我们见一个人。

我们开车走进森林，在一幢木房子前，一个人远远迎接。

“这是猎人德维 · 捷列夫涅。”霍腾介绍，“他想见中国人。”

德维 · 捷列夫涅60多岁，粉皮肤，楚瓦什人生就三岁婴儿般好奇的眼睛，缺左小臂。这个名俄语的意思为“两棵树”。

他家墙上挂着熊的头颅标本。熊的眼神像德维一样天真，脸上挂着各种各样的纪念章。它微张着嘴，一边的牙齿断折了，顶戴一只新鲜的花环。

德维在熊面前述说一大通独白。翻译告诉我，“两棵树”对熊讲的话是：“熊妈妈，安加拉河水涨高了一尺，森林里又有五种野花开放，拜特山峰从下午开始变青。”

我听过脊背发紧，太神秘了。

霍腾告诉德维：“中国人给你带来了青岛啤酒，你喝了之后会觉得日本啤酒简直是尿，连洗屁股都不配。而他们是来听故事的，把故事告诉他们吧，中国人都是很性急的。”

德维新奇地端详我和翻译保郎,从箱里拿出五罐啤酒摆齐,“啪啪”打开,一口气一个,全喝光。

“故事,”德维用歪斜的食指在空中划个圈儿,涵盖了弹弓、琥珀珠、地下的木桶和铁床,“它们都是故事。”

“讲熊的故事吧。”保郎说。

“这是熊妈妈的故事。这是我第三次讲这个故事,对中国人是第一次。”德维又喝三罐啤酒。“不喝了,剩下的让野兔养的霍腾喝吧。那一年,我领儿子朱格去萨彦岭东麓的彼列兑抓岩羊。朱格喝了山涧的水之后就病了,估计水里有黑鼬的尿。我们只好住在山上,住了七天,吃光了干肉。野果还没长出来,我们快要饿死了,朱格会先饿死。他身上轻飘飘的像云彩一样,这是我最不愿看到的。”

“那时候动物也没有食物,春天嘛。它们不出来,我打不到猎物。有一天傍晚,运气来了。我在一个岩洞边发现一只熊仔。它饿得走不动了,舔掌、喊叫。我架好猎枪,这时候空气震颤,刚长出的树叶跟着抖——母熊在树后发出低吼,就是它(德维指墙上的标本)。我明白,这时枪口不能指向它的孩子,于是放下枪。母熊转身走了,它走得很慢,也是缺少食物引起的虚弱。我看它走的方向,突然明白,那是我儿子躺着的地方。我摇晃着回去,见朱格躺在地上的树枝上。他看看我,转回头。我手里什么猎物都没有。在离我们十几米远的树后,母熊看着我们。过一会儿,它走了。母熊回来时,带着熊仔,站着看我们。”

“这是什么意思?”保郎问。

“意思是,它们没食物,要饿死了,想吃掉我们。我们也没食物,想吃掉它们。但是,我没把握一枪打死母熊。它会在我装子弹的空隙扑过来。我可以一枪打死熊仔,母熊也会一掌打死我儿子。然而我有枪,它不敢。”

保郎问:“熊知道枪的厉害吗?”

“当然。熊像你们中国人一样聪明。我们就这样对峙。它们母子、我们父子,静静坐着,谁也不动。我儿子朱格已经昏迷过去了,腹泻脱水,加上饿。我心里懊恼,但没办法。我一动,母熊就会扑向我儿子。”

“母熊的眼睛始终看着我的枪。它的小眼睛对枪又迷惑又崇拜。好吧,我举着枪,走到悬崖边上——我身后十步左右是一处悬崖——在石头上把枪摔碎,扔下去。母熊见到这个情景,头像斧子一样往地上撞,这是感激,我能看到它流出的眼泪。这回公平了,我想,搏斗吧,要不然你们走开,像陌生人那样。”

“熊不走,也不上来扑我们。这下我没办法了,我毁掉枪,表明伤不到你们,还要怎么样?再想,母熊是想为幼仔谋一点食物。为了让它们走,也为了我儿子,我闭着眼用刀把左小臂割断扔了过去。上帝啊!熊仔撕咬我的左臂,上面竟然还有我的手指。你们想不到后面的事情,母熊走过来舔我的伤口。它的带刺儿的舌头舔着上面的血,我闭着眼睛对熊说:吃掉我吧,但别伤害我的儿子。”

“可能我昏了过去,总之被母熊的吼声弄醒。它看着我,然后,疯一样奔跑,从悬崖扑下去。我费了很长时间才弄明白,母熊自杀了。要知道动物从来不自杀,但熊妈妈从悬崖跳下去了。我胆战心惊地爬到悬崖边往下看,母熊躺在一块石头上,嘴和鼻子冒血。它死了。”

德维用残臂抱着头,说了一大段话,保郎翻译不出来。我想问“后来呢?”没敢也没好意思问。

霍腾说:“告诉他们结局,德维。”

“结局就是,我们活到了今天。我儿子朱格去铁匠家取火镰,明天回来。”

“说熊。”霍腾提示。

“唉!我们吃了熊的肉,活了过来。我又蹚着冰水给熊仔捞来很多鱼,它吃饱走了。熊妈妈(指标本)被我带回来。我的伤口被它舔过之后好了。”德维给熊的嘴边塞一支红河牌香烟,往它头上洒一些啤酒。

“这是哪一年?”我问。

“普京第三次到我们图瓦打猎那年。”

“2006年。”霍腾说。之后,德维问:中国还有皇帝吗?长城上有酒馆吗?中国女人会生双胞胎吗?我一一作答,却不敢看墙上的熊妈妈的眼睛。为了熊仔,它竟有那么大的勇气。

水啊,水

我表弟伊兴嘎住在科尔沁的开花镇,离我家200公里。他来电话邀请我去那里,给我姑姑祝寿。

坐大巴车到开花镇,窗外庄稼和草地的绿色越来越少。渐渐地,眼前出现大片荒地,不长草,旱。

表弟家在开花镇的胡屯村。十年前,这里发现煤田。千军万马一通开采,表层煤挖尽,人都撤了。原来的好耕地,现今沟壑裸露,一片破败。有些耕地大面积塌陷。水抽干,土就塌了。最要命是缺水。过去,水泡子里野鸭浮游,村民用苇草编凉席,现在全成了赤地。地面无端开裂一指宽的缝,远看像龟甲花纹,没水。

头几年,我劝表弟搬家算了。他反问:往哪搬?农民只会种地。到别人的地方,别人不给你地。

是这么回事。北方土地辽阔,但谁给你盖房子和耕种的地呢?户籍制度让农民老死此地,无论天塌地陷。

进胡屯村,许多房子的门用砖砌死,人不知到哪里打工去了。沙化的土地上长着野生的沙蒿。玉米很矮就秀穗了,旱。

到表弟家,我姑姑被打扮得衣衫光鲜,神采奕奕,被人扶到门口迎我,但她已经不认识人了。我给姑姑请安,献礼物。她笑着目视远方。八十岁的姑姑正完成由人类到植物的转化,安然无虑。

伊兴嘎表弟邀请我来,但对我到来仍然很意外。他感动地反复搓手,只见他眼睛眨巴,嘴里说不出什么话。

寿宴开始,一碗碗的菜肴端上来。伊兴嘎宰了一头猪。邻居们全请到,大家向我姑姑敬酒。姑姑穿一件绿绦滚边的桃红蒙古袍,像庙里的菩萨。小孩子跑出跑入,偷着抓一把糖或黑瓜子,交换研究。但气氛不欢乐,大家脸上带着一层忧虑。他们说着,话头到了干旱上面。

说到水,这些人全把酒盅放下了,垂头。"没有水啊,"邻居宝财说,"以后怕是牲畜都没水饮了。"

"叶",我的酒盅里竟掉进一颗红扁豆,溅起酒花。伊兴嘎抬头对顶棚说:"别瞎闹。"

我看顶棚,杨木板材在棚顶搭了一排,一个小孩脑瓜缩了回去。不一会儿,有个七八岁的孩子笑嘻嘻走进来,一头带卷儿的黄头发。

"这是我孙子虎博,"表弟说,"是他在顶棚往下扔扁豆。"

虎博皮肤粉白,脖子有鱼鳞式的污渍。

伊兴嘎发现我看虎博脖子,解释,这孩子打出生从没洗过澡,脏得很。

虎博一抻脖子:"洗过,洗了两次。"

"嗨,"伊兴嘎说,"都是下雨天洗澡。咱们这个地方不下雨。一下雨,又急又猛。赶紧拿盆子,搬缸到外边接水。小孩脱光了用雨水洗澡,妇女到房后背人的地方洗一下。一年也就洗一次。衣服脱慢了,洗都洗不上。"

虎博靠在我身上,说:"你带我进城洗一下澡吧。"说完,他转身跑出去,从东屋拎来个布袋,倒在地上——染了颜色的羊拐骨,已经蹬腿的绿羽毛的小鸟尸体。他说:"领我洗一下澡吧,这些好东西都送给你。"

"好。"我答应他,让他把小鸟埋进地里。

第二天启程。我带上了虎博,进城洗澡。

表弟套上驴车送我和虎博,大巴站离他家有一段路。路边有一片庄稼长得特别好,玉米黑绿粗壮,园子里菜蔬青翠,特好看。

表弟说这家打井了。他家不光庄稼好,每天还能洗澡,还洗衣服。他家娶的儿媳妇比别人家的都漂亮。

“打井多少钱？”

“出水四千，不出水两千。”表弟回答。

大巴出现了。伊兴嘎表弟脸憋得通红，低头说：“我有个事，想说。”

“你说。”

“我想向你借钱打一口井。”

我想了想，借就是捐，他们还不上。我说：“回家给你电话。”

回到家，我领虎博来到洗浴中心。他脱光了衣服像个黑肉干，污渍已变成他皮肤的一部分。我让他到温水池好好泡一泡。

泡澡池镶着天蓝色瓷砖，虎博显然没见过这么多水，不敢下，问蓝水会不会咬人。我说瓷砖蓝，水是清水。我抱他入水池，他手摸水，往脸上撩水。水波在他身边温柔荡漾。

过了一会儿，虎博恢复了神智，跑到红色大理石墙壁边上的每个花洒下面拧开关，仰面闭眼冲洗。玩够了，我把他全身搓了一遍，红嫩似新人。他说，在这里洗澡的，都是世界最有钱的人。

我说也不是。

他拿巴掌蘸地面的水，抹身上，说：“没钱怎么有这么多的水？城里人真了不起。”

三天后，我和虎博到客运站，买大巴票，送他回家。给表弟打电话，让他接站。突然我看虎博放在地上的书包湿了，我去拎。他不让碰。接着，一摊水从书包往地面上浸透。我打开书包，

——里面装着五六个旧塑料袋。有的装着水，有的水漏没了。

虎博低头说：“我从你家里水龙头接的水，带回家去。”

我叹口气，说：“你告诉你爷爷，我帮他打一口井。”

耳语花

1

楚马走下江郎山的时候，靛灰的浓云堆在山口，像封住了道路。这云没有雨，轮廓清晰，被夕照滚上了金边。草绿得沉静，黑而透明的溪水，通往山下客栈的边上。

客栈的发电机 8 点 30 分停止工作，楚马枕着胳膊看星星。正方的窗镶九块玻璃，有的玻璃嵌两颗星，有的一颗也没有。地平线隆浮一道茫茫的白光，夜不深。

没有睡意，楚马想起白天的一件事。琊琊台边上的草地，一个老头单腿跪地，用照相机拍照。楚马在他身后看半天，也看不出他拍什么。尺把高的野草摇曳，前面是石壁的山体，有什么拍的？老头站不起来，手撑地。楚马扶他。

“您拍什么呢？”

“呵呵。”老头笑，好像听不见问话，捧着镜头摇摇晃晃地走了。复回头看那个地方，白发梳成马尾。

什么？楚马猫腰看。他跪在老头的位置，伸头。

咦——

有两朵小花对着，花茎约两厘米，干了，没颜色，透明；像凝视，如耳语。楚马把下颏拄在地上，像猫接近老鼠那样看。一朵花离另一朵花只有一点点远，它们在枯萎前的一刻,有一句话要说?

这是什么话?花话里面是什么词语?这么想当然有点孩子气。楚马站起来,走,迎着大朵的、静止庄重的浓云。

他钦佩梳马尾的老头,挺神,怎么发现的这一对小花?人的视平线在一米六左右,小花才两厘米,挺厉害。这叫什么花呢?楚马没有植物学知识,他是一家服装杂志的编辑,今年26岁,第一次到浙江西部的山区旅游。“耳语花”——这是楚马的命名。

星星亮了(像大了一些),夜色用黑挤走了蓝。可惜没用相机把耳语花拍下来,楚马后悔。虽然他不知道拍下来做什么用,也不知道马尾老头拍下来干啥。

放大,1米×1.80米(如果拍得好),像两个孩子问答,像欲言又止,像咫尺天涯,像……楚马想着,睡去。

2

夜里下过一场雨,楚马第二天到山上,耳语花消失。楚马跪着、趴着找,都没有。

这么大的江郎山,不可能只这两株花。楚马放慢脚步,在路边的草从里巡睃,眼睛像给土地画格子一样,找花。

之后,他像来到了一个新地方。眼里的山峰、流云不见了,进入微观的草木王国。

一段扁树根露出地面,像人的脚趾,大脚趾粗壮,小趾踡曲着。有的草叶图案像鬼脸,有的草叶像飞鸟的翅膀。楚马长这么大,头一次看到植物如此美妙,边看边拍照,好几次忘记了“耳语花”。不能忘记,楚马提醒自己。最奇特的收获是捡到一块鹅卵石,上面有一个“文”字,天然的;像“又”字上面加一点,白字,一看就是“文”。天下竟有这种事,看到了,不信也得信。其他收获是在溪边跌一跤,裤子湿了,前额被松枝划了一道血痕。

“你找什么?”

楚马吃一惊,见一姑娘双肘趴在廊桥的扶栏上发问,南方口音。

“没找什么。”楚马不习惯跟女孩子说话。

“你是学植物的吗?”姑娘走过来,穿粉白色运动裤,腰上系着橙色上衣,胳膊白净。

“不是。”楚马眼看地面,但进不了草的王国了。

“研究中药?”

楚马想说什么也不是,别问了,但说不出。他小声说:“我拍点小花。”

“什么花?”

楚马笑了,牙齿洁白整齐,下巴有点歪。“有两朵小花,”他伸出两节小拇指肚,“像说话似的,不知道是什么花。”

姑娘很感兴趣:“你说的多有诗意。”

楚马收笑。

“咱俩一起找吧。”姑娘说,“做个旅游伙伴,行吗?”

楚马笑了,说不出行还是不行。

3

两个人一起找花,楚马觉得心不静了。他第一次和姑娘在山野漫步,走一会儿,身上累。

“我观察你半天了。”姑娘说。

楚马说:“嗯。”

“你在水边摔了一跤。哈哈……”姑娘大笑。

楚马茫然,不知说什么。

“我看你抱小孩过独木桥,挺有爱心的。”

楚马掐指甲,不知怎么说。

后来,他们到一间茶室休息,正式聊天。这个姑娘挺秀气,弯眉,嘴角涡很深,有笑意。她说自己是温州人,开一间厂,做小孩子书包拉链的塑料饰物,小熊、小狗呀那些卡通形象。

“产品小,生意不小。”姑娘说,“这样说,你不介意吧?”

“不介意。”楚马喝茶,他不关心别人的财富。

“生意越好,心里就越窝一股火。”

“什么火?”楚马发问。

“停不下来,没时间生活,没钱。”

“没钱?”楚马疑惑,“你刚才说……”

“钱在我的账上、信用卡上、上海买的空房子上,有很多,但钱不花就不是钱。”

“嗯,明白了。”

“你说说自己。”姑娘问。

“我叫楚马,哈尔滨人,做杂志编辑。”

“就这些?”

“是。”楚马补充,“我从小就在哈尔滨。”

姑娘仰面大笑,笑过,说:“很少见你这么诚恳的人。你没有苦恼吗?”

“有。”

“什么苦恼?”

“什么……”楚马抬头想,眨眼,“记不住了,都是小事。”

“你心里很干净。”

楚马开口说:“傻。”

“傻子里的傻子很多,聪明人里的傻子太少了,像你。”姑娘强调后两个字,“谈谈你的生活吧。”

“不。”楚马没想说“不”,但说了出来。

“为什么?”姑娘问。

“我……不认识你。”这也是不想说的话,都说出来了。

“什么?”姑娘有些委屈。

“不是……”楚马解释,“我是说,我们不熟悉。也不是不熟悉,我们才认识,我们……”

“不用说了。”姑娘温和地问,“你说那两朵小花叫什么花?”

“耳语花。”楚马说,“这是我瞎起的名。”

“什么……语?”

“耳语,两个人说话。”楚马笑了。他一笑就笑透了,没保留。

姑娘若有所思地点头:“我们温州有这种花。”

“是吗?”楚马说,“光听说温州出皮鞋、纽扣。”

“也有花,有明月清风。”姑娘神色惘然。

“叫耳语花吗?”

“大概是。”

姑娘问楚马还玩几天,他说明天走——这不是实话;她问去不去温州找这种花,楚马说这次不去了——实际想去,但心里有股力量别着他,让他说不出真话。姑娘问他住哪家旅社,他胡乱编了一个。心乱了,楚马说告辞吧。

姑娘看着他:“你还没问我名字呢?”

楚马垂着头,不敢应答。

“也好。”姑娘大大方方伸出手,“再见吧。”

楚马手伸进包里,掏出那块石头给姑娘,笑了,牙齿洁白,“送给你。”

姑娘惊讶:“文?”

楚马得意:“捡的,就在那边。”

姑娘两手攥着石头,半晌,开口说:“我姓文。”

“是吗?”该楚马吃惊了,像闯了祸。当他看姑娘咬着下唇冥想时,慌张地说:“我走了。”

慌张伴随着他回到客栈,什么也做不下去,索性启程去邻县——龙游。

在车上,楚马心里不安定。平时他不相信什么传奇故事,和“文”的邂逅里边有一股神秘的东西把他俩捉到一块儿。他害怕这种像爱情的东西突然冒出来,在遥远的南方捣这个鬼。逃吧。

姑娘是好姑娘,但楚马没准备,不知道说什么、做什么,包括怎么走路,腰酸腿疼。

不期然,他想起了那两朵花,它们说什么?它们听见了吗?想起这个,楚马心里清亮了,也踏实了。

4

过了大约半年多吧,楚马到杂志社上班。

打开晨报,第25版有四分之一版的广告。

文字:耳语花开啦,你听到了吗?

图:两朵小花依偎,距离上差一点点。

更小的字:温州耳语花精灵饰物登陆冰城。

楚马气促,这件事在脑子里急速过了一遍。他不相信传奇故事,他出生在道里区的工人家庭……

楚马把报纸又看一遍,右下角有标识,一块马蹄形的鹅卵石,黑底白字——文,像“又”字上面添了一点。

楚马觉得自己像阳光下的雪人那样融化了。他用手机拨报纸上的电话号码。

“嘟……”楚马心跳像砸夯一样。

“喂。”对方是女声。

“我……”嗓子哑了,紧张。“我是楚马,我找……”

“我听出了你的声音。”

“我……”

“你是哈尔滨人,从小就在哈尔滨。”

楚马笑了。

“你听到了耳语花要说的话?”

楚马拿着话筒却说不出话,像一朵对着另一朵花的花……

河岸双碑

谁也不知猫奶奶叫什么名字。她白发，叼烟卷儿，背个化纤袋子拣矿泉水瓶子和纸板，家住瓦泉村西，门前是高碑店通北京的公路，每天过卡车，把太行山的石料运到外地。

猫奶奶的“猫”，典出她收罗流浪猫。不知道这里为什么有这么多流浪猫，也许野猫繁殖的。猫奶奶怕猫吃了毒死的老鼠，捡回来抱进自家三间青砖瓦房里。猫各有地界，卧炕头的，卧红箱子盖的，卧锅台的，卧窗台的，从不乱。猫食碗也分明，青釉的谁吃，白瓷的谁用，全清楚。

有人说猫奶奶养猫是膝下无子，孤单。错了，人家有儿子。不光有儿子，上石家庄打听一下××，全知道，大画家。儿子不孝顺？更错。她儿大孝子，接母亲到石家庄住别墅，上威海住别墅，老太太不享受，总摊病。含着泪对儿子说：

“这儿看不到麦地，早上鸡也不叫，日子怎么过？也不知道我的猫咋样了。唉！”

孝不如顺，猫奶奶回到瓦泉村自个儿过，嘀，精神。村东村西一天走好几遍，有时走到高碑店。老太太不光养猫，谁家小孩病了，她准去，拿着饮料、水果罐头探望，好像人家孩子也是猫。有年春节前，猫奶奶到村小学门口看孩子放学，瞅谁脚底下棉鞋不抗事儿，说“唉！这妈当的，多冻脚！”第二天，拿七八双棉鞋，分给孩崽子。自个儿叼着烟卷儿乐。

猫奶奶的事儿，集中说是这些，平时人不理会，恍惚觉得村西有个养猫的老太太，不缺钱花，也就这。

正因为这样，猫奶奶从冬至月开始到石家庄住院，村里谁也不知道。她住了三个月的医院，归结死了，感冒引起肺衰竭，享寿八十。一天清早，村后米粮河边儿的坟茔地来了几辆车，石家庄牌照。猫奶奶儿子带一伙人给老太太下葬，臂戴黑纱，焚香，一尊石榴红缅玉的骨灰盒入土，陪葬的还有几十个彩瓷小猫，扑蝶的，望天的，逮尾的，个个好玩。填土堆坟之后，立石碑："于李氏之墓"。而后，人悄悄回城。村里没什么亲戚，也没办筵。猫奶奶走了，跟谁也没打招呼。

村里人倒没发现猫奶奶没了，诧异河边起一座新坟，那么高的墓碑，簇新，写"于李氏"。谁是于李氏？问谁谁不知，村长也不知。在乡下，这算一桩怪事儿。人说：外村人埋咱们这儿了吧？人反诘：外村人上你这儿埋呀？

村长不踏实，这算个啥事儿呢？动脑筋想，哎！他拍大腿，会不会是猫奶奶过世了？听说她老伴姓于。众人附和：对。猫奶奶有日子没见了。村长给她儿子、画家老师打了个电话，说得委婉："老太太在您那儿休养呢吧？身子骨咋样？"

画家答，老太太归西入土了。

"嗨！"村长叹一口气，告诉大伙："猫奶奶。"大伙渐渐缓过神，她的形象跟着走进脑海——

猫奶奶给瞎眼老王太太送过一床新被子。

猫奶奶雇人拉土把学校操场填平了。

猫奶奶……

尽是猫奶奶的事儿。大伙儿七嘴八舌说。

村长讲："这不过是鸡毛蒜皮的事儿，猫奶奶拿五万块钱，你们知道不？捐咱村小学了，人家不让往外说。你们哪知道？"村长顺鼻子出一口长气。

有人说："那，咱们得纪念呀，不能没反应。不过……"

"啥不过？"村长问。

"于李氏这个墓碑，谁也不知道哇！咱们能不能再立一个'猫奶奶之墓'，让孩子们存个念想儿。"

村长嘬牙花子。墓碑哪有立两块的？再者，"猫奶奶之墓"不庄重。归了，他拗不过村民意志，给画家打电话，商请此事。画家训村长一顿，待听到村长慢慢述说村民愿望，也感动了，说行。

这么着，猫奶奶坟前又立一块碑，和另一块一模一样，上书："猫奶奶之墓"，落款为"瓦泉村全体村民"，双碑并立。立碑那天，村长找吹鼓班子弄一通，大伙吃一顿，祝猫奶奶在天堂快快乐乐。

往后，清明节一到，小孩子们三五成群到墓前献花，野花放在"猫奶奶之墓"下面。

季诺的指环

去年秋天,一片乌鸦——按鸟类学家的说法,是50多群,每群约100只——盘旋在燕宁市上空。这个市的上空原来没什么东西,冶炼厂三根烟囱由于污染被炸掉了,还有一点点飞机。乌鸦来了后,天空丰满。黄昏,它们盘旋在基隆街和图门街的上空,乍一看,如几千只黑垃圾袋在树梢打旋。而“嘎—嘎—”的叫声就不是垃圾袋所能发出的了。

市民们猜测:是不是要出事了?银行挺不住了?(基隆街有七八家银行)人民币要升值?(升值好还是贬值好,市民也不清楚)要不,某一帮人集体死在家里出了腐味?

《新燕报》标题:乌鸦入侵燕宁上空

《燕宁商报》标题:乌鸦南飞,万枝可依

《午报》评论:破除迷信,与乌鸦结为睦邻

《燕宁晨报》时评:乌鸦展翅预示煤炭工业腾飞

消息人士发现,乌鸦白日栖居在垃圾场,夜晚在树上过夜。它们在枝头俯视市民下班,交通事故略有上升,自来水管道被光缆施工铲车切断,水柱高达5米。

政协委员文咪咪提议:树上悬挂假乌鸦,驱赶真乌鸦。

中日合资羽制品厂造出500只仿真乌鸦,由青年志愿者挂在街树上。乌鸦不落,竟夜盘桓哀鸣。

燕宁师范大学鸟类及昆虫学院副院长呼吁:悬挂假乌鸦是不文明行为。

基隆街三段10号502室居民关同义,男,65岁,满族,减速设备厂退休工人。他每天傍晚于阳台观鸦投林。人有机会望望天,对脖子有好处。一群鸦笔直射向农业银行大楼的玻璃幕墙,以为那是太阳的窝,翅膀隐闪金属的光泽。及近,领飞的乌鸦急挑头上升,后鸦挑升,有一只撞到了玻璃上。

“啥意思?你说乌鸦干嘛来了?”老关问老伴。老伴用人体秤量12英寸黑白电视机,人说电视机看时间长了,分量递减。“我哪儿知道?六公斤,和去年一样。”

“这是兆吉还是兆凶?”

“农药把庄稼地的虫子药没了,乌鸦进城要饭来了。”

“乌吴舞雾,鸦牙哑压。什么意思呢?”

鸡毛涂墨汁做的假乌鸦,在老关窗前的树上挂了三只。乌鸦不敢落,吓得大叫。老关一宿起来七八次,到窗边看乌鸦盘旋。月光下,它们像疲倦的信使找不到投递所。

“真损!人整的这些破事!”

第二天,老关雇收破烂的人摘假乌鸦。竹竿子上边绑一铁丝,钩,一元钱一只。老关那天花出去28元钱。有一只假乌鸦钩不下来,晚上有雨,露出了白色。“吓死人。”老关说。

这么着,乌鸦回到老关窗前的树上。泛青的、脱光了叶子的杨树结满了乌鸦,闪闪发亮。

早上,一只乌鸦落阳台上。

“老伴!”关同义喊,“快看!”

乌鸦侧转身,让他们看全面。乌鸦嘴根有灰白的皮膜,黑羽毛隐藏紫色,翅膀和尾巴微微有铜绿的亮光。

“怪不得让人嫌弃,乌鸦真够寒碜的。”

“没那事儿,肚子刷上白漆,就是喜鹊。这乌鸦懂事,明白我心疼它们。快!找肉。”

他们进厨房,找出一条生肉。老关说切细条,老伴说切成碎块儿。争执,打碎了一只碗。

乌鸦吃肉条,不吃肉块。“我说啥来?”老关指乌鸦。

“你上辈子是乌鸦,行不?”

第二天,乌鸦——估计是昨天那只,也许不是,它们长得太像——又来了,“嘎嘎”叫,也就早晨四点多钟,满树的乌鸦跟着叫。出声粗怆。

“闭嘴!”老关穿衬裤,切几条肉。老关拎肉送乌鸦跟前,它一仰脖,肉没了,然后行礼。乌鸦脖子像安了滑轮儿,上下行礼。老关又递肉条,“噌”肉没了。

“你不嚼啊?”

乌鸦行礼。

“真有礼貌。”

乌鸦天天上老关窗台唱歌,引发群鸦合唱,邻居不乐意。

“这叫什么事儿?”

“死老头子,招灾呢?”

“乌鸦一叫,我浑身都打哆嗦。”

邻居吁请社区劝诫老关。

社区党委组织委员王蓓穿一件百褶拖地羊毛红裙,棕色麂皮夹克,到老关家。

“关大爷,别让乌鸦闹了。”

“敢情乌鸦是我让闹的?”老关在盆里漂洗假乌鸦羽毛。

“它叫得多难听啊!”

“我也想让它叫得跟阎维文似的,它会吗?”

“你轰啊!落你家阳台也不轰。老关,你纵容娇惯乌鸦,违反了市民文明规范。明天,你负责驱赶窗前的乌鸦,把领头那只腿打折。”

老关没吱声,看王委员的裙子边缘让虫子咬出几个洞。

“关大爷,就这么办了。”

“我把你的话对乌鸦学说一遍,它们听不听我就不知道了。”

晚,乌鸦归宿枝头,剪影中现出尖嘴和翘起的尾巴。老关推窗,“乌鸦们,社区说你们违反了市民文明规范,回农村去吧。哎——”他对老伴说:“上阳台那只，掺到里边看不出来了。”

“那上哪儿认去？乌鸦它不是人。”

“咱们给它起个名字。”老关说。

“叫肉条。”

“太俗气。我想想，叫……季诺。”

“啥季诺？”

老关伸手掂量：“你还说自个儿记性好，墨西哥电视剧，想起来没？《印第安的荣誉》，黑了吧几那家伙，一笑公鸭嗓，嘎嘎地，季诺。”

“快拉倒吧！”老伴拿扫床的笤帚指唬他：“他叫季诺啊？阿曼达。瞅你这记性。”

“我记性？阿曼达是哪的？韩国电视剧里边的大姑爷，你还不如说窦尔敦呢？”

“我啥时候说窦尔敦来？你管彭丽媛叫张也的事咋不说呢？”

“你拿滴鼻净当眼药水咋不说呢？”老伴拿沙发垫拍打。

“摔啥？你说布什和克林顿是爷俩儿。说没？”

季诺天天早上到老关家阳台唱歌。邻居和社区指责，老关说：“我跟它们说了。不听，我有啥办法？”他领人到阳台，指一张纸，“自个儿看吧。”

纸上有字：

“乌鸦请自重，清晨莫放喉。要想长期住，不要犯自由。”

“看了没有？”老关指纸，“二单元老李说我这是赵孟頫，懂不懂书法艺术？正宗的柳体大字。你看这竖，写的时候要稍微有点弯儿，往外撑。赵孟頫是这样吗？”

但，在乌鸦季诺放喉的第三天晚上，关老太太生了个怪病——嘴斜，俗称吊线风。基隆街三段10号院舆论认为：

该！乌鸦趴窗台叫唤还有好啊？没得艾滋病算便宜的。

次日一早，当季诺准备试唱练耳的时候，被老关用大竹竿子打跑。他说：“太可恨！不过这和吊线风一点关系都没有。”

老关用胶皮水管接自来水，捏瘪管头，滋树上鸦群。水流弱，跟小孩撒尿似的,没办法。

邻居请来一位郎中,黄药面儿用水搅拌,贴在老伴不斜那边脸上,像鸡蛋黄。说:“往下,不管咋地都得挺着。”

老伴点头儿。

郎中看老关,老关说:“我啥都能挺住。”

“您属什么?”郎中问他老伴。

“属府(虎)。”

“什么成分?”

老伴歪嘴乐了,这几天头一回乐。“啥成分咋的? 富农。”

“啪!”郎中一个嘴巴搧过去,打在富农歪的那边脸上。

老关揪郎中脖领子:“你反天了?”

郎中指他老伴:“歪不歪? 看还歪不歪?”

老伴嘴正了。老关看半天,是正了。趁郎中不注意,“啪!”还他一嘴巴子,劲稍轻。

“哪有你这样的?”郎中捂脸。他对老关太太说:“大姨,赶紧念报纸,趁热乎把嘴活动开。”

老伴拿盖电视机上挡灰的报纸,念:“美国监狱制度误入歧途。一名曾在阿布格里监狱担任审讯员的美国人说,在这座监狱里受到虐待的囚犯都是无辜的伊拉克人,他们……”

这是说治吊线风的事,老关给郎中 50 元钱,其中 20 元是搧郎中嘴巴子的赔偿费。其实——郎中说——黄药面儿不顶什么事,小儿桃花散,嘴巴子管用,但对有的人作用也不大。

再说季诺。季诺再次出现在阳台,老伴喊:“关同义! 竹竿子!”

大竹竿子不知放哪儿了,老关掐擀面杖奔阳台。

“吧嗒!”乌鸦嘴里掉下一个东西,发亮,伸翅扑啦啦飞走了。

老关弯腰拣:“我的妈呀! 老伴!”

金戒指。

这个戒指正面镌一个“福”字,背梁缠红丝线。老关在手上掂了掂,放老伴手里。老伴掂了掂,牙轻咬。

"金的。真金。"

"可不金的,多沉。"

"这个倒霉乌鸦在哪儿整个金戒指?"

老关往窗外看,找季诺。

老伴说:"是不是偷的?"

"乌鸦还会偷?"老关鄙夷。"你以为是你呢?"

"我啥时候偷过金戒指?老不是东西!"

"我意思说乌鸦不是人,不会偷。"

"你是人你会偷啊?"

这么乱呛呛,过一会儿沉默了。老关说:"我活这么大岁数头回儿遇见这事儿。新闻!纯粹是新闻。"

背着老伴,他给《燕宁商报》热线 12345 打了个电话:"出新闻啦,你们快过来吧……"

老关伸脖子看金戒指——老关指树——金戒指,这三张照片登在《燕宁商报》头版。

老关家电话炸窝了。来电内容大体分为三类。

一、这个金戒指什么形状?多少克?共有 31 人说自己丢过戒指,老关一一做了登记。

二、这个乌鸦长什么样?有 6 人提出买这只乌鸦。

三、这个事儿是真是假?是不是炒作?是不是拿自己家金戒指说事?怎么证明戒指是乌鸦叼来的?

老关撂下电话,说:"我炒作你妈了个蛋!我炒作我干啥?我能上台湾当总统哇?"

电视台请老关当嘉宾。老伴给换一身料子服,系好扣,领子拽平,换一双混纺袜子。"不明白的事儿问也不说,装聋。问急了就说政府对老百姓太好了,给咱们栽树,厕所堵了打个电话就来人。"

"我比你明白这个,东北局千人劳模大会,宋任穷接见过我。"

演播厅灯光太亮，一会儿就烤出汗了。老关寻思赶紧说完拉倒，但不行，专家先说。

主持人：王教授，你是鸟类专家，怎么看这件事儿。

王教授（手指在桌子下面蹭，紧张）：我市的乌鸦从种群说分为几类。一是白颈鸦，也叫白脖老鸹；二是细嘴乌鸦；三是寒鸦，也叫达乌里寒鸦。还有秃鼻乌鸦，后一种数量最多。

主持人：那您怎么看待它叼金戒指的事儿？

王教授（擦眼镜）：这……我是研究鸟类习性的，乌鸦以植物种子、蝗虫、动物尸体为食物来源。金戒指……

主持人：它给关大爷叼来金戒指，而不是别人，这是为什么？

王教授：我不是动物伦理学家，为什么给关大爷送戒指？（掩口沉思）乌鸦有一种习性，喜欢收集发亮的东西，比如糖纸、碎玻璃碴、废弃的铝勺。比如说……

主持人（打断）：谢谢你的指教。关大爷，您认为乌鸦这种做法是报恩吗？

老关：是。

主持人：您二老无儿无女，是不是拿乌鸦当自己的儿女看待？

老关：唔……是。

主持人：您是满族，满族是不是非常非常喜欢乌鸦？

老关：喜、喜欢。

主持人：您打算拿这个金戒指怎么办？

老关：送回去。

主持人：让乌鸦送吗？

老关：是。

（现场观众笑声）

老关回家把这些话学给老伴听，老伴拍沙发扶手："你可傻到家了关同义。乌鸦和没儿没女有啥关系？不行！上电视台重说！"

老关想也是，当时脑袋懵了，人家问啥都说"是"。

他赶到电视台，站岗士兵不让进。老关在门口发表三条声明，让士兵转告主持人,按这个意思播出。

老关戴上花镜,拿纸念:“一、叼金戒指的事儿不能说是报恩,金戒指不一定是谁的,乌鸦也不一定知道这是金戒指,怎么能说报恩呢?二、没儿没女和给乌鸦喂肉没关系。动物园给老虎喂肉的人也无儿无女吗?三、没打算让乌鸦把金戒指送回去,乌鸦已经好几天没来了。小伙子,务必把这三条告诉主持人,记住没?”

士兵:“记住了,大爷。”

电视台按原来那版播出。电视里,老关显得比傻子还傻,他气得一天没起床。

播出后,上老关家串门的人多了。哩哏咙饮品公司聘请老关做义鸦酸奶形象代言人,被老关撵跑。第126小学请他做“爱家乡主题报告”,被拒绝。一个雕塑家要做一个人鸦依恋的塑像,一家文化公司要把这个故事拍成卡通片。看乌鸦的人更是络绎不绝。

“看一眼,我们就看一眼。”人们,特别是小孩子央告。

老关摊开手,“我……它,没在我这儿。”他指指天空。

几天后,季诺清早出现在阳台。老关用手抱拢乌鸦,放地上。季诺不躲,左走两步,右走两步,昂头。

“你算给我们坑坏喽!”老伴指乌鸦。

“你在哪儿整的金戒指?季诺。”老关问。

季诺蹦到沙发上,沉默地看墙上的仙女寿桃图。

“整点肉条吧。”

喂完肉条,老关上街。他到金店把戒指化成两个指环,刻上字,一个“季诺,2004.8”,另一个“季诺的指环”。

回家,他把一个金指环箍在季诺腿上,放进养百灵鸟的大笼子里,蹬车到棋盘山的密林,把季诺放飞。

老关在中指戴上另一个指环,收拾东西,前往白旗寨二弟家暂住。锁好门,他在门上贴一张纸,上写(柳体):我不是义鸦酸奶代言人,也没有金戒指,季诺在棋盘山。电视台的人是一帮混蛋。关同义宣。

第二天,季诺从棋盘山飞回老关家阳台。屋里没人,窗关着,也没肉条。季诺站在阳台外沿晾衣的铁丝上等老关。过一会儿,它低头啄脚上的金环。啄不下来,再啄,季诺脚杆的血,滴哒哒落在铁丝上……

南西伯利亚故事

爱听二人转的狗

人出了国后，先怀念祖国的不是心，而是肚子。胃，或称消化系统在激烈排斥外番饮食的同时，怀念着小葱拌豆腐、打卤面、粉条头萝卜丝炸素丸子和黄瓜拉皮。人在国外，脑子想这事那事，肚子只想“国吃”。科学家说胃是人的第二个大脑，说得太对了。19 世纪的奥地利精神病医生庞克解剖人体，第一次发现胃壁有两层神经束和神经细胞的网络，这是大脑才有的东西啊！胃想搞什么？后来弄明白，这是胃用来回忆和识别故乡饮食的思考器官。在西伯利亚，我的胃从早到晚想吃的，腹腔像开进消防车，彼此呼叫。吃不到，胃改为回忆绿茶的滋味。我按照胃的指示喝绿茶，但这里宾馆的电源是三相插座，我的小电壶为两相。我想起，阿巴干广场有干活儿的中国人，找他们去。

见着一个中国人，一说就明白，两相转三相的电源插头。他说送给你了，到工棚取。

他姓李，吉林扶余人，在中国人承包的广场工程铺石板。老李说，一起干活儿的俄国人体格好，可是懒，干一点活儿歇没完。老李干活儿身上舒服，歇着筋疼。说着到了工棚。

帐篷工棚住着几十号中国人，地下摆炉子、马勺和塑料豆油桶，一只半大狗从铺下窜出来，朝我吠。

“福贵。喊什么玩意儿！中国人。”

狗接着吠。老李让我跟它说中国话，狠点儿，要不它叫起来没完。

我本来就怕狗，大喝：“闭嘴，滚一边儿去！”

狗收声，变得唯唯诺诺，用讨好的目光端视我。

“它叫福贵？”

“对。它是张福田从国内偷着带来的狗，我们坐汽车来的。刚来时它小，塞一个地方就入境了。张福田提前回国，把它留这儿了。”

老李把插头给我，“这个狗可不一般，比我还爱国呢。人要说俄语，它满地乱转，表示闹心，一听中国话就老实。邪门儿不？”

老李打开电视，俄主持人说话。这只狗——福贵低头咬自己尾巴、咬雨鞋，呜呜哀鸣。电视一关，好了。

“它喜欢二人转。”老李从破碟片里找一张，放进 DVD，画面上，描红抹绿的二人转男女演员打情骂俏，福贵看得目不转睛。

“福贵鼓掌。”

它立身抖前爪，意为鼓掌。

老李说：“它太爱国，爱家乡人。我给你演练一下。我说人名它立刻模仿。赵本山！”

福贵慢步走，左看一下，右看一下，如赵本山表演收电费的。

“高秀敏！”

狗乱颤头。

“表示高秀敏能说。潘长江！”

福贵缩头。

“表示个矮。这些人它都认识，粉丝狗。对——”老李在铺下摸出一个盒子，打开，露出铜质奖章。“这是福贵的奖章，阿巴干市政厅颁发。前年我们住一个破楼里，半夜起火。人撤出来之后，一个俄罗斯妇女说孩子还在屋里，才两个月。楼快烧塌了，警察不让进。张福田让福贵进去救小孩儿。福贵钻进火里，用牙咬小孩儿脖领子，拖着出来了。”

“福贵!”老李把奖章戴它脖子上,“立正。”

福贵立身,胸前当啷奖章,眼神无所适从。

老李接着说:“你知道它为什么讨好你不?眼睛老盯着你,有话可惜说不出来。它想让你带它回国,不在这儿待了。这个狗对三个词最机灵,中国、扶余、二人转。有一回,半夜有人说梦话‘二人转’,它刺棱醒了,以为放二人转,汪汪大叫。”

老李又对福贵说:“他带你回中国。”

福贵兴奋地“汪汪”叫,咽唾沫。

“带你回扶余,看二人转。”

福贵高兴地晃尾巴。

“福贵,给他作揖。”

福贵站起来给我作揖,我用手接应,差点没给它回一个揖。

“月底我们回国了,阿巴干9月份上冻。福贵就得扔这儿,海关不让带毛的玩意儿出境,怎么整?”老李抱膝盖叹气。

我该走了。福贵碎步跟着我,眼睛仰视我,眉头有几根毫毛长长探出来,很认真,很庄重,像说:带我走吧!到门口,它咬住我鞋带不松嘴。

老李抱起福贵,它从怀里往外挣脱,鼻子一拱一拱地大叫,如孩子绝望时号啕大哭。

福贵像我的胃,时时刻刻想回家,恐怕它是永远回不去了。

大　清

巴彦伯、托托、杰日玛,另一位的名字我记不起来了,是图瓦国的呼麦歌手。他们让我惊讶的,是每人脑后梳一条鲁迅说的“油光可鉴”的大辫子。

呼麦,在图瓦叫“呼美”。如果用“民歌地图”来述说蒙古音乐风格,长调始于锡林郭勒,穿越蒙古国和俄联邦的布里亚特。到达图瓦后,节奏鲜明,气味趋近高加索。伴奏乐器弓弦越来越少,弹拨越来越多。他们演唱的歌曲如马蹄踏石,节拍每分钟在160~180左右。

我们约他们拍摄节目，在叶尼塞河边。

在这儿，河流由东转向北，在镜头里是蓝色的，又有远山更浅的蓝。他们的演出服是蒙古袍，皮靴足尖上翘(满洲样式)，纯银火镰挂腰上，最豪洒的是他们的辫子。在中国，见不到辫子了，大姑娘都不梳。

我怕冒昧，还是发问："你们的发式……"

"大清发式。"巴彦伯自豪地回答。

两鬓剃除，余留成辫，清朝官民皆如此，这会儿见到了真人。见到便想到，男人要是衰老，白发脱发，从辫子上一眼就看出弱，难怪李鸿章爱戴一条假辫儿。

他们唱，我们录。呼麦，是一个人哼唱两个旋律，还当别人演唱的背景音乐，类似长笛，圆号或低音提琴的音效，当乐队用。当然他们有乐器。我边听边想，这种演唱其实可以赚大钱。他们说去过纽约和伦敦，没赚到什么钱。夏季，他们每人每天的演唱收入平均不到人民币五元钱。其他季节没游客，也就没收入。

有经纪人吗？他们说有，罗伯特·休，图瓦唯一的美国人。

演唱休息，托托对我说："我们崇拜大清。"

我不知该怎么说，问："是清朝吗？"

"对。"巴彦伯眼里燃起神往的光彩，"大清，一个谦逊的帝国，了不起。"

我按说比他们了解大清，至少电视剧看得多，但这个话题让我不知说什么好。18世纪，图瓦曾是大清版图的一部分。

"你们对大清的美好印象，能说出一个例子吗？"

"谷歌。"巴彦伯竖起右手大拇指。

谷歌，他们上网搜索大清？

杰日玛纠正："故宫。"

"也许是。"巴彦伯说，"多么大的院子啊！铺满了青砖，一万名官员下跪，'扎！'是真正的帝国，俄国人只会武力。"他竖起小拇指，再把指甲弹一下，像剔鼻涕渣。

"你们怎么了解大清的？"

"太爷说过的。"巴彦伯说。

"图瓦人留辫子的多吗？"

“过去的老人,偏僻地方的人现在留辫子。”

巴彦伯说,图瓦人辫子是跟满洲人(满族人)学的,出自萨满原典。辫子在头顶,代表灵魂。阵亡的满洲人要是带不回尸体,他的辫子也能入祖坟。两鬓剃发,是让太阳光照在太阳穴上。满洲人认为,辫子地位最高,不可污损,男人没辫子等于没灵魂。

这时,一个欧洲人走进帐篷,是休,刀脸,淡黄的眉毛近于乌有,裤子上有七八十个洞,露着肉和汗毛。录制节目没有告诉他,他很不满意,说,这个节目如果录了,中国市场就没了。

歌手说没关系,中国是大清的故乡。

休说,如果他们非要录,合约中香港、台湾的演出将取消。

他们说香港、台湾不值一提,北京才是他们向往的地方——故宫。

休气愤地挤眼,再挤眼,转身走了。

巍峨的金銮殿,红宫墙的黄琉璃瓦,男人化装成女人唱戏——这是巴彦伯心中的北京,他在纽约唐人街图片上看到的。

“我们能去北京吗?”

制片人说:“能,太能了。北京欢迎你们。”

欢迎这个词让他们不好意思。他们互相看,互相不好意思。在图瓦,词是词本来的意思,不随便说。“欢迎”让他们感到自己矮小。最后唱一首歌是《大清啊大清》。

“宫殿的檐角隐现在云端,它的名声人人啊知道。火焰珊瑚堆成假山,路旁生长椰枣和肉桂树,老虎在大街上睡着了。大清啊大清,万国向你致敬。大清啊大清,走在你的土地上,我找不到回家的路。”

歌词翻译,我止不住大笑。这哪是大清啊?康熙皇帝没听过这个歌真是可惜。歌手们脸上诚挚的表情在说:一个王朝的美不容怀疑。这个歌唱一百多年了,大人小孩都相信珊瑚的假山、肉桂树、老虎在大街上睡觉。

金道钉

“你不反对的话，”罗伯特·休举起手里的啤酒罐对我说，“再来两个。”

俄联邦法律规定，在公共场所出售和饮用酒精饮料的时间是20:00～22:00，这在图瓦也不例外。

休，作为在图瓦定居的唯一的美国人，说他了解许多图瓦的故事。我花400卢布请他喝了六罐啤酒后，他开始透露故事。

“你知道，”这是休的开场白，其实我什么也不知道，“图瓦人讨厌俄国人，没办法，打不过他们。16世纪中叶，沙俄吞并了喀山汗国和阿斯特拉汗国之后进攻西伯利亚。1581年9月10日，叶尔马克率领哥萨克人的乌合之众朝这里进发……”

休仰脖灌啤酒。他似乎做过特殊的喉部手术，几乎不咽，罐内454毫升就流入肚子。他善于记忆历史事件的时间。有人说休是个骗子，我看不出。讲述历史时，他的眼珠在眼眶里痛苦地搜索。

“再来两罐。”休示意服务员。

服务员摇摇头。

“到时间了。”休说，“总之，我明天带你去见一个人，不需要礼物。你会看到一件神奇的东西。如果幸运的话，你也许被允许伸手摸一摸。但是，绝对不许拍照。”

第二天，我坐上休的车，沿贝加尔湖，向库切走。他的车如同一个摇滚乐队，似乎所有的螺丝都没拧紧，劈啪乱响，但不妨碍行驶。休的话几乎都是对车说的：“闭嘴！你这个倒霉的化油器。还有你，磨合器，你总是带头捣乱。我的车……闭嘴！手刹车……不是一个车，是图瓦人丢弃的日本二手垃圾的博览会，它们是一群罪犯。行了，后轴。告诉你，这部车会突然自动刹车，你可能听都没听过这样的事，过去我也没听过。”

就这样，在休对车的谩骂中，我们来到目的地——一个埃文基人住的撮罗子，它外表像一顶松树皮做的尖帽子。进入，树皮连着二十公分的原木。里面约有十平方米，熊皮垫子上坐一位目光炯炯的老者。

休介绍："这是92岁的雅库克·金。"

金上唇和下巴的胡须分为四撇，如螃蟹伸腿。他的眉毛像某一品种的狗那样浓浓地覆盖眼睛。我看他也就60岁，面色红润，手背的皮还不松弛。

"中国人来听故事了。金，讲吧。"

金捻自己的胡子，像从哪里寻找灵感。他用蒙古语断断续续地说："我是金。冬天出生。那天，一只狍子钻到这里，此后，我管这个狍子叫哥哥。这个摇篮(他吹上面的土)是我和我父亲出生后住过的地方。这个撮罗子，斯特罗加诺夫曾经来过，他是沙皇伊凡四世的密友。我太爷的名字叫安加拉，以河为名。"

休向他讲一通图瓦语。

金说："是的，西伯利亚大铁路是在1916年修好的，用了二十四年时间，全长七千公里。它破坏了我们的家园，带来了俄国人的骚味。所有人都知道，俄国人走到哪里都会带去堕落。"

休插话。

"是的，我恨俄国人，但今天不说这个。中国人，你想听什么故事？天鹅和雪狼私通生下一只鹿，下雪的时候，智慧从人的脚底下传到脑子里……"

休打断，金不以为然，两人争辩。最后，金点点头。"中国人，这才是故事的开始。母狗养的西伯利亚大铁路修完后，上面有一根道钉是纯金做的。沙皇亲自把它安在铁轨上，当当敲了两下，金道钉像长了腿一样钻进去，牢牢地固定在铁轨上。"

休鼓掌，向我眨眼，我也鼓了几下。

"后来，我们开始找这颗金道钉。天啊，我们的祖先不知有多少人为了这颗金道钉冻死在风雪里，饿死的更多。他们走过勒拿河流域、切尔斯基山脉、上扬斯克山脉、东西萨彦岭，还有阿尔泰山的西北段。穿过苔原，泰加针叶林和无树草原。后来，他们全死了。休，我说得对吗？"

休说："金，他们确实死了。"

"我太爷安加拉也在找这颗钉子。为此他娶了我太奶奶凯凯，她是茨岗人，会巫术。她说她生下来就知道金道钉在哪里。他们去了她说的地方后，凯凯说沙皇把它换了位置。当然,我太奶奶永远在撒谎,后来被蛇咬坏了左脚的脚趾。安加拉在长生天的帮助下,终于找到了金道钉。”

金从身后拽过来一个狐狸皮包裹,掀开棉布、绸布和细纱,抓出金道钉。它半尺长,中指那么粗,递给我。

我其实快睡着了,猛然惊醒。西伯利亚大铁路唯一的、沙皇摸过的金道钉放在我手上,很重,无锈,铭刻俄文。我小心还给金,手上隐约有臭味。

“安加拉找到它后,迷路了,用它和楚瓦什人换了一匹马骑回家。回家再用两匹马把金道钉换回来。知道我们为什么找它吗?中国人。”

他自答:“它是这条铁路的心脏,我们找到它,在上面撒尿,用唾沫啐它,抹黑牛的血。知道为什么?这样一来,铁路就会完蛋,腐朽烂掉,因为它的心脏被玷污了。当然,我们也有损失,有一个人被雷劈死。再后来,我们把它供奉起来,因为找不到它原来呆的那个地方,除非安加拉复活,讲完了。”

我再看这个钉子,所谓历经沧桑。

我感谢金讲这个故事,休说:“付他三百卢布。”

噢,是这样。看到了实物,也值。当时我还想,如果拿到央视《鉴宝》节目露面,也有意思。

过了两天,翻译保郎从贝加尔湖西岸回来,对我说:“收获太大了,我们见到了一颗金道钉,西伯利亚大铁路……”

他的故事和我听的差不多,金道钉怎么会有两个呢?离开图瓦前,歌手巴彦伯嘿嘿对我笑,说:

“钉子是你们中国的。”

“啊?”我吃一惊,“这和中国有什么关系?”

他说:“森林里会讲故事的人休都认识。休向中国人定做了假金道钉,铅的外面镀金色,发给讲故事的人当道具,说故事的钱各分一半。这是休说的。”

他笑着,眼睛眯得也就一毫米宽,上下眼皮都是肉。他说:“中国人真巧,会做金道钉,刻上俄文字母,给中国人讲故事,哈哈……”巴彦伯笑得倚在床上的被子上,眼缝只剩十分之一毫米。

甘丹寺的燕子

燕子,挺着白色的胸脯,在雨前凝止的空气中滑翔,离地面越来越低。艳阳天,它们不知在哪里。

燕子,骄傲又轻盈,恰是少女的特征。在乌兰乌德(布里亚特共和国首都),我见到一只通灵的燕子。虽然有人说燕子全都通灵,但这只燕子有故事。

甘丹寺在乌兰乌德郊区,寺旁密生黄皮的樟子松,夕阳从树缝射入,它们披挂黄金的流苏,倚靠黄绿两色的庙宇琉璃瓦,真是脱俗。

"如果你秋天到这里来,"住持强丹巴说,"树林像包上了金箔。再往后,白雪盖在上面更好看。"

第二次进庙是录一首梵呗。布里亚特蒙古语的喇嘛唱诵,述说人行善得到的从第一到第八十一种好处,生动甚至风趣;多声部,石磬伴奏,和声跟樟子松的香气好像有神秘联系。

大殿上,高大的佛菩萨像从西藏和印度运来,无数铜碗燃亮酥油灯。

强丹巴看一眼手表,"一会儿诵大悲咒,燕子就来了。"

"燕子听经?"

"对。"强丹巴说,"这个燕子不是每天来,初一、十五肯定来,有时住在殿里。村民把家里的酥油灯送进庙里,燕子给他们点灯。"

"点灯?"我以为自己听错了。

"你看,这是灯,灯芯在这儿,对吧? 村里人把灯放在佛前,喇嘛用火柴把它点着,对吧?"

"对。"

"这时候燕子从梁上飞下来,喙在这个灯的火上啄一下,放在那灯上,火上有油。特别快,不快就烧着燕子了。酥油灯就点着了,可好了。"

身披绛红大氅的喇嘛陆陆续续进殿,落座。

他说:"燕子该来了。我给它起名叫'卓拉',意思是佛灯开的花。你听过大悲咒吗? 知道词吗?"

“听过。”我扭捏一下,“记不住词。”

“噢,没关系。其中有一句词燕子随诵,一会儿你听。”

螺号声起,强丹巴领诵,众喇嘛齐诵大悲咒。深浑的低音伴随高低错落的梵语经文,声音吐露无畏纯真。每次听闻,我悉有泪涌。经诵到第二句的时候,一只燕子悄然飞落在梁上,俯首。我想起燕子随诵一事,看,燕子中间好像张一下嘴,我分不清是哪句。燕子在第二遍和第三遍诵经中都张一下嘴。

结束,强丹巴问:“听到燕子念经了吧?”

我老实说:“没听到,它好像张一下嘴。”

“对的。大悲咒开始:南无,哈辣达奈,多辣亚耶,南无,窝力耶,婆卢揭帝,索波辣耶,菩提萨埵婆耶,摩诃萨埵婆耶,摩诃、迦卢尼迦耶,安。”

强丹巴停下来,认真地说:“这是第十二句,安。这时候,燕子张嘴叫:安。”

“它懂经文?”

“懂。能说的就这一句。这个燕子还救过我的命呢。”强丹巴说。

甘丹寺早先没这么好,只有几间旧僧舍。强丹巴自个儿在这儿修行。

他每诵大悲咒,燕子卓拉就飞来,他们那个时候认识的。一天,强丹巴病了,躺了几天几夜。他要睡,枕边的燕子啄他眼皮,怕他死了,不让睡。后来,强丹巴把僧衣剪下一小条,写上字,对燕子说:“卓拉,你可怜我,就把这个红布条送到莲花寺住持僧格那里。”燕子衔着布条飞走了。不久,莲花寺的僧格骑马来到,吃了僧格的药,强丹巴病好了。

强丹巴说:“动物啊、草木啊,都有灵。你用好念头对它,它就对你好,这是常识。”

他说这是“常识”,我却惊讶。我们说话的时候,燕子卓拉在梁上一直露着小脑袋听。强丹巴看它,说:“我诵大悲咒,你注意听第十二句。”

“南无,哈辣达奈……安。”

燕子张嘴出声,像“啊”。真乃如此。诵毕,我问大悲咒经文是什么含义?

“除去一句,都是菩萨的名字啊。”

燕子点头,飞出殿外。

花朵开的花

我爸说，东部蒙古人原来与后来信仰萨满教，确认天地万物都有切实的灵魂。“波”这个词，为通古斯语族所共用，指萨满教的巫师。蒙古、鄂温克、布里亚特、满族都如此称谓。

在贝加尔东岸，我见到一位布里亚特蒙古人的“波”。

在一座刚建好的喇嘛庙，雪花石栏础和台阶两侧放满信众放的钱币，银光闪闪。停车场上，一个人盯着我看。他有着突厥人的脸——宽脸扁鼻、高颧细眼，这是中国人所认为的蒙古人的长相。他前胸一面明亮的铜镜，用绳挂在脖颈上。

我对他躬身施礼，他没理。我改致帽檐礼，他点头，说：“中国海拉尔地方乌里根河的人，都长着你这样的相貌。这是蒙古人标准的长相的一种，朝花可汗的子孙。”

我有受宠的感觉。我近世祖正是朝(chao)花可汗，但我没去过乌里根河。

我问他铜镜。

边上一个人(后知是警察局长)说：“他是波。”

波——他的名字叫尼玛，留给我地址，几乎命令我明早去他家里。

尼玛的家盖在山顶上，屋顶有汉地庙宇的飞檐，在一片木板搭建的贫民窟中露出显赫。尼玛对摄制组的灯光、机器毫不陌生，领我们进入做法事的厅堂。

他的法帽如清朝的官帽，戴上，开始作法。尼玛身后是一幅朝暾出海的彩画，印刷品。上方挂他母亲的照片，两侧挂滚金蟠龙立轴。在图瓦常常遇到龙的形象，这是清朝留下的印记。他们的语言中有“大清”这个词，指清朝。他为来自蒙古国东方省的妇女龙棠占卜。龙棠在一张白纸上写字，尼玛放进白碟子里烧掉。尼玛探究灰烬的形状和碟子上留下的烧痕，说：“你的羊群并没有丢失，头羊的灵魂飞走了，所以羊群躲在你家东南方向的山坳里。”

这些话是翻译过来的，我不懂布里亚特语。

做法事时，一个姑娘手把着门框向里看。她也就二十岁，脸很白，眉眼迷惑，挺着小小的胸脯。她叫其其格玛，龙棠的女儿。

我们录制这一切。

尼玛让我报上生辰八字。

他看过,说:(翻译译出大概)你是黄金家族后裔。16 世纪,你的祖先来过布里亚特,后来到了蒙古国北部,再到内蒙古呼伦贝尔草原(和我爸说的一样)。你的一位直系祖先在这里给人们治病,病死在荒野里(我爸没说过)。他时时刻刻想回去,他知道你来了(我开始紧张),他快要到了,在路上……

尼玛说祖先到此,对我有一点点危险。比如,不排除借我的躯体返回内蒙古这种可能。尼玛说:"别急,我劝他回去。"

他让我高举一碗奶茶,在激烈的鼓声里垂首默祷祖先安适。尼玛的导引词说:回去吧,喝下这碗奶茶,回到你住的森林里去。你的子孙很好,他将健康地在漫长的岁月中挥发家族的荣耀。

我举碗的手越来越抖,想到祖先为这里的人民舍命荒野,不觉泪爬两颊,擦不得,吸进鼻腔。

"回去了,你的祖先。"尼玛松了一口气,擦汗。我送他钱,尼玛坚决不受。倚在门框的其其格玛抽泣着,泪汪汪地看着我。

我出去跟她说会儿话。她是乔巴山市的小学英语教员,请求我别说英语。她说得不好,我压根儿不会。我们用蒙古语对话,但蒙古国的词汇对我来说很陌生。后来干脆用手语。

其其格玛了解我的情况。

她"问"(用手比划):白胡须老汉和佝偻老太太怎么样?这是问我父母。

我说他们很好,没胡子也不佝偻。

她"问":你一个枕头睡觉还是两个枕头睡觉?

我答:两个枕头,结婚了。

她"问":你小孩?手比膝盖下。

我答:小孩像我这么高,在北京。

她知道北京,问小孩在那里做什么。

我说:"读粗学。"这是口误,蒙古语"粗"和"大"有时是一个词,读大学。

她表示在北京读大学了不起,跟在伦敦、纽约一样。

“宝日吉根(鲍尔吉),”尼玛喊我,“端奶茶。你的祖先又来一位看你,他是一个军官,骑马来的……”

尼玛祈祷,我敬茶。

“军官回去了,现在一切平安。”他快活地点燃一支烟。

我们喝茶交谈,等司机过来。

一个军官大步进屋,手指着我和尼玛说话,态度激烈。窗外有一匹马和一群狼狗。我心收紧,16 世纪的祖先们包括军官不都回家了吗?怎么又来了?

两人争辩,手势强硬,不时看我,显然与我相关。我不知躲起来还是待在这里,其其格玛泪流得更多。

我问翻译怎么回事。他狠狠地说:“你最好别说话。”

突然静下来,军官走了。“波”——尼玛显然很扫兴,也走了。其其格玛的母亲龙棠对我摇摇头,走了。

我说走吧。外边来一个男人拦住我,他抱着其其格玛的肩膀,说一番话,示意翻译。

翻译说:“你站到这里。”

我和其其格玛面对面站着。

翻译:“宝日吉根,你愿意娶其其格玛为妻吗?在这里和她生活。”

我不知所云,看每个人的脸都不像开玩笑。其其格玛焦虑地看着我。

“快回答。”

“我……”我说,“我早就结婚了。我……”

“说娶还是不娶。”

原来其其格玛有意于我,军官是前来相看的人,对我没看好,尼玛为我辩解。

“不娶。”

“不娶谁?”

“我不娶其其格玛为妻。”

没等翻译,其其格玛从我脸上已得到答案,泪珠一颗颗滚落。

接下来,他们说的话我都听不懂了,大家劝其其格玛,她摇头,哭。

我们悄悄地收拾三角架、灯和摄像机,走出屋。我前腿刚迈上车,被人拽下来了，其其格玛。她抱着我胳膊，含泪的眼睛看我的脸，我闭上眼睛。

其其格玛被拉走，车开了。爱情？看来真的有爱情。一个女孩子在短短几个小时内爱上我，我对“爱情”产生敬畏。这么多年稀里糊涂，没把这事当回事。想起别人拉她走，她转头一望的样子，我竟落泪，不知为谁而哭。很多年前，有人说我是个傻子。是的，我是个傻子。

其其格玛，蒙古语意思是花朵开的花。

谁是天堂里的人

“白嘎力”是蒙古语，“自然”之意。转音成为“贝加尔”。如果你问这里的俄国人，贝加尔湖是什么意思？他耸肩，说不知道，这是蒙古语。我们包台面包车沿偌大的湖畔巡游，寻找拍摄与蒙古血缘有关的原住民。车从下安加尔斯克向南行驶，到达名叫“海日斯”（也是蒙古语）的小城，刘翻译得了喉炎，说不出话，准备在当地再找一个译员。

路上，旅伴中多了两个女人，她们是中国商人，搭车去乌兰乌德。两人四十五六岁，东北人，一姓佟，一姓关。她们上车把袋子里的香肠、啤酒翻出来，一人塞一份，豪爽。

翻译找到了，是俄罗斯小伙儿。他远远走来，双腿矫健，胸膛平展。一顶鸭舌帽压在泡沫式的卷发上，卷发下有一双热辣的眼睛。

“我叫亮亮，”他用汉语说，把拇指和食指分开，压在左胸，“我爱中国。”

大家拍巴掌。

亮亮——他叫列昂诺夫，“列”和“昂”汉语拼成亮——笑的时候，铲形门齿的缝上紧下松，像个“人”字。他 21 岁，自称游遍中国，掰指头计算，“上海、昆明、杭州、长春，还不算沈阳。”

为什么“还不算沈阳呢”？逗。

亮亮在我们的采访中做得很差，他只懂中文的万分之一，限于吃喝拉撒，将就吧。他爱中国爱得痴迷，说“天堂就在中国”。问他喜欢中国什么？楼盘、饮食、风景？亮亮含笑不语，用牙齿咬指甲。

佟说:“喜欢中国姑娘吧?”

他竟跳起来,双掌相击,说:“姑——娘昂,这个词就好听。”少顷,发觉自己失态,坐下,手放膝上。

亮亮面对我们时满面羡慕,这样的表情在俄国很少见到。他说:“中文太了不起了,把一样的音节放在一起当名字,兰兰、娟娟、丽丽,太神奇了。”他闭上眼睛。

“都是你情人吧?”关说。

“没有。”亮亮脸红了,“中国姑娘看不起我,我穷。中国人有钱。”

“哪儿啊?你要在中国,大姑娘都得把你围着吃喽,你体形多酷。”说着,佟和关相视大笑。

“尤拉,”亮亮给我起的俄文名叫尤拉。“‘吃了’是什么意思?”

他看不出这两个女人在放骚。“吃”代表对男色的贪婪,与食物无关。我说:“爱你”。

爱,在外国人理解中含有信任、友善、倾慕等含义。亮亮“呼”地张臂拥抱关商人。关虽胖,却敏捷,她“嗖”地跳起搂住亮亮脖子,脚离地,胸脯紧贴,时长一分钟。亮亮弯腰把关放下,关红光满面。

刘翻译这时能说点话,她私下告诉我,亮亮是孤儿,住姨妈家,姨妈瘫痪。我想起早上他到饭店用浴室的热水冲一杯速溶咖啡当早餐。我们请他吃面包,他指自己肚子说:“吃不下了。”工作餐,他很慢地吃自己那份儿,不多要。

车上,亮亮看窗外边的景物的时候,面色严肃,不是21岁的神情。俄罗斯老人常有这种表情,像一块被海风劲吹的岩石,嘴抿紧,眼睛眯着。

那天晚上,剧组有几个人喝多了,后半夜去舞厅。西伯利亚少有这么晚打烊的舞厅。他们回来说,看见亮亮跟几个女人跳舞,女人看上去很富也很老。

刘翻译说:“不是什么好事儿,挣钱呗。”

佟和关听了很活泼,“亮亮厉害呀!这体格不挣点钱都白瞎了。咱们也请他跳。”

我问亮亮陪舞的事儿,他低头,用鞋踢石子。“尤拉,我知道你会瞧不起我,我只是挣一点小费,给姨妈买药。”过了一会儿,他又说,“尤拉,你这种脸型在我的家乡会受到尊敬,叫‘正直的脸’,不撒谎,棱角分明。”

第二天早上,我们准备去一个渔村。车上,佟和关叽叽喳喳很兴奋。虽然佟的肉长满了身体的凹处,像塔糖,眼睛不闲着,像撒传单一样四处丢眼风。关的脸宽而平,像被狗熊一屁股坐扁又腾起来的,上涂脂粉。她们纷说,我听明白一点,亮亮昨晚跟她们在一起跳舞喝酒。说着,大小眼瞟亮亮。

亮亮眼神空洞地看窗外,像不认识她们。摄像师说:“亮亮,你今天这件 T 恤真漂亮。”

亮亮咧嘴乐:“杭州买的,正宗中国名牌。”

摄像懂这个:“不对,假货。”

亮亮拽衣服从头上脱下来,气恼地:“怎么是假货? 你看吧!”

摄像从衣服内领找出“越南制造”的英文签给他看。

亮亮真是悲愤,这么热爱中国的人竟穿上了越南货,花费 200 元人民币。他卷起 T 恤从车窗扔出,飘落在田野,身上只剩下黑跨栏背心。

佟和关坐在车后,说亮亮身态凸凹有致,能看出肌肉群的层次。佟说:“跟古希腊大卫差不多。”

关说:“多一身衣裳。”

佟说:“昨晚是真大卫。”

关说:“穿上衣服认不出来了。”

亮亮听得懂,假装听不懂。外国人假装的方法是沉默。

我们在渔村录完节目,有人推销鱼骨头做的镶嵌画。佟突然喊:“我钱没了!”

别人说你好好找,没外人,丢不了。

佟低头翻兜,把兜里的东西一股脑倒出来,摊开卢布。“一千卢布,没了,我就这么一张。”她想了想,手指亮亮:“你偷的!”

亮亮无辜地摊开手。

“就你!”佟的脸变紫,“你昨晚偷的。你一个卖身的臭鸭子,得了钱还带偷。交不交? 不交我叫警察。”

亮亮背过身,站得离我们很远。

叫警察，我们所有的人都会遇到麻烦，没收护照（我们护照有一点问题），用钱赎。

我示意大家安静，走过去跟他说：“亮亮，诚实地看着我。清白是一辈子的事儿，你偷了没有？”

“尤拉，”他眼神困惑，“我没有。”

我示意他别说话，掏出我自己的一千卢布，转身交佟。“他还你了，你消消火。”

佟拿卢布对太阳照照：“想要老娘，没那么容易。”

这一天大家都不太愉快。傍晚，我们去乌兰乌德，亮亮来道别。他竟然若无其事，露着“人”字形门齿，和每一个人拥抱，包括关、佟，她们俩嘻嘻哈哈跟亮亮说笑。

到我这儿，亮亮问：“尤拉，你为什么不高兴？”

我为什么会高兴呢？巴不得离开这儿。

亮亮说：“我知道你正直，你有权利不断发脾气，但我像你一样诚实。”他把一个银制圣母像塞我手上。“这是我最值钱的东西，值六百卢布，送给你。”

车走远了，佟转过头对我说：“大哥，不好意思，那一千卢布我找到了，塞裤衩兜给忘了。这一千卢布还你，他们说是你垫的。”

我接过钱：“你冤枉亮亮了。”

“也不叫冤枉，弄错了。谁没出错的时候？”

“刚才你没向他道歉。”

“一个妓男，我向他道歉？你还挺较真儿的。”

我心头火腾地上来，让司机停车，说：“你们俩下去！”

“这哪儿啊？让我们下去？中国人对中国人哪能这样？”

我把她们的东西扔了下去。车下，她们隔着玻璃窗叉腰骂我。

这是列昂诺夫——亮亮的故事。我想起他说的话：“天堂就在中国。”

天堂是个好地方，可是谁是天堂里的人呢？

对岸的云彩

我写作不怎么使用“美丽”这个词，觉得它是给偷懒者或儿童用的。这个词现成、概括、绝对。“美丽”——可以形容女人又形容景色，好像不应该。可是，看到从克孜勒城北面流过的安加拉河的时候，我心里浮出的词就是“美丽”。

对河水而言，“美丽”说河面的温柔丰腴，水鸟追着河水飞翔。杨树倒映在水面，看得清叶子背面的灰。河怕扰乱杨树映像，似乎停流。水面浮走的水泡证明它还在行进。野花十几朵挤在一起摇摆，开成圆筒粉花的风信子，细碎微紫的马钱花，黄而疲倦的月见草花，在岸边伸长颈子观察河水。河水保持着荒凉中的洁净。

九十九条河流注入贝加尔湖，只有安加拉一条流出。它汇合叶尼塞河投奔北冰洋。当地传说，安加拉是贝加尔湖宠坏的女儿，与小伙子叶尼塞私奔了。

我在安加拉河边跑步，脚下是石板、草地或沙滩。跑五公里，到——我也不知这叫什么地方，还在河边，歇息。左面一座高崖，像城墙垒到河边停工。对岸有一处铁道线，偶过蒸汽机车，烟气纠结不散，白得晃眼，像被天空遗弃的私生子云。

仰卧起坐中发现，崖上坐着一个姑娘，俄罗斯人，而不是常见的图瓦人。她的象牙色的长裙从膝头垂盖草丛，身边蹲一只黄狗。在旷野里见到一位姑娘，思绪被她牵制，至少对我来说是这样。我做一组这个看一眼她，做一组那个再看，后来索性不活动，看她。因为是早晨，河面的风吹得她的金发微微颤动，她不时把裙子拎起来掖在腿中间。这时，对面一列火车开过来，黑色的货车。姑娘猛地举起一束花（她手里竟有花束），举得高高的，左右摇摆。火车传来汽笛声。

姑娘花束，火车汽笛，中间隔着温柔的安加拉河。我几乎要赞颂，这是意大利电影才有的浪漫。

火车驶远，变小，姑娘举花束的胳膊慢慢落下，黄狗冲火车叫个没完，嫉妒。

我回转到宾馆，其实整整一天，脑子里在还原这个场景。第二天和第三天，我在河边又看到此景。不同的是，第三天姑娘换了一条天蓝色的裙子。

我原本想登上高崖,路很远。高崖是凸凹的页岩,像中国人说的龙,越近河岸越高,姑娘在龙头上。我在下面仰望吧。

姑娘向火车挥动花束,汽笛回应。花束每天都不一样,紫穗的苋草,橙色的秋萝,菊花般的铁线莲。西伯利亚的野花太多了,采不完。

第三天,我边走边回头看姑娘,竟走进羊群里,吓了一跳。一个图瓦人赶着羊群来到河边,他头上包裹义和团式的红头巾。我对他笑,他回笑。

我指指崖上的姑娘。

牧羊人:“唉,她是瞎子。”

“她不是每天向火车挥手吗?”

“噢,”他瞥一眼,“对,开火车的是她相好,当兵的。我见过他们在一起。军人,不一定哪天就走了。”

他用牧羊鞭指前面:“你顺着这条小道从崖下绕过去,在桥边,就见到姑娘了,那是她必经之路。”

我来到桥边,不知为什么,心“怦怦”跳起来。想到她是盲人,安稳点儿。说着,姑娘走过来,手牵黄狗,手臂伸挡眼前的树枝。她走得那么骄傲,双眼在眼窝里闭着,脸上有笑意。我屏息,像仪仗队员一样挺直身子,怕她发现。姑娘走远,红地儿白花的裙子从草丛一路扫过。盲人向火车挥动花束,她怎么采到那么多好看的花呢?

早起,我跑到河边,姑娘已经在崖上,穿一身白衣裙。时间到了,该死的车还没来。

过了半个多小时,火车从地平线出现,是一列绿色的客车,不是黑皮货车。车声渐大,姑娘站起来挥动花束,这捧花比昨天更鲜艳。她挥动,不停地挥动,火车一声不吭跑远。

姑娘站着,花束贴胸前,看不到她的脸。黄狗朝绿色的客车怒吠,像骂它忘恩负义。

西伯利亚的火车,不一定按时刻行驶,车次也不固定。那个当兵的如果不走,应该让姑娘知道才好,这只是我的想法。后面两天,绿客车天天开过来,不向花束鸣笛,姑娘在火车开走后站立很久。

离开克孜勒那天,别人午睡,我来到高崖上。这一块青石姑娘坐过,下面的青草依偎在她裙边。地上,躺几束枯萎的花束。我拿起一束,迟疑地向空旷的对岸摇一摇,没回应,云彩若无其事地堆积在对岸。摇动中,干枯的花瓣洒落在青石上。

“流氓”同志

孙孜坐上开往九寨沟的大巴之后，合目沉思，揣摩邻座上来一个什么人。

这很重要，孙孜即孙教授对自己说。他是金陵工商大学社会学系主任、博导、泡沫伦理研究会的会长。“旅行的愉快在于景色与人的契合。”是的，他为想出这句近乎格言的话而露出微笑。讲课时，每说出一句精彩的话，他都遍扫女孩们的脸。不消说，她们表情认真，孙教授则认为她们无须太认真，嫣然一笑也并非轻浮。孙教授讨厌轻浮的作风，像那些小男生玩篮球，见有女同学围拢，个个如狼似虎。歇场，他们仰喝可乐，擦拭肌肉发达的前胸的汗。难道这叫“酷”？孙孜不喜欢来路不明的词，酷？抑或他们变成了罗马尼亚人吗？孙教授记得“文革”中常有罗马尼亚人结队到中国来，全是库——谢天谢地，报纸上没翻译成酷——齐奥赛斯库、曼内斯库，总之一库到底。当今的大学生却在为“酷”而举止失度，哪像学人。

去九寨沟的人陆续上车，几位长发姑娘登门四望。孙教授暗祈她们坐过来。姑娘们低头看座号，走向后面。又上来一位少妇，这从乳房看得出，也往后走。她走过时，短裙紧绷绷的，散开一小片香水味。

如果姑娘坐在身旁，在整个旅途我会闻到她的发香。孙教授闭目遐想。这么想难道不道德？笑话。孙孜嘴角拉了拉，摇头。爱美是人的天性，越是高尚的人越懂得欣赏美。女孩子的发香会像清泉一样，袅袅从他胸前流过。孙教授耐心地向她讲述人生真谛。对！你去过南京没有？姑娘迷惘摇头，眼神里分明想去。当然，六朝古都嘛，一条秦淮河留下多少香艳往事。如果她刚刚毕业，问她想不想考研究生……

“咣啷——”

孙教授睁眼，见一大汉把东西放在邻座。这人体格壮硕，汗渍从牛仔布的衬衣脊背处湿出一片。孙孜从不恭维肌肉发达的男人，这和愚昧有什么区别？少教养的人多半肌肉凸凹，他希望派这些人去不拘哪个国家打仗，捐躯沙场才好。而和这种人坐在一起，他的大块头会挨到你身上，汗渍渍的讨厌。如此漫长的旅途，你不得不为了躲着他的身体而屈缩一边，他却若无其事，甚至打呼噜，把头歪向你肩头，嘴里淌着尺把长的涎水……

简直是流氓！孙教授已经在心里管这个人叫流氓了，尽管没问此人的职业学历。那有什么要紧，现在遍地都是这种流氓。你等着瞧，过一会儿他就要拿出一本什么案例的杂志看，然后抽烟，然后喝啤酒，打出的饱嗝带出蒜味，简直让人无法忍受。说他是流氓，这是不会错的。

流氓——就是坐在孙教授身旁这个人，把行李放在架上，坐下，仿佛向孙教授点点头。这并不会使孙教授转过脸来跟他寒暄。孙孜觉得越发不适，引颈观望周围有无空座。满了，没办法。

车动。孙教授继续遐想，想一些愉快的事情，好忘掉身边这个流氓。在他这个年纪，有什么事情是愉快的呢？系主任固然显示他的学术地位，但免不了应付一些无聊的事体。有人说他主编的社会学概论在抄邓伟志，难道邓伟志的思想是凭空产生的吗？难道邓伟志吃饭，我们连饭都不要吃了吗？说到吃饭，孙教授想起今天早上在成都文庙附近的小饭馆吃饭时，遇到的端云吞的小姑娘。他只说“你辫子好长哟”，小姑娘就红转了脸。她一定是刚从乡下来打工的妹子，但也学着城里人带上了乳罩。乳罩带儿从她白衫背后影影绰绰显出来。

孙教授说，“酱油”。

小姑娘立刻跑过来，双手执壶，往他碗里倒一点酱油，再用眼神询问，还要不要。见他不语，踮着脚尖走了。

我敢说，孙教授想，她是第一次给博士生导师的碗里倒酱油。

孙教授感觉这会儿心情好一些。转头看“流氓”，他在养神。孙教授暗暗发笑。时代真变了,连流氓都在养神。他抱着膀子,腕露金表,牛仔裤,一双什么耐克之类的胶鞋。这个家伙估计很有钱,这种表就叫做什么雷达之类的。但他有刀吗?报纸上常说他们这种人出外都带水果刀之类的。

"流氓"猛地睁开眼,茫然四顾,又看孙孜,好像孙教授的相貌有什么奇特。哼,孙孜转回脸,看窗外。"流氓"起身,取包,悉里刷拉取各种东西,这都是孙孜感觉到的。窗外有牌子:"欢迎来到阿坝州"。吃,那个家伙咔哧咔哧的,估计搞苹果。然后,唏溜唏溜的,这是什么,喝粥吗?孙教授忍不住看了一眼,是吃芒果,都软成水了。哼。然后"流氓"干嚼方便面,中间咚咚咚咚——他不换气吗——咚咚喝可乐,然后咔哧咔哧,又吃苹果?孙孜飞瞟一眼,是梨。然后嚼冰糖。孙教授无可奈何地摇摇头,太能吃了,很少见到流氓不能吃的。子曰:吾未见好色好德者。吾也未见。悉里刷拉的塑料兜儿又响,估计还吃。果然,那家伙又开始吃橘子、香蕉。为什么不找一间水果店去吃,出来旅行做甚?孙孜想把这句新浮出的格言告诉"流氓",没敢。他自己能猜到就好了。孙教授想。

"流氓"起身,把制造的一堆垃圾放回塑料袋,又起身放回旅行袋,坐着打口哨。尖锐的、带着颤音的口哨悠悠回荡在车厢,突然停顿,"咯——","流氓"开始打嗝。孙教授气愤地想,我早就知道他要打嗝。打嗝也不错,它使流氓暂时忘了口哨,却抽起烟了。孙教授一瞥,万宝路。他想起报上说的一个消息,就不紧不慢地说,这是他跟流氓说的第一句话:

"吸这种烟最容易患肺癌。"

"是吗?""流氓"笑嘻嘻地、甚至爱抚地打量孙教授,伸出下唇,朝自己前额喷烟雾。

流氓!孙孜不想再说话,鸟兽不可以同群,这也是孔子说的。

车过桥。几个农民摆手。他们平时不怎么摆手,手势竟像领导,但生硬。停下,他们上车,嘀咕,互相指责。其中一个削尖鼻梁的向后走,站在流氓身边。前边还有光头浓眉的中年人,一个十七八岁的矮子。他们多么朴实,孙教授观察光头浓眉握行李架的大手,粗糙有力。他又抬眼看削尖鼻梁,后者竟惊慌地对视。孙教授笑,农民太可怜了,我们平日对他们太不关心了。

"别动!"

前边响起可怕的吼叫，孙教授一怔，见光头浓眉手里不知何时举起一根铁棍，那矮子也舞着两把菜刀，脸色煞白。孙教授偷窥削尖鼻梁，他手里攥着一把最可怕的刀。孙教授后来想起，这是卖肉的剁骨刀。

“谁都不许动！停车。”光头喊。

“钱，快掏钱！”车停后，削尖鼻梁前后穿行，用刀砍架上的行李。不知为什么，光头浓眉夺过矮子手里的刀，砍在一个穿黑裤衩的乘客的胳膊上。他捂着胳膊，血漫指缝，另一只手哆哆嗦嗦地把钱递给光头。

“钱！”削尖鼻梁“咣”地一刀砍在“流氓”的靠背上，泡沫翻绽，露出弹簧。

“我、我……”孙教授指着头顶的行李，他想说我身上只有50元钱，其他钱在旅行袋里。同时他希望他们不要搜身，假如票据消失，就无法在单位报销。

“流氓”高高举着200元钱，仿佛他事先知道这次打劫。孙孜赶忙把50元掏出举起。削尖鼻梁扯过流氓的钱，又去抢前座举起的钱。

这时——整个车厢已是一片哭喊声——“流氓”突然攥住削尖鼻梁握刀的手，用头撞在他面门上。就一瞬间的事，刀已在“流氓”手里，削尖鼻梁捂着鼻子卧在后一排乘客——即两个姑娘的怀里。姑娘们像触电一样扬臂尖叫。

“流氓”一把扯过削尖鼻梁衣领，后者一只眼睛已肿得睁不开了，鼻子歪斜，上嘴唇豁裂淌血。“流氓”用臂箍住他脖子，举刀对前面说：“把刀扔到窗外！”

矮子想扔，瞅光头浓眉，没敢。

“听见没有！”“流氓”这声大吼把全车人都吓得堵耳。光头一哆嗦，铁棍竟掉在地上。矮子把刀扔出窗外，接着把另一把刀也扔出去。

“关车门，开车！”流氓说。

削尖鼻梁在“流氓”怀里发出奇怪的呻吟。“流氓”低头，见他翻白眼儿，便松松胳膊。孙教授感叹，“流氓”不愧是流氓啊，一对仨。教授开始对“流氓”产生好感，虽然不应该产生这种好感，他们不过是黑吃黑，但“流氓”毕竟很勇敢。

“把我的鞋带解开。”“流氓”把脚踩在椅子上，对孙教授命令。孙孜低头欲解，又停住。你凭什么命令我，你也不是劫匪。孙教授转脸，双臂抱拢。

“劳驾哪位把我鞋带解开？”“流氓”问左右，他们纷纷转脸。“你解。”“流氓”说。削尖鼻梁蹲下，头颈被“流氓”端着，摸索索解“流氓”的鞋带。“流氓”

执刀,鹰视前面的光头和矮子。鞋带下来了。“脸朝下趴下!”“流氓”一脚把削尖鼻梁踹得双膝下跪。他趴下了,背剪手让“流氓”绑。“流氓”把刀塞进座椅下,弓背,一脚踩在削尖鼻梁的腰,眼瞟光头,用鞋带系住削尖鼻梁的两只拇指。

光头果然冲上来,这一点教授早料到了。“流氓”跃起,双手把住两侧的行李架荡平身体,一脚蹬在光头浓眉的脸上。光头直挺挺地仰跌过去,“流氓”又降落在削尖鼻梁身上,把他拇指绑紧。然后,拽着他头发往前走。光头已经站起来,正要冲,“流氓”用削尖鼻梁的头撞他。光头打出的几拳都被削尖鼻梁领受,他仰面嚎叫,头发被“流氓”揪着。“流氓”有一脚终于踢在光头脸上,他踉跄坐地,双眼失神。“流氓”一箭步连连出脚踢在他脸上胸上,光头颓坐,像只麻袋一样。

“别打了!”前排妇女惊叫,她们看不下去了。“流氓”诧异地看她一眼。“流氓”的眼睛里没有凶残,也没有怜悯,什么都没有。孙孜想,这家伙一定是黑社会的头头,经常搞这种殴斗的。

“流氓”擦汗,点烟。他点烟竟哆哆嗦嗦,原来他也害怕,或太累。“流氓”命令矮子用另一根鞋带把光头绑上,然后试试松紧。削尖鼻梁和光头背对背坐在前边,脸上带血。矮子惊恐站立,“流氓”若无其事地抽烟。

我看你怎么处理他们,孙孜想。“我的钱,50 元钱。”孙教授记起此事,对“流氓”喊。“流氓”显然用不满意的眼光白了教授一眼,孙孜不好意思了,说:“一会儿再说。”

前方检查站,停,“流氓”下车,比比划划,又掏出证件,很激动。检查站的人不睬,把司机喊下,收钱了事。“流氓”沮丧地上车。估计他想把这几个抢劫犯送给他们,人家不要。

这地方也是,孙教授想。没什么城镇,也见不到公安,又没有医院。他想起前面胳膊被砍、穿黑裤衩的人。此人把上衣撕成条儿,一圈一圈地缠着伤口,伤口已经黑紫板结。

光头突然喊:“老子撒尿!”流氓踢他一脚,光头还喊:“老子就是要撒!”

“流氓”——此刻他成了看守——只好把削尖鼻梁系在椅子腿上,带光头下车。车下,光头要松绑,“流氓”不许。光头闹,“流氓”站在他身后,给他解裤扶持。尿完,流氓一件件为光头系好。刚上车,削尖鼻梁喊:“我也撒尿。”“流氓”

说:“往裤子里撒。”过一会儿,真有尿水从削尖鼻梁身下流出一摊。

太不像话,孙教授闭上眼睛。遇劫,又和尿骚搞到一块儿,况且车上还有女人。教授觉得“流氓”没有把事情办好。

“老子拉屎!”光头又喊。车上几个人笑了。“老子拉给你看。”

“流氓”置之不理。

光头吼:“让老子下车,拉屎。老子憋死了。”

车上有人说:“让他下去拉!”

“流氓”诧异地看大伙,有点傻了,这成了他一个人的事。他领带光头下车。他们争辩,然后“流氓”给他松绑。光头指车后,“流氓”指车前。光头在众目睽睽之下拉屎,屁股白得晃眼。

“嗷——”,这是车上削尖鼻梁发出的声音,他不知啥时弄开了绑拇指的鞋带儿,从座下摸出剁肉刀冲到车下。

“流氓”吓得一愣,刚闪过劈来的刀,脖子已被虎跃蹿起的光头用胳膊勒住。削尖鼻梁抡刀转圈,但无处下刀。光头前后裸着跟“流氓”厮打。可能光头破裤子缠腿,被“流氓”从头顶摔出去,躺到乱石上龇牙。

“流氓”开始和削尖鼻梁对峙。削尖鼻梁仇大,刚才让“流氓”打得够惨。他俩前后跃跃,谁也不敢贸然动手。

“矮子下车!”削尖鼻梁喊。

“你们帮我!”“流氓”喊。

但无人下车,包括矮子。他正露半截脑袋,趴车窗上偷看。

这时一块飞石砸在“流氓”后脑上,光头扔的。“流氓”身子一晃,刀劈过来。孙教授还没看清怎么回事,半截胳膊已经落地。啊?“流氓”的胳膊!他们还厮打,“流氓”好像挨了几刀,但看不清伤口,被血流浸没了。刀被“流氓”夺下扔得很远。削尖鼻梁被“流氓”踢了好几个跟斗,脸上流血。然后是光头和“流氓”手握着鹅卵石对砸,只见光头双手抱着脑袋,脚下像喝醉了一样。“流氓”还在砸……

“跑吧!”削尖鼻梁已经跑出了很远,他喊。

光头像傻子一样,有气无力地朝声音的方向走,“流氓”也不去管他,一屁股坐在地上,喘息。

过了一会儿,“流氓”上车了。他站在车门口,大家惊呆。原来殴斗可以在一瞬间把一个人变成另一个人。“流氓”的脸迅速肿起来,五官挪位,眼睛很小,左颧骨像一个紫色的馒头。他的衣服稀烂,脖颈的血口翻裂,吃力地抬头看大家,左胳膊没了半截。

“你胳膊。”有人指车下。

“流氓”茫然摇摇头。

司机下车把他胳膊拣起来,用报纸包上。给他,他不要,司机塞到座位底下。

“开车。”在死寂中,“流氓”的声音很清晰。车“突突”发动。然而有哭声传来,原来矮子在哭,而且发抖。

“下去!”“流氓”示意矮子。

矮子用袖子擦着泪,一骨碌下车跑了。

“流氓”晃着走过来。孙教授看他就要坐在自己身上,觉得有些恶心,又惊惧。

“流氓”坐下来,他那个断臂露着筋、骨头和肉,上面沾着泥沙,就挨孙孜一侧。孙教授只看一眼,就把头探到车窗外,吐了起来,云吞,紫菜馅的。

车熄火了。

黑裤衩过来问询“流氓”。“流氓”用微弱的声音指导他系住伤臂上端,止血。然而血还在流着,“流氓”的蓝牛仔裤已经变成黑色。

“把我抬下去。”“流氓”说。

孙教授犹豫,黑裤衩说:“抬。”孙孜、黑裤衩,还有好几个人把“流氓”抬下车,放在公路上。

十几分钟了,没有车过。孙教授见“流氓”头一歪,他死了?孙教授心里一沉,俯身喊:

“‘流氓’同志!‘流氓’同志……”

“流氓”竟睁开了眼,嘴唇(已经白了)上有一点微笑的意思,说:“水……”

“喝水流血更多。”

黑裤衩把一罐儿可乐递给“流氓”。

“流氓”刚一喝就呛,咳嗽不止,再喝还呛,咳得十分痛苦。伤口肯定在痛,孙教授怒视黑裤衩。

“流氓”静下来,说:“纸……”

孙教授上车拿来笔记本和笔,递给“流氓”。“流氓”有些发笑的意思,说,“你写…”

“距松潘……”“流氓”看一眼路边的石碑,“50 公里。我葬、在……岷江。”他咳嗽,过了一会儿说,“我存款,给……红原……白玛……乡的尼玛。电脑,给系……里。我……的……行李,随这份……遗嘱,给我的朋友……大青。我感谢……世上……所有……给我好处……的人。遗嘱记录人,负责……水葬和……邮寄……遗物。他们是……”“流氓”眼睛睁大了一些,征询。孙教孜想了一下,明白了,他边说边写“金陵工商大学社会学系主任孙孜”。

“流氓”又把头转向黑裤衩,黑裤衩说:“万县新立发廊老板吉良茂。”

“流氓”接过纸看了一遍,吃力地签上名:“李成”,掏证件钱递给孙孜。

“地址按证件寄。钱,是邮资和你……们的……劳务。”

“别别!”孙教授摆手。

黑裤衩接过去。他问:“怎么水葬?”

“流氓”闭着眼睛,像说不出话。孙孜又喊:“‘流氓’同志……”他又想叫什么来着,李……什么?

“流氓”睁开了眼。

孙孜说,“你死不了,我们送你去医院。”

“流氓”嘴唇动了动,像在嘲笑。他说:“我死了,两天就腐烂,别……让单位来人……取尸体,车,还要花钱。”

“火化呢?”孙教授话已出口就后悔了,你怎么能和还没死的人谈火化。

“流氓”说:“你们会吗?”

孙孜赶忙把话遮过去:“你没父母吗?”

“流氓”摇头。

“你来这里干什么?”

“看一个孩子。”“流氓”越说越吃力,“失学的,我资……助。”

“怎么水葬?”这个讨厌的黑裤衩就会问这句话。

“用……石头……沉到……江……里。”这是“流氓”说的最后一句话。他死了。死后，他脸上的肿块好像消了一些。

“咋办？”黑裤衩说，他环顾左右，上车把半截胳膊取出来，放在“流氓”身上。那胳膊还露着雷达表。

黑裤衩把表撸下。

“嗯？”孙教授怒目而视。

“和行李一起邮走。”黑裤衩说。

“我们必须一起去。”孙孜说。

“对呀！”黑裤衩回答。

黑裤衩和司机等人嘀咕了一会儿，把“流氓”抬到路边。下面是一道绝壁，滔滔的岷江掀澜流过。他们把“流氓”的衣服和裤子脱下，系上口，装满石块，用绳子系在尸体上，推下了公路。

孙孜没敢看，太残忍了，他等着听“咕咚”一声，没听到。黑裤衩和司机以及好多人在伸颈观看，后来回转身来。

“落到江里了？”教授问黑裤衩。

黑裤衩拂拂手，像刚做完一件活计，点头。

他们上车，车竟发动着了。当窗外景色掠过的时候，许多人回头看把“流氓”推下江的地方。车上有女人的抽泣，像擤鼻涕一样。哭？孙教授有些愤然。哭，你们怎么不下车帮他制服歹徒？

“把证件给我。”孙孜说。

黑裤衩把证件以及钱都递了过去，钱有1500多元。

孙孜为证件的照片所惊讶。这会是他吗？年轻、豪气逼人，穿一身警装。

证件写着：华北警察学院生化系副教授。“流氓”同志竟然是副教授，是一个警察。

孙孜开始回忆“流氓”从上车开始的所有举动以及他的相貌，说实话，的确想不起来了。孙教授并没有认真看过他的脸，不知这个刚刚死去的人长什么样。他在江里。以后，鱼们噬去尸肉，一副雪白精致的骨骼永久躺在江底。小鱼像蝴蝶一样在骨间游来游去。这是岷江。

加沙的天狼星

今年1月11日,我在长沙黄花机场候机去沈阳。班机中转站青岛下雪,推迟起飞。

登机口,电视里的红衣人狂讲企业管理,上电池的绒毛驴在商场门口转圈,广播"抱歉地通知……"

我身边坐一位男子,约三十岁。羽绒服里穿西服,像工程师。他一直盯着身边玩耍的小男孩。男孩三四岁,撅着屁股转圈推一辆小汽车。这名男子情态入神,黑手套攥拳放在膝上。

这时有工人推车走过,车上七八个蓝色的饮水机空桶滑落在地,劈里啪啦,声很大。男子突然纵身扑出,把男孩压在身下。孩子的母亲跑过来拉男子,拉不动。几个人上前,他终于松手了。男孩哭着扑到母亲怀里。我看到,男子面色恐惧发白,张望屋顶和周围的人。

男孩的母亲和其他乘客七嘴八舌斥责那男子"神经病",他头埋在羽绒服里,摘下手套,手指颤抖。我看他没有精神障碍,身材矫健,不属于医学描述的指颤的四种疾病:帕金森、严重甲亢、酒精中毒、肾衰。他开始过度换气(接连两下深呼吸),这是典型的焦虑发作。事有凑巧,我从包里拿出熏衣草油,洒在毛巾上让他深嗅。不到一分钟,他的肩松开了,眼光也柔和起来,开口说:

"真主是万能的。谢天谢地。"

我请他到茶座坐一下。我发现,他的焦虑源是那个孩子。在茶座柔和的光线和音乐里,男子情绪好转,脸有血色,双手不抖了。

“你是医生吧?”他问。

“不是。”

“刚才,我太紧张了。要是你知道我的经历就不会奇怪了。”

下面是他讲的故事。

我叫贾迈,迈步的迈。阿拉伯人管我叫贾迈里。我回国今天是第二天,从加沙。

对,加沙还在炮火连天。如果地狱是糟糕的代名词,加沙比地狱还要糟糕。

我是沈阳人。金融危机到来,国外欠我们公司的工程设备款收不上来,单位派我催款,到巴勒斯坦的哈利勒。巴方挺讲究,人去了马上付款。我当天把款汇往国内,2008 年 12 月 26 日到加沙游览。

加沙西部靠海,地中海。我在海边见到一对中国母子,长沙人。冬季游客少,海滩上只有我们三个中国人,剩下的是些肥胖的欧美老年游客。这是在 27 日上午 10 点钟。

我们三个在一起玩,吃阿拉伯烤肉,用沙子垒城堡。母亲姓什么我没问,她爱说“搞他不赢”。她儿子垒的城堡被海浪卷走,她说“搞他不赢”;肉串吃不完,也是“搞他不赢”,这是长沙俚语。小男孩四五岁,叫华童,解释这个名是:中华神童。

我们玩了将近一个小时。孩子母亲去洗手间,在椰枣树后面,很远,华童跟我。11 点,27 日 11 点整,我想忘也忘不掉这个时间了,四外响起爆炸声,大地颤动,建筑物冒浓烟。我跟你说,爆炸声波会让人内脏翻个儿,人立刻傻掉。我拉着华童飞跑,跟游客朝建筑物跑。事实证明,不能往房子里跑,以色列攻击的正是特定建筑物,但我们不知道。头顶上全是飞机,F-16 战斗机、无人侦察机和直升机,低得像会掉下来。没等我们跑到建筑物,眼看那座楼被炸了,掉头再跑。我们不知道哪儿安全,只是跑。一辆丰田皮卡开过来,游客往上爬,我和华童也爬上去了。车前踏板站着巴勒斯坦士兵,一边向天上咒骂一边朝飞机开枪。我求他别向飞机开枪,会招致攻击,他一鞭子抽在我背上。我不知他是哈马斯还是法塔赫,身上竟然带鞭子。加沙城里到处是驴车。

车停到清真寺,我们进入一个地道。里面宽敞,方枕木支着预制板,有床和烧煤油的炉子,这里是哈马斯的地盘。我和华童分到一块毯子。人恐惧的时候身上非常冷,我用毯子包住华童,他哆嗦着抬头问我一句话,把我问懵了。他说:“妈妈呢?”

妈妈?轰炸一瞬间把人的记忆模式搞乱了,我想起他妈妈去了洗手间,之后是轰炸。华童肯定问过我无数遍,在轰炸声中听不到。

我告诉他:“战争爆发了。”否则说什么?中国人说这句话别扭,我们没经历过战争。我说,“一定能找到妈妈,我保证。”

华童点点头。他手里拿着相机,刚刚在海滩照过相。他没问我什么是战争,是谁在战争。

以色列的空袭每30分钟轰炸一次,不分昼夜。有人把收音机音量开到最大,贴到自己耳朵上,消解轰炸声。在地道里的几天几夜,我几乎没有睡。华童断断续续睡,每次爆炸他都醒过来,让我用胳膊紧紧箍住他脖子,哭着问:“妈妈呢?”我怕孩子作下病,跟他说话。他什么也不说,除了这句“妈妈呢”。

我考虑走出地道,去找华童的妈妈。加沙这么乱这么大(我也不知到底有多大),天上全是飞机,地上是哈马斯的火箭筒。上哪里去找他妈妈?她还活着吗?我想像中,她疯一样在炮火和废墟中哭喊,寻找儿子。所以我绝不能待在地道里,也许出去就能见到她,像电影里一样。而且,我旁边这个丹麦胖子已经出地道三次,买面饼分给大家吃。他说,以色列飞机是定点清除,不针对平民。他建议我把羽绒服翻穿,红色朝外。丹麦胖子还送我一付眼部遮光罩和静音耳塞。地道对我们来说并不安全,哈马斯在地道口外边架火箭筒,长长的引线拉进来,遥控引爆。他们从各个地点发射卡桑火箭弹、格拉德火箭弹和冰雹火箭弹,射向以色列南部城市贝尔谢巴和奥法基姆。以色列从美国购入GBV-39钻地炸弹,穿透九十公分水泥后爆炸。地道挡不住炮火,这是我从以色列官网上看到的。

我告诉华童去找妈妈,要听话,别哭,他点头。我用废弃的火箭筒铜导线把华童和我背靠背绑在一起,遮光罩和耳塞都给他带上,走出地道口。

我背着华童跑到大街上,正好没轰炸。街上人乱跑、车乱开,有人趴在大街上嚎哭。我拦住一辆驴车,给车夫10美元,用英语说去海边。我觉得华童的妈妈只能在海边等我们。车夫痛快地答应了,他们不怕死。毛驴车拉着我们俩狂奔,车夫跟着跑。F-16 又开始轰炸,发动机的噪音足以让人自杀。车夫抱头跪在地上,我照他的样子做。轰炸过后,新的楼群冒出浓烟。我们继续赶路。丹麦人告诉我,加沙北部城镇叫杰巴利耶,南部城镇叫汗尤尼斯,我不知身在何处,离海边还有多远。

我觉得快出城的时候,驴车被沙包掩体前的士兵拦住。不知是哈马斯误会,还是车夫信口胡说——我看他从士兵手里接过美元——我竟被当成以色列间谍,和华童被蒙上眼睛押到另一个地方。

这也是地道,设施是牢房标准——床由墙壁伸出的钢筋支撑,门有了望孔。我们跟两个以色列士兵关在一起。

你肯定奇怪,哈马斯抓到以色列士兵不枪毙吗?不,这是1月5日,以色列的地面攻势已经开始,叫"铸铅行动"。哈马斯对捕获的以色列士兵很客气,允许他们抽烟和自由交谈,以后交换哈马斯高官。

以色列人对我们友善,这个叫拉蒙的士兵去过哈尔滨,他曾祖父埋在那里的皇岗犹太公墓。

华童离开母亲已经九天,他可能以为母亲死了,不再问"妈妈呢",躲在角落里哭。他不承认自己哭,但脏污的小脸上冲出粉红的泪痕。我说话,他低头不回答。有一次他抬起头问我:解放军和武警能打得过哈马斯以色列吗?我听了眼泪差点掉下来。我们有强大的祖国和军队,却保护不了我们俩,因为我们身在异国。华童不断用相机回放他和妈妈的合影,电池早耗光了。相机被他紧紧攥在手里,睡觉也搂着。我们没法洗澡,满身尘土泥污,像乞丐一样。

哈马斯找了一个会中国话的人提审我,他用怪调的中国话问我三个问题,说答不上来就是以色列雇用的泰国间谍。上个月他们抓了一个泰国游客,是间谍。

他问:秦始皇是男人还是女人?我答男人。他问:两面针是牙膏还是缝衣针,我答是中草药牙膏。最后一个问题:中国最好吃的东西是什么?这问题太幼稚,我故意说是驴肉馅荞面蒸饺。他跳起来,说:错了!说最好吃的是北京烤鸭,要枪毙我。我急了,用英语骂了他们一顿。我说中国有三皇五帝、八大名菜,你们知道个屁!努尔哈赤是男是女你们知道吗?真是搞他不赢!他们全愣了,一个大胡子过来和我拥抱。他叫曼苏尔,说:亲爱的中国兄弟,我们误会了。他给我香烟、口香糖。我对曼苏尔说,你得帮助亲爱的中国兄弟找一个中国妇女,她是这个孩子的妈妈。

曼苏尔说:我有钱我有车我有枪,但我不保证你们走到大街上不被打死,你们应该去问以色列人。

曼苏尔是伊兹丁·卡桑旅的营长,他领我和华童住到他们家。我们无处可去,只好去了。离开牢房时,以色列士兵拉蒙送我一个小包包。这是我教他太极拳的回报。除了武器,哈马斯不没收以军的个人物品。拉蒙说包里有止血药和麻药,在加沙你可以卖掉它换取回国的机票。我们能回国吗？天知道。

曼苏尔家,有我们和他逃难的亲戚,房间里挤着二十多口人。每五天供应两小时自来水,他们叫流动水。没有电,下水道被炸烂了,人在屋外大小便。我不敢再找华童的母亲,活下去是我们俩的最高目标。我曾看一群巴勒斯坦人在面饼摊抢面饼,一颗炸弹落在他们中间,烟散后,七八个人全没了,像变魔术一样。

在曼苏尔家待到半夜12点钟,我们被屋外的扩音器喊醒,用英语和阿拉伯语,让所有人撤出房间。我们出来,在聚光灯照射下抱头站着。曼苏尔没在家,以军士兵抓走了曼苏尔的弟弟、舅舅和外甥,十二岁以上男人都被抓走了。然后,坦克开炮摧毁了曼苏尔家的房子。就这么简单,以军对哈马斯成员的家或据点全这么处置。

我们在零度的低温里蹲在地上,等待天亮。华童握着相机,仰望天空。硝烟散尽,天上也有大颗星星。华童指着一颗星说,他在长沙见过,它叫天狼星。

天亮,我们无处可去,曼苏尔的母亲一直说"真主是万能的"。我从那时学会了这句话,人在紧急时刻,总要说句什么话。曼苏尔的邻居阿布领我去了他的家,他用流利的英语自我介绍,他是导游,去过中国。

阿布家还好,他不是哈马斯,不会被驱逐出自己的家,主要是他有一台笔记本电脑和家用燃油发电机。我想给手机充电,想起旅行袋忘在海滩上。我在阿布的电脑上收看 Face book 和 Twitter 两个网站的资讯,后面是以色列驻纽约总领馆的网站。还有哈马斯办的阿克萨电视台,节目中有个叫阿苏德的粉色卡通兔子,号召巴勒斯坦儿童早日殉难成为烈士。我发布求助消息,请上网者传到阿拉伯世界的中国使领馆,没得到任何回音,但我得到一个好消息。在国际社会的斡旋下,1月7日,也就是第二天下午的1点到4点,有3小时停火。我们习惯了时时刻刻的轰炸,3小时停火,太奢侈太珍贵太不可想像了!真主是万能的,以色列的上帝万岁!我决定利用停火间隙去海滩找华童的妈妈。

我把消息告诉了华童,他和我从7日凌晨一点就盼望天亮,对外面的枪炮声不太在意。只要时间不停止,就会到达下午1点的停火时刻。想到这个,我们感到幸福。华童打开话匣子,讲幼儿园的小孩儿比赛拉屎谁会擦屁股,他爸爱喝青岛啤酒,跟鳖(长沙话,哥们儿)一起喝,小狗洋洋会叼拖鞋。

我们等到了上午10点、11点、12点,很快就要到1点钟。阿布答应套骡车拉我们去海滩,说那地方叫加兰达,离这里大约5公里,3小时停火足够了。我判断华童的母亲如果活着,一定在那个地方等我们。

1点整,炮火声瞬间停止,真是不可思议,街上却传来哭声,是当地人利用这段时间为死者举行葬礼。人们举着棺材行走,喊口号。我们坐在阿布的骡车上,向加兰达进发。天空变得空旷,不再有以色列飞机,哈马斯也不向以色列南部城镇发射火箭弹。我对街上每一个人说"真主是万能的",他们也用这句话回应我。

阿布突然勒住骡车说:贾迈里,路上躺着一个妇女,要分娩了。这女人用一只胳膊支在地上哭泣,行人车马没人关注她。我看到阿布渴求的眼神,说:咱们用骡车送她去医院。阿布说,在全世界数中国人最善良。我们赶到名叫希法的医院,用了半个小时。把孕妇抬进去,医生检查后说胎盘堵塞子宫口,需要手术。但医院没有麻药,最后一只刚用完。医生说,加沙的麻药比黄金还珍贵。我忽地想起拉蒙送我的小包包,但忘在了阿布家。如果取包,去海滩的时间可能不够用。可是,没在战火中死亡的母子怎么能在医院死掉呢?她们也是一对母子。我们回去取小包,带上华童。医院里没法待,走廊堆满了裹着白布的尸体。

骡车飞驰,到阿布家取上包,速往医院,当时是3点10分。到了医院,医生看到包里的药有乙醚、止血的八因子和纤维蛋白,高兴得跳起来。我们三人迅速赶往加兰达海滩。

我不敢看表,也不敢问阿布时间,觉得马上就到4点了。穿过一片柑橘林和砾石地，我听到大海的涛声，在没有轰炸的寂静的空气里涛声清晰。海滩就在前面，还有大棵的椰枣树，正是这里。华童的妈妈果真站在那里，穿着那件橙色的风衣。

骡车在沙滩上跑不动，我背着华童跑，华童喊妈妈，声音特别响亮。他从我背上滑下去，跑向妈妈，他妈妈朝这边跑。还剩下一百米左右，轰炸开始，4 点钟到了，成群的飞机从树尖飞过来。

炮弹就在我们周围爆炸，我喊华童趴下。一声巨响，我什么都不知道了，醒来才发现自己没死，华童使劲拍我的脸。阿布死了，我身边是一个炸弹的深坑。人的身体在爆炸中会被分解为粉末，消失到空气中。很远的地方，停着那辆骡车。你问是哪一方的炮弹？以色列、哈马斯、杰哈德、法塔赫、真主党？不知道。知道有什么意义？如果炮弹偏一点，死的就是我，或者华童和他的母亲。可怜的阿布，他那一大家人还等他养活呢。

讲到这里，贾迈手又抖起来。我把熏衣草油给他，他嗅完停歇了一会儿，接着说：

“幸运的是，我们找到了一家中国公司，经他们运作，特批让我们从埃及平时关闭的拉法赫通道逃出加沙，经开罗回到祖国。我陪华童母子到长沙，然后回沈阳。

“我现在的痛苦是一闭上眼睛就出现加沙的情景，没办法睡觉。我不敢相信眼前的一切是真实的，没有轰炸、飞机和哭声。我觉得下一分钟炮弹就会飞来，但没有。你看机场这些熙熙攘攘的人，多幸福，却不知道和平的珍贵，抱怨飞机误点。

“我虽然还在紧张中，但把一切都想开了。钱，在战争中啥也不是。车房股票，没意义。我收下你这瓶熏衣草油，恐怕以后常常会用到它。说出这些，我感觉好多了，谢谢你。其实，我想跟周围每一个人说，我们很幸福。没法说，别人听了以为你有神经病。”

广播通知，长沙至沈阳，途经青岛的航班现在开始登机。我和贾迈走向第四登机口。他走在前面，消失在人流里。

牛粪鲜花之歌

1

启子上华育书店买汤沐黎素描集,找半天,只有马保中的素描。生气,问:“咋没汤沐黎的?”

掌书小姐垂眼睑、攥手:“对不起”。

启子不服:“为啥没有汤沐黎的?”

掌书小姐看他一眼:这人肥,胡子比头发多老了。她微躬:“对不起。”

昨天,启子才听说汤沐黎,老师让他给学美术的女儿买。

启子叹口气。举头看这书店,棚顶射灯照着榉木墙板,光芒如橘,人们行走如猫。

这边,有女孩蹲着看书。启子一瞅,又一瞅,漂亮:肩膀、小腰,臀部像花瓶,过渡流畅。启子也学过点美术。他抽一本书,手指刷刷翻,瞟女孩。女孩脸对着书架,低头。

书翻完了,启子换一本,眼睛不看字。掌书小姐踱来。他怕被察觉,劈头问:“有汤沐黎素描吗?”

小姐再垂眼睑:“对不起。”

启子瞪她一眼,也就是合上眼皮,让眼球在里边回旋一圈再睁开,以示不满。

启子走了,腿肉碍着,两脚分开一尺多,站着走着都这样。到楼下,街人杂乱如鲫。回去,看女孩什么样。

没了。嗯?启子转一圈,在网吧寻得。她不算特漂亮,但眉目里有特殊的东西。傲?游戏人生?反正那个气质。她笑了,在电脑前,牙是四环素性质的,笑容纯粹,像花似的,一点点舒放。

启子在她旁边上网。怎么搭讪呢?启子假装不会弄了,请她帮忙。她飞掠一眼不理会,店员过来应急。

女孩起身要走,挎上双肩背包,腰朝两边扭扭。到门口,启子追上前送笑容:“你好!好!”

女孩愣,看看,意思“你谁呀?”

启子手攥衣襟:“我也上网。”

女孩“哦”,声音轻,还慢。意思“这没啥”。

启子出汗。在交际上,启子一诚恳,二出汗。诚恳是在行伍练的。班长“啪”给你一嘴巴,“知道为啥打你不?”“不知道。”“啪!”又一个,说“知道。”“知道还犯?”“啪!”又一个。没招儿,木讷。讷到一定境界,就诚恳。

启子说:“对不起,我太冒昧了,这是我身份证。”

女孩摇头。

启子:“我意思是,我爱好美术……”

女孩乐。

启子:“岁数是大了点儿。我感到您是美院大学生,想向您学习。”

女孩:“学啥?”

启子裤兜里有个特大手帕,四块饭馆餐巾缝的,拎出来,一抖,没头没脸擦。“我……想向……您知道汤沐黎吗?”

“知道呀,画家。”

“对对!”启子说,“您说得真好。我,想买他素描集,没有。”

“汤沐黎严谨。”

“对对!”启子汗出得差不多了,嗓子开始紧,干咳,“我挺苦恼。”

“苦恼?”女孩乐。这么胖,满脸胡子,还苦恼?

“买不到汤沐黎……”启子垂首,拎着大白毛巾。

女孩突然仰面大笑,笑声层次分明。“哈,哈,哈……”音更高亢,行人都看她。笑够了,女孩转严肃,“我走了”。

“别别!”启子摊开手,“我想能不能,这个……”他往前一指。

“什么?”

“请你吃肯德基。”

女孩端详启子。启子像儿童等待正确答案。

“哈哈哈!”女孩大笑。

启子随之欢笑,边笑边点头。

女孩偏头。“行。我叫小舞,你呢?”

启子小步快走两下,这也是在部队学的。“我叫启子,刘启民。”

在肯德基,他们浅聊。小舞美院毕业,在广告公司打工。启子说自己开小广告公司。小舞吃鸡翅极为流利美观。启子两指拈浓髯说对音乐书法的爱好。小舞不耽误吃,边吃边点头。

吃毕,启子盘算好了,前边再走几步有时装屋,给小舞买点啥,留纪念。

“不行!”小舞坚决。

“陪你走一会儿。”启子说。

“不行!”小舞拦出租,轻捷上车。

启子一双胖手按到车玻璃上,“打电话噢……”

小舞道别,手指弹键似的。

2

一个星期没音信,启子坐沙发上,一劲儿说:“闹心啊!咋整?”那天临下班,小舞来电话了,第一句:“找到汤沐黎没?”

启子结巴了,“哎、哎呀,你可来电话了。那个啥,把电话给我呗。”

小舞说:“没电话。”

“还说呢,这都来电显示了。”

“这是公用电话。”

“那怎么整。”

“给你个电子信箱吧。”

“行行，我找笔。说吧……”

之后，启子给小舞发电邮，自名“牛粪鲜花”，一日多次。

“让海洋变成金色吧，鱼儿片片水晶。”还有“所有的星辰全成为流星，从我头上哗哗落下，落在沙丘上，这是为了一个女孩。”

小舞上门：“牛花——”

启子正在电脑前忙乎呢，起来，瞠目，搓手。

小舞一屁股坐下，拿手边一把透明格尺，指启子：“我告诉你，别整那些邮件了，太吓人。”然后笑，小笑变成大笑，声音回荡。

启子满意。

“我觉得‘牛粪鲜花’对你特形象。”小舞狡黠地盯着启子。

“网名时兴四个字的。”启子说。

“不是。你看，你这大脸盘子，这堆肉，多像牛粪。”

“牛粪不脏，草变的。”

“用土黄的水粉颜料”小舞在他脸前划，“一圈儿一圈儿画，太像牛粪了。再斜画一枝玫瑰花……”

启子闭目仰面，“画吧、画吧。”

有一回，小舞说：“你呀，你就是没文化。”启子不服，文化有啥了不起的。他躲小屋看一星期书，出来，跟小舞聊天。

“昨天，我扛咸菜坛子给我妈送去，走半道，桡侧伸腕长肌开始酸。”

“什么玩意儿？”小舞不明白。

启子知道她要问。“就这——”他指小臂，“还有，腿肚子，比目鱼肌；脖颈这叫斜方肌。最可乐是这——”

他撸裤子，指腿跟：“缝匠肌。真可乐！”

“你行啊。”

“这属于专业术语，平时我不说。比如，人耳只能听 20 到 20000 赫兹的声音，超过这个，啥也听不到了。”

“你知道这个有啥用？”

“啥有啥用？知识。”

那一阵，启子嘴里尽知识。“氚，是放射性元素，有淡蓝色光泽。”

再就：“小舞啊，有一种昆虫叫步行虫。这虫吧，大多数是益虫。触角呈丝状，有咀嚼式口器。”

小舞听着就乐，她不想乐，但憋不住。启子明显刚从字典里背下来，还绘声绘色呢。这一乐，又鼓励了启子，各种玩意儿越背越多。

小舞翻脸了，“讨厌不？再说这个，滚一边儿去！”

启子脸像冻住了，只有眼珠转悠。

3

启子找小时的朋友那明吃饭，把这事前后一说，举杯：“哥，给我讲几个笑话，小舞说我不幽默。”

那明是演员，打量启子：“那不是笑话的事，你压根儿就没情趣，讲也没用。”

“大哥，别介，讲两个。”

“我说你也记不住。”

“我使劲儿记着。”

“那我给你讲一个。这不是别人讲的，我编的。头两天我上北京，有哥们儿在饭桌上唱沙家浜。‘朝霞，映在，阳澄，湖上——昂，昂，昂，昂，昂，昂，昂，昂，昂，昂，昂——’快憋死了。边上一小孩说，这么难唱啊！我说‘不光难唱，还难听呢。’”启子困惑，说：“哥，这，幽默吗？”

那明扫他一眼，“呸！这叫包袱。再讲一个。昨天在阳台喝龙井茶，楼下喊：‘收头发，头发换钱！’我探头问：‘多少钱一根？’收头发的气跑了。”

启子拍腿：“这个好！这个好！多少钱一根？太牛B了。”

那明讲：“马三立有三个眼镜，人问第一副，‘这是干嘛的？’马老回答：‘读报的。’‘这个呢？’指第二副，‘上街戴的，显有文化。’‘那第三副呢？’‘找那俩眼镜的。’”

启子说：“这也好，我干个啤酒。”

那明说：“盖叫天12岁到上海演出，见着大米饭吓坏了，问‘能吃吗？’他自小光吃窝窝头,没见过白米。”

启子边喝边笑,然后仰着脸盘子瞅顶棚,背诵呢。吃几口菜,启子猛问:“眼镜和头发怎么回事来?”

那明摇头。

他和小舞处着,觉得有进展,想要小舞一个态度。启子常常假装独语:“我离婚这么些年,岁数也不小啦。”

小舞瞪眼睛:“别跟我说这个。”

“我跟自己说话呢。”

“别让我听见。”

“你岁数也不小了,想找啥样的?我帮你找。”

小舞打量启子,点着下颌:“找胡子上扎10个小辫的。”

当晚,启子打电话,请小舞到“蟹之蟹海鲜楼”吃饭,大厅最里桌。小舞到了,没见启子。手机响,他声音:“你往大门口看!”小舞回头。

喝!启子穿一件宝蓝色银团花唐装,玄色湖绉裤子,芥末黄皮鞋,大胡子挂满了红缨,细看全是小辫,黑亮黑亮,像个卡通版的窦尔敦。他慢慢地,当这么多人面走了过来,头顶是酒店密密麻麻的小红灯笼。小舞心一软,想趴他肩上哭一场。一个爱不起来的男人这么痴情,咋办呢?小舞没乐,趴桌上哭了。

启子跑过来,“咋啦,咋啦?我给你丢人啦?”两三下把胡子上的红头绳撸下来,辫散,胡须像雨水淋湿的狮头。

小舞笑了,吹出一个鼻涕泡,又板脸,看启子半天,说:“我跟你好行。不过,以后咋回事我也不清楚。”

启子吆喝服务员:“快快!点菜。”

又一天,启子约那明喝啤酒。他吊着脸:“我和小舞完了,她跟剃头的好上了。”

那明说:“你们根本弄不到一块儿。”

启子一摔手机:“那她也不能和剃头的好啊?”

“使劲摔。”

启子拿手机,在身上蹭蹭,轻轻放桌上。

“啥剃头的?”那明问。

“芙蓉湾发廊那小子。”

“发廊男的个个妖,小姑娘吃这个。”

“屁!”启子切齿。

那顿饭,启子翻来覆去一句话:“跟剃头的好上了。”他想哭,揩眼睛,看手帕上有没有泪痕。

“挤不出来。”那明说,“我分析,小舞不是和发廊的好,是故意找一个,告诉你这事完结了。你呀,启子你可能不愿意听。她相中你的有三:钱、憨、痴情。相不中的也有三:没文化,没事业心,没情趣。就他妈会点河螃蟹。相比较,还是相不中的面大。”

“那怎么整?”启子眨眼。

那明用牙签把茶里的浮梗挑出来:“简单,简单极了。”

“哥,我敬你!”启子呼啦站起来,双手捧杯。

“坐坐。”那明伸左手,“现在四月,‘五一’,‘六一’,‘七一’,‘八一’到‘十一’,都用不上,全是节日,唯独剩个‘九一’。”

“干啥呀?”启子问。

“听着。”那明说,“这9月1日,你把它用好就成了。搞活动。”

“啥活动?”

“造势呀!只要对社会有利,声势浩大的都行。比如说,你弄一个‘岳父节’、‘爱妻日’等等之类的,拉赞助,把政府吸引过来。这节骨眼,请小舞参与,她不是学美术的吗?声势起来,她必对你刮目相看,把剃头的踹一边去。”

启子点头。想了一会儿,眉眼开了。笑完了,嘴还咧着,准备再笑,这是恭敬那明呢。那明呢,又把步骤跟他讲了一遍。

说话间,到了8月,启子把小舞请到了公司,开口就说正事。

“呵,这个小舞啊,我搞了一个活动,中国第一个爱鼻日。鼻子这事挺大呀,好多人不知道这方面知识,鼻炎太多了。我们这个活动的目的,是提高全民族的爱鼻护鼻水平,完全公益性质。”

小舞看材料,××医学会鼻腔专业委员会,市卫生局,市健康委,还有第五军医大学。红头文件,盖大印。

“啊,这个广告也做了。”启子拿一份晚报,“你看,半版广告,全空白,横的:9月1日将会发生什么?竖的也是:9月1日将会发生什么?”

“发生什么?”

“广告在报上连登三天,字一次比一次大,都是‘发生了什么’。最后,中国第一个爱鼻日闪亮登场。”

“创意挺好啊!你想的?”

“嗨,瞎弄呗。”实际是那明想的。那明鼻子正常,主意挺多。

“啊,这个,”启子手势大了,嗓门也大了,“请你来,就是让你设计海报,印一万张,9月1日同时出现在大街小巷,不是说‘发生了什么’吗?就这,爱鼻护鼻美鼻,主题。”

“没有象鼻啊?”小舞问。

启子摆手,相当严肃:“市领导很重视,届时候出席剪彩仪式。”

“剪啥彩?”

“爱鼻日的展览呀!我正联系呢,还有一个时装展览,一个电视知识竞赛。关键在赞助商。你想想,有没有和鼻子挂钩的企业、产品?”

小舞装模作样地想,说:“鼻尔·盖茨。”

“别闹了,我这是正事。找你呢,设计个海报,让人重视鼻子。这玩意不好设计。不能光画个鼻子。这个图案出来之后,在大巴上喷绘,9月1日出现爆炸性场面。”

小舞想了想:“钱谁出?”

“全我掏,光广告就6万,无所谓,公益事业嘛。你的报酬,这个数。”启子伸双指。

“我不要钱。”小舞说,“看看吧。”

4

8月25日(周六),晚报出了半版广告,全白,小字贴边几乎看不出来。人们议论:“什么‘发生了什么’?”

第二天,议论渐多,公交车,菜市场,有人说道这个事。

“股票吧?”

“足球?”

“搞什么鬼!”

报社的电话哗哗打,“启民策划”名声在外。

启子进出公司,步履快捷,手机常贴耳边,爱看表,说话第一句是:“不行,现在没时间。”启子感叹:“我十分理解歌星,球星为啥不平易近人,事业摆那儿了,对不对? 能不端点架子吗?”

小舞被这个阵势震住了。她妈在家刷碗时说:“哪个鳖犊子想这么个损主意,吊人胃口。”小舞挺自豪,但没说谜底。她拿出三幅彩喷样子,让启子过目,这时已经28号了。

启子把画稿放桌子,抿着嘴沉吟,小舞不敢出气。他相中了鲜花那幅,一个孩子,用鲜花挡着鼻子。文字是:嗅觉天赐,保我健康。大字:9月1日——爱鼻日。

“行,这张吧。”启子说,“下厂印。”

吃饭,小舞给自己倒上白酒。“刘启民,过去我有眼不识泰山,没看出你的才华,敬你!”她仰脖,半玻璃杯白酒全下肚了。

启子想了想:“嗨,我这两下子算啥,大伙帮呗。不过,我这人不爱炫耀,比较迟钝。”

两人吃完,到韩国风情的济州街漫步,小舞的头一直搭在启子肩膀上,斜方肌一带。9月1日,海报铺开——爱鼻日。公交车更显眼,“爱护我们的嗅觉”,一辆接一辆过。启子美的,一劲儿闭眼摇头。

接下来,好多医院上街义诊,免费检查市民鼻子。药店鼻炎水脱销。医学教授在电视里讲鼻炎防治知识。

三天后,新来的市长批示:此项活动甚好,创国内首例,有利于打造城市名片。接着,电视台组织爱鼻知识竞赛,但卫生局向公安局报了案。

警察一查,哪有第五军医大学? 从报社广告部文案看,公章全假的。查! 这还得了。启子的公司给封了,他人没影了。但电视竞赛还得办,市长想看。那明主持。

公安捎话，让启子赶紧自首。因为启子光赔没赚，也有公益的意思，诈骗罪可以不成立。但伪造公文罪跑不了，得说说。

小舞四处找启子，百寻无踪。闻此结果，哭罢，上了北京，在朝阳区大山子COCO 酒廊当午夜领舞。

启子没跑远，他就在沐江街 21 号 7 楼顶上的水房住着，没床，铺一个稻草垫子，房里贴着海报。电视直播那天，他偷偷溜到家电商场观赏。那明和女主持人在绚丽的演播厅里口吐莲花，满台美女围成半圆，鼻相姣好。市领导在台下第一排含笑观赏。

“防治鼻腔疾病，提高中华民族的健康水平。”那明在电视里说：“让鲜花的味道，乳香的气息，森林的芳香，永远留在我们的心田。”

启子情不自禁地鼓掌，不觉间，眼泪下来了，他小声说：“多牛呀！”

铜钢琴

1

夏天,晚上,张其上保利大厦听音乐会,认识了周养菊。

周养菊是盲人,在地铁东四十条站吹长笛。张其见时,有小痞子往他铝饭盒的钱罐里扔石子。“当——”他停下吹奏,说:“谢谢”,语气不轻不重。小痞子跟女朋友挤眼,再扔石子。“当——”老周挪开嘴:“谢谢。”

张其这火“腾”地上来了,他正学禅理,不敢生气,心里说:“爱他们,爱他们吧。”掏两元纸币猫腰放钱罐里,瞪小痞子一眼。

走后,张其回头,见小痞子慢慢伸手偷钱。

“放下!”地铁拢音,张其的喊声把自己都震了一下,小痞子受惊,松手了。张其不解恨,上去扯小痞子前襟,想打,下不了手,还恨,咬着牙来回拽他。

小痞子像受到地震一样站不稳,“你丫撒手,你丫……”他女友跺脚。

“两位消消气……”盲人说话了,“两位不能再打了。这点钱两位分了,成不成?”

张其一听,不对味,松开手(小痞子跑了):“啥意思?他偷你钱!”

盲人:“知道,知道,扔石头子儿。您好心,我都知道。”

张其这才把气顺过来,问:“您咋知道他扔石子儿?”

“嗨。”他一笑,“声儿不对。钱什么声?游戏机币子什么声?哪还听不出来。”

“太可气了。”张其说。

“您啊,”盲人说,“人挺好,脾气不好。脾气要是不好,最后也做不成一个好人。”

张其想了半天,觉着话里有话,“这怎么说?”

盲人说:“您耽误我吹长笛了,说说也行。您觉得他扔石子是挤对我,没这回事儿。在他,是一个乐子,好玩;在我,是一个声音,当! 就这么简单。至于说他拿钱,有人拿,有人给,都不是我的钱。”

张其说:“你这不是没良心吗?”

盲人:“您又火了,是不是? 您反过来想,他要拿,我能不让他拿吗?”

“也是。”张其请教了盲人姓名,他叫周养菊。40多岁,面平静,衣装鞋履看不到潦倒相。

“我送您一首曲子。”老周说,“点吧。”

张其难为他,说:“栗子花的香味。”

“您懂。”老周摸长笛,“德沃夏克的,小品,一般人没听过。不过,得用单簧管吹,你明天来吧。”

谁明天来? 也就说说呗。张其上保利听音乐会,捷克电台交响乐团,《在中亚细亚的草原上》,鲍罗丁。

2

过了挺长时间,张其想起这回事儿,周养菊欠我一个曲子呢,去。那时候赶上人们下班,外边有雪,人流匆匆,地面是踩脏的雪水。

老周面对墙壁吹长笛,听不清曲调。

张其吹口哨——《栗子花的香味》。

老周缓缓转过脸,露出笑意,放下长笛,从蓝色防雨绸兜子里摸出一只单簧管,吹——栗子花的香味。

张其到跟前蹲下,问:“还记着这个事儿呢?”

老周不搭腔,吹完整,说:“我得吹完再跟你说话,一小节都不能丢。”

两人见面,像挺亲。张其看看钱罐,薄薄一层硬币,说:“这么大的人流量,也没多少钱啊。”

周养菊手指抚单簧管音孔:“你当我收费站哪?”

往下没话了,张其琢磨选个曲子,单簧管人家揣了好几个月。

“晚来天欲雪,能饮一杯噎欧。”老周收拾东西。

“能饮一杯什么?”

“噎欧,就是你们说的无,古音。你不懂。”

“撮饭呀?”张其问。

“对呀。”

张其乐了,摇头。瞎子,一个乞食的,跟贵族似的。“嗯,走,我请。”

“别介,谁张罗谁请。陶陶居。”老周包上单簧管,放兜里;用布包上长笛,放兜里;“哗啦——”钱倒进去,兜挎肩上,顺竹竿,边往外走边说:“陶陶居再早叫广和居,在北半截胡同。有一道菜好,五柳鱼。哪五柳? 鲜菇丝、口蘑丝、红辣椒丝——你拽住我袖子,火腿丝、笋丝,合称五柳。其实不然,此鱼为陶姓京官所创,原来叫陶鱼,风雅人跟陶渊明联系一道,叫五柳鱼……”

张其越发觉得他可乐,潦倒吧? 还腐朽。北京人真没治了。

3

陶陶居——一间不错的馆子,在工体北路,周养菊又谈了不少吃经。也不知道是真是假,什么清蒸鳜鱼凭腊肉提味,瓤冬瓜鸡要用高庄冬瓜。他脑袋不动,嘴没闲着。张其对吃没研究,觉得他卖弄。喝了两扎啤酒,对老周生出不满:我请饭为听你这个?

“别跟我说这个啦。你原来是干啥的?”

老周咂嘴,手拢唇,往后指:“小二锅头。”又一会儿,说:“这顿饭我结。”

“你可别闹了,够吗?”

“要饭的钱是不够,但我常来这儿。问她。”

女服务员点头。

“哎,”张其不解,“碰上高人了?”

“你见过高人吗?”周养菊撇撇嘴,“不是我说你,你们东北人太急,要不东北咋成不了事儿。你哪儿的? 干啥的? 你这些问题说出来我都替你难为情。为啥? 不讲礼貌! 你说的那不是生活,我说的才是生活。可惜你不懂。”

张其:“那……”

“行行,回答一个问题,钱。我,卖艺讨钱跟糊口无关,明白没?”

“没明白。”

“我有家产,老辈留下的文玩,卖一件够吃半年。我叫周养菊,养菊,别人以为是花把式,非也。裱画,四周边加一分旧纸,叫养菊。”

“你……”

“别急。我通点乐器,主要是木管。见天吹吹,来点钱。多少钱我并不知道。家有缸,一天一倒,快满了。”

张其想,渍酸菜的大缸,白花花硬币冒顶。这家伙胡吹吧?

“可……”

“对!”老周说,“弄一缸钱干嘛? 想知道这个? 告诉您,一缸远远不够,十缸也不够,攒四五十缸的时候,成了。”

这不是云山雾罩吗?“啥成了?”

“问得好! 成了一个仰仗。”

“啥叫仰仗?”

“别打岔。仰仗,跟你们说的理想相接近,比那高级。就是,我用吹长笛攒来的钱,铸一铜钢琴,放在公园。紫龙晴知道吗?”

“知道,我上班……”

“门口那块地,我号下了。摆钢琴。”

“能弹吗?”

“唉!”老周叹一口气,“是雕塑。紫钢浇铸,原大,三角钢琴,没声儿。”

张其想像草地上放铜钢琴,浮一层绿锈。“得多少钱?”

“先用石膏在真琴上作模,”老周说,“再用水泥翻模,再翻一遍,最后浇铜。”

“多少钱?”

“七八万。”

"你,靠这些零镚儿攒七八万?"

"对呀。"

"得多少年?"

"该多少年就多少年。"

"那……"

"拽不住了?"老周仰面,捏下巴,"你们把目标订得太靠近,我特意往远订,越远越有意思——这就叫仰仗,我发明的词。你们想可能的事情,我喜欢不可能的事。莱妮·雷芬斯塔尔说——听过这个人吗?给希特勒拍片的女导演,她说:我最为抱歉的就是降生到人间。听听,意思是给你们添麻烦了。我,一个盲人,也给你们添麻烦了,喝吧。"

哲学家——张其脑子里突然冒出一个词,虽然他没见过哲学家。一天一把零钱,铸铜钢琴。"你纪念谁?"

老周摆头:"不纪念谁,谁用我纪念?"

"做公益事业?"

"你要那么说是你的事,我没想。"

"老周,周老师。"张其激动,"我敬你一杯!"

"慢慢喝。"

"我不光敬,"张其掏钱包,他昨天在超市捡了二百元钱,"这二百元,我的奖金,都给你,早日做成雕塑。"

老周不高兴,放下酒杯,说:"我不知怎么称呼您。早日?干嘛?要早,我卖几张字画好不好?"

张其窘,转念想,不贪财的人还是值得敬佩。但思路被周养菊整乱套了。大学毕业后当京漂,天天跟钱搏杀,反倒不如一个卖艺的轻松。

"钱啊!"老周说,"给我钱的那些人,不知道钱是啥。"

"你侮辱你的施主。"

"不是侮辱。"老周从兜里抓一把硬币,"这是啥?他们说,钱。钱是啥?不知道了。钱,在他兜里是钱,'当'到我这儿,不是钱了。"

"是啥?"

“钢琴碴儿。”老周自负。

“那我给你两块大钢琴碴儿，咋不要？”

“让我少吹多少长笛呀？”

就这么着，他们吃吃喝喝唠得挺好。张其后来管他叫“周老师”。

周老师把账结了。

4

往后，张其又去一次东四十条，不是专门去的，办事，没见到老周。但每次路过紫龙晴公园的时候，都看一眼门口，铜钢琴，当然没有，早着呢？有一回看见了，铜钢琴，像大漆包线，一个孩子爬上去玩。醒了才知道是梦。

再往后，说这话距离两人吃饭有仨月了。张其又到了地铁口。四个出口都看过，没人。老周呢？

“您见过那个盲人吗？”张其问卖报的。

“不知道。”

“吹长笛的。”

“没听说。”

“买几份报。信报、北青报……”

“您说吹乐器的？”

“对。”

“他哪是盲人？”

“不是？”张其迷惑。

“哎哟喂！您真不知道？”

“真不知道。大姐您快告诉我。”

“给您说吧。”女人把报纸叠好，递给张其。“他是演员，人艺的，大艺术家，体验生活呢？”

“真的？”

“错不了，老在我这儿存放东西。你留心电视吧，小伙子。”

演员？两道气从张其鼻子里喷出去。骗我！细一想，也没骗。骗大伙钱？

也不叫骗。吹长笛，睁不睁眼无所谓，没强迫别人给钱。

他的手指很软，爱用食指和拇指捏衣角，从上往下捏。张其回想，真能装啊！他是谁呢？于是之？不可能。人艺还有谁？濮存昕？不可能。他裤角露一圈红毛裤，绿袜子，有这样的艺术家吗？

张其吸了一口烟吐出去。老周或者老×让我相信世上有一个铜钢琴，这不是蒙人吗？世上——张其想——一个美好的东西，一个仰仗，没了。老周把它毁掉了，这个假盲人！他吃菜用筷子敲碟子，听声儿判断不同的菜。

地铁车厢，顶悬的白色扶手按节律晃动，人们读报或养神。自打见了周养菊，张其察觉自己的观念有了变化，像老周说的，放慢速度，看清生活背后的东西，有一个“仰仗”。我为什么不能弄一个钢琴雕塑呢？张其想，在紫龙晴公园或什么地方。它没有消失，到了我的手中，该多少年就多少年。是的，他感到兴奋。如果有一天遇到了“老周”——某大演员，张其会感谢，而不会骂他“骗子”，或拽他衣襟往前往后扯一通。

流苏山下茶水流

有一年夏天，我去舍宾。舍宾地处长白山余脉，有山有水。河叫茶水。山的名字叫流苏，是满洲语或锡伯语，意谓“野猪后丘靠近尾巴的肉”。少数民族语言挺神，信息量太大了。“流”是“野猪后丘”，“苏”是“靠近尾巴的肉”，以一当十。当然这是汉人的解字法。黑龙江满归林业局之“满归”，汉语的意思是晒鸡巴的地方。满归两个字不能分拆，那就是干那个的地方。我在舍宾的一个肉铺问：有流苏吗？老板拿手背蹭蹭鼻子，说没有。你知道什么是流苏吗？他说不知道。不知道你就说没有啊？他说我就是不知道。

我去舍宾是为了学习知识，兜里只带了一本书，不是《人类哲学手册》，而是上海辞书出版社的《绘图儿童植物辞典》。我一直为缺乏基本的植物学知识而感到自卑。虽然我认识菠菜、葱和杨树，也认识鸡冠花，但还是没办法了解大自然。作为一个人，我不想在缺少植物学知识的状态下混生活，以至如奥斯特洛夫斯基宣称的那样——白白度过一生，却不知草木之名。这本儿童辞典介绍了藻类、菌类、地衣、苔藓、蕨类、裸子、双子叶、单子叶植物七大类309种植物，其中我认识的只有苹果、杏、黄瓜、蒜、西瓜、柿子十多种，剩下的都糊涂，譬如九死还魂草、漆树、金鱼藻、沿阶草、大麻、巴褂木，认识吗？不认识。这本书有彩图，可以手捧着书在田野里辨识花花草草。我认为这是一个好主意，况且，这本书由大生物学家谈家桢主编，弗得了。

我对房屋中介的人说，帮我找一间可以看见流苏山和茶水的房子。中介说太好办了，茶水刚好从流苏山脚下流过，就像特意为你流的。那儿是师范小区，空房多了。

我租这间房子是三楼，东窗可以见到绿意葱茏但并不高的流苏山，茶水(一说查水)驮着山的倒影日夜流过。

第一天我认识了几种植物。那种名字最离奇、最具武侠精神的草(蕨类)被我在茶水河边的秃石上找到——九死还魂草。它的叶子像芝麻一样小，也像柏树的鳞片，黑褐色。河边的羊倌告诉我，干旱的年代，它的小枝蜷缩成枯黄色，跟死去了一样。遇到雨水，它立刻变绿，叶子也打开了。

就是这么个“九死还魂草”，我以为它能救人呢？我已经采集来六棵草，在窗台上晾晒；又把它分成九份，给朋友四份，我自己准备借此抵挡五次譬如说山崩地裂的事变。它的学术名字叫卷柏，这个名字好，比较朴实。九死还魂草，这个名字叫得太大，太不着边际。我还纳闷，中国有这种牛×草为什么没获得诺贝尔医学\生物学奖？中国人发现的治疗疟疾的青蒿素已经与诺贝尔医学\生物学奖失之交臂，它挽救了成千上万的非洲黑人的生命。中国人发现与提取青蒿素是在“文革”中，没申报诺奖，也没有学术论文，直接造福黑人类了。卷柏不过就是卷柏，它还是很厉害，把水分和光合作用之间的关系搞到了极致，向卷柏学习。

我见到了芝麻，一米多高，身上有茸毛，身上七八个胳肢窝结满芝麻。放羊人说，把芝麻籽放在太阳底下曝晒，小芝麻会像杨利伟跃出太空舱那样蹦出来。一棵大树开紫花，但没有丁香的香味。翻书后知道，此乃苦楝树，木材可制乐器，果实酿酒，树皮能驱人体的蛔虫。我小时候，或者说赤峰第七小学学生的小时候都在肚子里养了不少蛔虫。“六一”儿童节，不知哪来的人在操场上为我们发塔糖。吃了塔糖，我们全进厕所蹲下拉蛔虫。现在没听说谁有蛔虫，影星也没拿蛔虫炒作自己。这是说，我们吃的水果蔬菜上的残留农药已经让寄生虫无存身之地了。人连虱子也不招了，苍蝇变得软弱，飞不了太远就要蹲下歇会儿。印度班加罗尔大学——亚洲大学排名第三，比中国任何一所大学的学术地位都高——经过五年的跟踪调查发现，世界上蜜蜂数量少了。蜜蜂们何故少了？班加罗尔大学的科研人员讲，是由于手机的广泛使用，干扰了蜜蜂头部导航仪的磁场，它们在懵懂之余，黯然死去。此说如成立，移动和联通每年应拿出其暴利的20%

赔偿蜂农,也使我们这些非蜂农在有生之年继续见到蜜蜂——这种极为美妙的小生物。蜜蜂少了,但市场上的蜂蜜产量比过去增加了一千多倍,这是谁酿的?蜂蜜场老板趴在花上酿(泻)的蜜?都是他妈拿白糖熬的。

到舍宾前,朋友向我介绍了一位朋友,舍宾当地人,女子,名刘垂。刘垂在电话里热情承诺向我介绍舍宾风情,我说我想得到有关植物学的指导,她说没问题。刘垂在当地农科站工作,是沈阳农业大学的硕士生。传说她长得很漂亮。

到舍宾的第二天晚上,我在房间里接到了刘垂的电话。那些年还没流行手机,电话打到我房间的固定电话上。

"玩得怎么样?"她在电话中问我。

"很好,荼水边上有一片芝麻地……"

她打断我:"我昨天就给你打过电话,你不在,你太太或你女友接的。她没告诉你吗?"

"没有啊?"

"她没说刘垂来过电话?"

我想了一会儿:"我没带太太女友来呀?我一个人来的,我没有女友。"

"别解释了,你没女友我也不给你当女友。你真的没接到电话?"

"没有啊,房间就我一个人啊,你可能拨错了号码。"

刘垂与我核对座机号码,没错,就这个号。

她说她明天再打过来。

第二天晚上六点,我在房间里整理乌拉草的标本,这是在水洼里薅来的,三棱形的秆细而坚硬,顶上有几朵寡白的花。

电话——"你好,我是刘垂。"

"你好,刘老师。"

"我下午四点打过这个电话。"

"我上山了。"

"一位女士接的,她说你不在房间,还说不知你干什么去了。"

女士?怎么会有女士在我房间?座机上方有一幅年画,一位绫罗绸缎的古代美女挎一筐仙桃含笑而立,她下来接的电话?

我回答:“我房间没人,只有我自己。”

“你又来了。”她说,“难道我说谎不成?说谎对我有什么好处吗?”

我听出她口气不满,说:“我相信你说的都是真的。可是,这是谁呢?”

她哈哈笑了:“是谁你还不知道啊?”

我说:“我真没见到这个人,我情愿跟她见一面,我……”

她说:“这样吧,我昨天和今天都是四点钟打的电话,你明天四点哪儿也别去,在屋里等我电话。”

就这么办了,我一定要认识这个天外来客。在电话中,我还问了刘垂一句:“这个女的长什么样?”事实证明这话问得很愚蠢。刘垂说:“我还想问你呢。”

撂下电话,我想这个事和这个人。

一,这个事存在吗?我认为不存在。就像永动机和尼斯水怪不存在一样。如果相信这个事的存在,以后就可以随便相信什么事的存在,譬如相信希特勒还活着,他正在大兴安岭的国营林场养老院里打麻将。还可以相信王家岭矿难的工人全没有姓名,相信男人的阑尾可以分泌麝香。我觉得刘垂给我打的电话是邮电线路出了一点小毛病——串线了,我也有的理由相信刘垂拨错了号码。人常常会连续拨错一个电话号码。

二,我不信一个人会在每天下午四点钟到我这间临时租的房子里替我接电话。如果有这种可能,我宁愿相信以后有许多植物,譬如纺锤树、罗汉果、肉苁蓉和捕蝇草都会到我房间接电话。

我想了想,给刘垂打了个电话,约她见面。她说不必了,明天等我电话。

第二天下午四点钟,座机像高压锅冒气一样鸣响,我接电话——刘垂。

刘垂说:“怎么会是你?”

我说:“我也希望是别人,可惜没人。”

那边沉默了一会儿。刘垂说:“这其实是你的私事,你跟什么人在一起跟我都没关系。”“没关系”这三个字很重,听起来像“没男女关系”。

我说:“我想知道是怎么回事。”

她说:“你权且当我没说过这件事,然后安心研究芝麻。芝麻的茎下半截是圆的,长到上面就变成了方的。祝你开心。我还有一句话不知当不当说……”

“你说。”

“我个人认为，”刘垂说，“人还是诚实一点比较好，女人比较在意男人是否诚实。”

我刚才还在想芝麻为何由圆形长成方形，再听她口风，我成了不诚实的人。在她想像中，我领六个女的蜷居于这间斗室，她们接了电话，我却不敢承认。我跟刘垂解释不清楚，我也不想再解释并希望忘记世上有一个叫刘垂的人。她爸为什么给她起名叫“垂”？她爸有胃下垂症？她妈生她的时候她爸到市场买了一盆垂盆草？我没见过垂盆草。谈家桢这本儿童书说，垂盆草是肉鼓鼓的小草，每一轮叶子是三片，不怕干旱，还可以治疗肝炎。

算了，刘垂草木皆兵。见到她，一定向她承认我正与作风不好的女人姘居，以后不允许她接电话，我和这个女人以后都要做诚实的人，至少敢承认接过电话。

可是，这个女人在哪儿呢？会不会真在我房间里？柜子里挂着空衣架，抽屉里有一张纸，上面印着：“菜籽油，早喝早健康。”我如果喝一瓶菜籽油，能不能找到那个女的？上面没写。写字台的抽屉是漏的，所以里面也没有这个女人。外屋有一个简易煤气灶，一个液化气钢瓶和一台玉兰牌排油烟机。我往排油烟机的管子里瞧了瞧，没人。拿铲子敲了敲钢瓶，里边也没人。碗橱里扣一个红塑料盆，厕所墙上挂一把笤帚。我搬凳子往马桶水箱里看，水里浮一塑料球。我觉得水箱里应该有一封塑料布包的信，用砖头压着。信中说明这一切并捎带解释世上其他难解的谜团，可惜没有这封信。那么，这个接电话的女人是我采来放在窗台的瓜叶菊变的吗？这一束瓜叶菊的花朵有白也有蓝，还有异色镶边。我拿这束花扑打电话机，问：瓜叶菊，你会接电话吗？用女声？

我巴不得屋里有个女的，可惜没有。

我在茶水河畔见到一棵野菊，银灰色，它的茸毛贴在茎上，叶子裂出细片。我手边没带儿童植物辞典，不知这是什么草。还有一种植物，有长柄的叶子。揉它的叶子，散出一股浓烈的腥味。这是鱼腥草，泡一下可以吃。我每天辨识一到两种植物。来这里四天了，记得的只有最后认识的——鱼腥草，原来的都忘了。没忘的是南瓜、葱、豆角。

下午四点，我回到住处——师范小区二号楼四单元301室。进屋，我急忙退了出来。我可能进错屋了，一个女人坐在沙发前接电话。我退回门口，又下楼到单元门口，确认我确实没走错门，开锁进屋。

屋里——如我所料，人没了。

我想到了一个词，叫“匪夷所思”，简直是土匪蛮夷所思。我要从头捋，首先确认这个世界是唯物主义的世界，虽然唯物主义这个词乖巧并乖张，但基本表达了世界与事物的实在性。我不认同世界的武侠性、悬疑性、惊悚性、阿加莎·克里斯蒂性、不着边际性、胡说八道性。那么，那个女的上哪去了？她来过我的屋吗？她跟接刘垂电话的是不是一个人？

我开门进屋，走三步，站在那儿朝沙发看，沙发边的茶几有一部电话。当时她边打电话边看自己的指甲，但是她没了。我上前握了握电话听筒，看热还是不热，没觉出来，观察听筒的指纹也没瞧出来。肉眼看当然看不出指纹，要用胶纸采集。采集也没用，没法对比。

我走几步，问：“女的，你在哪儿？”“女的”有点儿不像话，我改称：“打电话的小姐，请问你在哪儿？”

有可能——这种可能很大——我刚才嚼的那种草，让我中毒并产生幻觉。我急忙翻开《绘画儿童植物辞典》，找，找那个银灰色长立毛的草。找到了，它叫“除虫菊”，会使蚊子神经中毒。

我见过蚊子在蚊香的香氛中旋转，徒劳拍翅，没见它咳嗽，蚊子也没吐。神经中毒？越南人民遭受过美军神经毒气的荼毒，使他们忘记了越南语的声母和韵母，改说缅甸国惮邦人的话。×国军方储备大量神经毒气……我觉得出现耳鸣声，牙变得沉重，带动上眼皮沉重起来。我需要睡一会儿觉，虽然——我以为除虫菊还不至于杀死一个人——还不到睡觉的时间。

睡了一小会儿，我听到客厅里有说话的声音，女声。我用手堵住耳孔，再松开，声音忽远忽近，这证明不是除虫菊给我造成的幻听。我仔细听：

“我上小学时在校门口栽了一棵桃树。那时候，如果有人问我长大做什么？我就说开拖拉机。六岁，我从禾秆堆里拣出挂着稻谷的穗子，收集成小捆拿回家，再次打谷，喂我养的三只小公鸡。”

嗯？我起身，这是电视的声音吗？客厅里没有电视呀？我慢慢走到门口，见一个女的——就是她——坐在沙发上打电话。她说："四年级，我眼睛出了毛病。他们把我的小人书都锁起来。哥哥用自行车带我去邻县看中医，开的药是禾花雀的粪便掺上甘蔗渣。"

是时候了。里尔克的诗曾经这样说过，夏日曾经盛大，把阴影投在日晷上，让秋风吹过田野。我在心里说，是时候了，我跟你来个面对面吧！我整了整衣衫，我记得我脸上带着笑容，向她走过去。

她根本没看我，或者说没想看我，她在电话中说：

"小学离集市近，中间隔一条铺碎煤渣的泥路。路旁有高大的相思树，树上挂着苦瓜藤，结着纺锤形的小果，果实尾端开着淡黄的小花。我从山上可以看到石阶下的教室，有几个男生模仿电影《少林寺》的动作，摆一个白鹤亮翅……"

"你好，请问……"我问她。

她摆摆手，示意我别说话。接着说："我每天晚上跑到别人家帮着烧火，听大人讲鬼故事……"

这还不算鬼故事吗？我必须打断她。这是我的房子，这比鬼故事、少林寺都重要。"我……这个……"

她把手指放在唇上，提高了声调："过年的时候，我踩缝纫机，一踩到半夜，给全家每人做一件衣服。"

"请你停一下。"我说。

她用手指沙发，让我坐下。

她说："我家乡有一种树叫木麻黄，这是从澳大利亚引进的，叶子像针。我们用竹耙子搂落下的树针，有时也偷生产队的西瓜。我外婆是地主，她常常在我袖子上绣一朵荷花之类。她告诉我吃饭不要说话，坐下两腿要并拢，睡觉只能笔直地躺着……"

我觉得她说得挺有意思，坐下听。

"后来转学，到了黄泛区。这个地方因为黄河改道冲刷，土地非常肥沃，一场雨后，遍地都是蘑菇。在树林里可以捉到蛇，拎它尾巴一抖，蛇全身骨头就散架子了。所以我特盼着见到一条蛇……"

她三十岁出头,不知道跟电话那边的什么人说话,也许口授电视剧大纲呢。这个女人穿一件无袖连衣裙,颜色如暖瓶木塞那种泛白的褐色。她两只脚交叠一起,左脚五个趾头动来动去,像给右脚的趾头表演。说话时,她低头看自己脚趾的动作,膊肉雪白浑圆。继而用手拂耳后,把贴着肉的头发拨开。

我觉得她的长相和她口述的自传都很好,坐着听她说到天黑也很有意思,比观察植物茸毛的方向更有人情味。“咕——”,我的肚子响了,那个女人吃惊地抬头看我。响声从肚脐始,向上窜至乳突,咕——噜噜噜噜噜,好像鲸鱼向海平面吐泡。我想了想,这串声音属于 E 调的大三和弦。咕——噜噜噜噜噜噜噜,又来了,比刚才那串多了一小节,即两个噜。女人再抬头,我说我不是故意的,我原来不会这个。咕——噜……

我起身上洗手间依法释放这些音符,肚痛,还是除虫菊在搞鬼。我在洗手间盘桓了十分钟方系上裤带。到客厅,那女人和她的脚趾再次消失。

唯心主义让我给摊上了,这就像摊上了飞碟和非典一样。任何见过飞碟的人都是不幸的。你说你见到了飞碟,别人觉得你脑子进了水,而且不是纯净水。我看看天花板,没再检查抽屉什么的。她是从哪儿走的呢?

我匆匆下楼,跑到小区门口,也没见其芳踪。右面的茶水和流苏山还是老样子,左边是立满电线杆但没架设电线的大马路,空空荡荡。有一位老年妇女牵着比她还老、肚皮蹭地的狗在墙根走。她化装成了老年妇女?别瞎扯了。

回房间,我接着想这件事,想这件不合逻辑的事对我有什么危险。我想,只要把门锁好,不嚼除虫菊,无论多么离奇都不妨碍我什么事情。我锁好门,干脆把写字台堵到门口,睡觉。

梦里,我跻身于一场战争。是什么战争,梦没说。即使不在梦中,打仗的人未必知道自己参加的是什么战争。我爸过了好多年才知道他参与厮杀的作战行动叫解放战争之辽沈战役。他只知道打过沈阳、四平、杨杖子和小梁山。那时落后,阵地并没立牌子,上写“解放战争→辽沈战役→黑山阻击战→杨杖子战场”,像现在部队演习那样。骑兵部队东奔西突,当然他们的长官知道作战意图,士兵只是厮杀而已,抽空抓个刺猬在火上烤,吃了跟猪肉一个味。我(在梦中)参加的战斗比我爸的战事高雅。从我穿的军装看,好像是第一次世界大战之波兰战场,我穿灰哔叽镶红绦的制服,枪管上带一面小蓝旗,旗上有黑熊图案,显然这是枪骑兵。我爸连枪骑兵是什么样都没见过,他是四野骑兵二师的土豹子,而我已经当上了枪骑兵。我参加的战斗也比我爸的战争高一辈——第一次世界大战,他是二战。做梦有做梦的好处,省钱省事。我双手开(或叫驾驶)一架双管重机枪,黄铜的枪身在阳光下耀眼,枪口喇叭形的。这架重机枪好像由萨克斯管改装,民转军,枪身的按键还没来得及拆除。我说过,这是一台双管铜机枪,由两把萨克斯焊到一起,管长。一排黄铜子弹从右边顺进来,按 1 号键,单发,按 2 号键,连发,我把十根手指全按在键子上,子弹像泻肚一样洒满波兰的土地,放射着蓝光和粉光。既然子弹不是我的,我为什么不狂射呢?山下并没有敌人。原来说斐迪南大公的一个近卫旅在山下当我们的敌人,全没了。子弹打在桑树上,树下变成紫色的海洋,桑葚汁浸透了长满沿阶草的土地。

我当时想,萨克斯管的键和孔是按西洋音乐十二平均律设定的,它怎么能变成击发器呢?这时候,一位戴熊皮帽子留两撇黑尖胡子的士兵从下面爬上来,往我喇叭形的枪口里扔进一枚手雷……

“醒醒!”我正等着被炸死,有人拽我的被单,一个女的站在我床边。因为战事倥偬,我已经把白天那个女的忘了。我问:“你是谁?”

她压低声音:“别说话,起来。”

我起床摸了一下她胳膊,她说别这样。我只看她是不是活人,胳膊有没有软组织和骨骼。如果她胳膊是木制或硅胶制品,我就不客气了。

我起床转了两圈,没找到内裤。她手指,在那里。好像是她的内裤。

我穿戴好,问她:“干什么?”

她说下楼。

“干什么?”

“下楼说。”

“为什么跟你下楼?”

她转过脸看着我。她的眼睛很深沉,领口露出韭菜叶宽的透明乳罩带。“你不愿意帮助一个有困难的女人吗?”

“我愿意。”

“那就下楼吧。”

我搬开写字台，开锁（锁上被我绑了两圈铁丝）。“你是怎么进来的？”我问。

“这不算什么问题。”

下楼，我问：“你要去哪里？我声明我不能跟你去杀人、捉奸或绑架儿童。”

“这是另外的问题。”

我们出了大院门。风从茶水吹来，带着蛙鸣和潮湿的气息。

我问：“你是白天打电话那个人吗？你为什么上我房间打电话，你是干什么的？”

“你这些问题很幼稚，你不觉得吗？你为什么不问星辰围绕太阳转的理由是什么、河水为什么向东流、‘四清’和‘文革’之间有什么关系、林彪埋在了哪里、吴法宪为什么通过空政文工团女演员传递毛泽东的手札？”

“林彪埋哪儿了？”

“外蒙古。”她回答。

我跟她并排走，星星在天上嘲笑我跟一个不明真相的人行走。

“你不怕我是坏人吗？”我问。

“你不怕跟我走就好。”她答。

难道她是黑社会会员？驻会干部？我说我不走了。

她说：“进这个院就可以了。”

院里有没有带尖竹签的陷阱以及空中垂下的大网？我边走边看路边有无砖石，必要时拣过来自卫。

“好了，你回吧。”她在一栋楼门口停下，“谢谢你。”

“我陪你上楼吧。”

“不。”

我返回。墙角突然窜出一条白狗，我飞奔，狗追于后。由于狗比我多两条腿，越追越近。我猫腰假装拣砖头，狗怏怏站脚，留恋地看我，及远，用鼻子在空气中闻我的味。

回房间，是晚上 11 点 40 分。我看了屋内的一切——床铺、沙发、窗台九堆九死还魂草，一切如昔。那个女的是从哪儿进来的？我开窗，这是三楼，窗外并没有攀爬的痕迹。这个屋子会像候车室一样随便出入吗？一战的手雷塞进喇叭形重机枪口，炸还是没炸？

终于，我发现立柜与昨日不同，它与墙壁间的缝隙多出一公分。立柜立于东墙与南墙之间，我以手拨动——立柜缓移，它竟然带轱辘。随之露出一个门洞，没包门口也没安门，遮一个蓝布帘。布帘那边是另一家，此女从此出入焉。

我明白了，这两套房子是一家，挡个立柜两家住，就这么简单。我慢慢用手挑开帘子，身子离帘很远，我怕一只藏獒冲出来咬到我鼻子。那边漆黑，不见五指。在这团漆黑里面，还藏着多少女的呢？

有一个笑话说，某地屡发拦路强奸案件，公安局从外地聘请一位丑而剽悍之烈女，夜半马路巡游，把强奸犯全吓跑了。可见姿与色之间有奥妙。公安局授予这女的“综合治理先进个人”称号，发了三千块钱。我在四处游历的所谓笔会上也见过这样的女人，上海的、河北的都有。对她们，即使用最好的词加以赞美，也只是剽悍而已。她的姿与别人的色不搭界。如果她们不写作而去巡逻，都能领到公安局发的奖金。

我把写字台和煤气钢瓶堆在立柜边上，用钳子掰掉立柜靠墙一面的轱辘，基本上睡成了觉。

第二天，我去中介退房。我问中介，我住的屋子跟邻居是一套房吧？中介头都没抬，说是，门让立柜挡着呢。

是的，刘垂说对了。生活中所谓奥妙都称不上奥妙，所有的悬疑不过是一层窗户纸。你知道了怎样，不知道又怎样？离开房间的早晨，我的手已经碰到了帘子，想上那边看看。看看又怎样？拉开帘子，地上也许并排躺着六具无名尸体，我将陷入新的疑惑。有些人不断地探索真相，了解事情的谜底。我刚好相反，我愿意直至离开这个世界都保持对它的无知性，了解得越少越有乐趣。那个女人是谁？她为什么进这个屋打电话？她的小学到底是怎么回事？她半夜去了哪里？这些事如那女人所说，都是幼稚的提问，是她的事，和我的人生一点关系都没有。

艾略特今天说了些什么

1

麦穗左腿跪在床上，右腿悬空，趴窗台望外面柳色。她丰胸蜂腰，长相美艳，稍有妖气。这半个月，柳条先黄，像拱背的绿甲虫密密麻麻往树梢爬，再出叶，出柳树狗子，落地像毛虫。她好多年没看到春天的树是什么样，腿伤了反倒有机会看树。

千不该万不该跟那个男的去他家，麦穗心里又悔了一遍。这是规矩，破了规矩就倒霉。

男的叫张强。他家开门有一座楠木亚洲象，左手的鞋柜一米高，十多双女人鞋。

"你媳妇回不来啊?"麦穗问。

"不跟你说了吗?"他脱衣服，"她值夜班。"

张强答应给她 300 块钱，包宿。他解她衣服。

"哎呀！急什么?"

钱不好赚哦。麦穗被迫脱光了衣服，在地板上爬。一圈儿接一圈儿。她觉得自己身体雪白扎眼，乳房像两个袋子垂下来，不好看。命啊，干这行怎么办?

钥匙响动，啊？麦穗路上心里就忐忑，安慰没事没事，多赚点给弟弟交学费呗。"咣!"门开了，麦穗惊望——

一个穿裘皮短衣的女人，他老婆，手拎家乐福袋子，掉地上，什么东西碎了。她脸煞白，嘴唇哆嗦，看麦穗又看张强，这个货也没穿衣裳，光着腚坐沙发上喝啤酒呢。

麦穗飞也似的扑向沙发的衣服，这女人同时向她扑来，好在——张强也有点良心——拦住了媳妇。

他们两口子撕扯，骂声、哭声、劈哧啪嚓的击打声，不知谁打谁了。好歹，麦穗穿上了裤衩和乳罩。那女人冲过来，抱鱼缸砸麦穗，落地碎了，玻璃碴扎破麦穗的脚。这女人拿电话砸，拿衣架砸，薅麦穗头发——薅上就完了，没薅着。麦穗退、退，从开着的窗户跳下去了。其实不叫跳，窜出去了。上楼的时候，怎么忘了这是四楼呢？忘了，那一会儿八楼也记不住。她被三楼放花盆的铁栏挡一下，又让一楼自行车棚绿色石棉瓦挡一下，落地，摔断了左腿。

这家人没下来，可能在家打呢。麦穗要是摔死了，他们不怕摊人命吗？小姐的命不算命。是几级保护动物？几级都不是。

往后的事更寒碜，麦穗都不敢想。她从自行车棚爬出来，骨断茬支出来一根，浑身是土，还有血。到门口扶着铁门站起来，对人央告——正在傍晚下班时分——救救我！往来人有害怕的（小孩）、大笑的、抱膀叼烟卷儿欣赏的——麦穗着三角裤衩和乳罩——什么人都有，没人搭救。过了20多分钟，有老头拿一件棉大衣跑过来，问："咋啦？闺女。"

老头用自行车驮她上医院，垫钱。她的衣服、手机、钱包和张强欠她的300块钱，都没带出来。

不想这些啦，认命。小时候，奶奶说，你成天疯、疯，没个好归宿（她念续）。啥叫好归宿？麦穗家在鹤岗农村，穷得连糊墙的白纸都买不起，揩屁股用土块，这叫好归宿吗？麦穗躺两个月了，告别了歌厅的灯红酒绿，没钱赚，憋屈。偶尔，兰兰、李丹来看看她，拿点东西。一回，她跟兰兰说："你给我找个解闷的人呗。"

"找啥样的？"

"是人就行。"

"男的？"

"你找女的解闷啊？"

“嘻嘻。”

啥事就怕说，怕想。门响了，兰兰，别人没钥匙。

2

真是兰兰，她穿一件黑色连衣裙，低胸白嫩。

“真骚。”麦穗说。

“没你骚。我给你介绍一个朋友。”兰兰向走廊招手。

一个小伙儿。他身穿洗车工人那种旧的蓝工装，手里攥着垒球帽，眼神躲着。

“王耳，这是麦穗，你叫姐。我走了。”兰兰摆手。

“你走了？”小伙儿慌张。

“我留下干啥，碍事呀？”

门“咣”地关上。小伙儿身子一震。他打量房间，一个淡青色的冰箱，门上贴十几个麦穗各种表情的小贴士。两把折叠椅，双人床很宽，床头用金漆描一龙一凤，窗玻璃很久没擦。

“你叫什么？”

小伙儿伸一下脖子，算行礼。“王耳，耳朵的耳。”

“坐下。”

王耳坐床上，背对着麦穗。

“对着我。”

王耳站起，坐在折叠椅上，摆弄帽子。

“抬头。”

王耳抬头，他二十四五岁，头发密得连针都插不进去。有点趴鼻子，爱咽唾沫，突出的喉结给人感觉身体强壮。他眼睛——不是说眼光——里面有一丝遥远的神情。

“干啥的？”

“烧锅炉。”王耳又把头低下去了。实说，麦穗瞧不起城里的工人，吃不起馆子，买不起衣服，活个啥劲。

“咋跟兰兰认识的?”

“我不认识,杨哥介绍的。”

“杨哥是谁?”

“邻居。”

“咋说的?”

“杨哥说,朋友的姐妹儿腿摔坏了,没人陪,让我陪着说话。有活帮帮手。”

“你不上班啊?”

“锅炉房开春停了。没事。”

“没干点啥?”

“我不会干啥。”

“陪说话儿? 你说吧。”

王耳直腰,说:“我不会说话。”

“那就大眼儿瞪小眼儿呆着?”

王耳埋下头。

“你会啥?”

王耳嘟囔一句。

“大点声儿。”

“背诗。”

“背诗?”麦穗点上一支烟,伸舌尖干啐一口,“背什么诗! 上卫生间把尿盆给我拿来。”

王耳撂下帽子,奔卫生间。

王耳给麦穗倒尿盆,买烟、报纸和牛奶,收拾屋子,下挂面。他干活挺勤快,没活儿闷着。

麦穗忽然想起来一件事,问:“兰兰咋说的,除了陪我说话、干活,还说别的没?”

王耳把头低到两腿间,露出颈椎的骨头包:“没有。”

“说没说和我处朋友?”

王耳摇头。

“行了行了！抬头。”

王耳像虫子那样把身体松开。

“处过对象没？”

王耳又要低头。

麦穗用好腿踹他一脚：“你哪有老爷们儿样儿！”

王耳不防，从折叠椅上摔下去。

“哈哈哈，王耳，你和女人干过吗？”

“干——啥？”王耳厚嘴唇费很大劲儿发出微声。

麦穗拍床：“你说干啥？睡觉！办事！”

王耳四处张望，想跑。

“熊样！不跟你说了。你不说背诗吗？背吧。床前明月光？”

王耳说：“艾略特。”

“干啥的？”

“英国诗人。”

“姓艾？”

“全名叫托麦斯·史登斯·艾略特。”

“背吧。”

王耳的表情变了，放松，还有一些自信，好像眼前出现一条河流：

“那么我们走吧，你我两个人\正当天空慢慢铺展着黄昏\好似病人麻醉在手术台上……”

“不许提手术台！背别的。”

王耳舔舔嘴唇：

“黄色的雾在窗玻璃上擦着它的背\黄色的烟在窗玻璃上擦着他的嘴\它的舌头舔进黄昏的角落\徘徊在干涸的水坑上\让跌下烟囱的烟灰落上它的背\它下台阶，忽地纵身跳跃\看到这是个温柔十月的夜\便在房子附近蜷伏安睡。”

“哈哈哈。”麦穗仰倒在床上，“牛×，黄色的烟在玻璃上擦嘴，真能编。还说舔，舔什么？”

“黄昏的角落。”

“这个艾什么也是流氓头子,舔。背吧。”

王耳先小声叨叨一遍,清嗓子。

“那么,归根结底,是不是值得\是否值得在那许多次夕阳以后\在庭院的散步和水淋过街道以后\在读小说以后,在饮茶以后,在长裙拖过地板以后\说这些,和许许多多事情?\要说出我想说的话绝无可能。”

“别说了!”

王耳看麦穗。她倚在床头上,脸上阴沉。她穿一件松松垮垮的灰毛衣,像男人的。下身是白底碎花的棉衬裤。抱膀,夹着烟不吸,红润的上唇外翘,嘴边有一颗痣。

“背吧。”

“我将穿上白法兰绒裤在海滩上走过\我听见了女水妖彼此对应唱歌\我看见她们凌驾波涛驶向大海\梳理拍回的浪头的头发\当狂风把海水吹得又黑又白……”

在诗的节律里,麦穗心里安稳下来。现在是下午五点,那些姐妹儿打车奔梨花江演歌厅去了。她们没吃饭,在更衣室换上紧绷绷的短裙,坐在正对门的长沙发上等客人挑选。客人们有官员、商人,有一回还来了一个铁匠。在包厢,点几个冷盘,上啤酒。有时,姐妹儿请客人为自己点一盘饺子。喝酒、干杯、唱歌。客人们搂着她们的腰,拍拍她们屁股,眼光顺乳沟往下出溜。再不就亲一口、掐几把。就这些,得100块小费。但不能让人领走,唉……

王耳还在背。

“四月是最残忍的一个月,荒地上\长着丁香,把回忆和欲望\掺合在一起,又让春雨\催促那些迟钝的根芽。”

“吁——”这是车老板儿喊马的口令。麦穗问:“你瞎编的吧?”

王耳呼地站起来,手指窗外:“这怎么能瞎编呢?这是艾略特《阿尔弗瑞德·普鲁弗洛克的情歌》和《荒原》第一章‘死者葬仪’开头的四句。”他有点生气。

“你一个烧锅炉的,咋会背这个?”

“喜欢。”

“你有家吗?”

“自个儿过。”

“父母呢?”

王耳迟疑:“我没见过我妈,她跟人走了。我爸死得早。”

“谁养你?”

“二叔。”

“也在沈阳?”

王耳点头。

麦穗看他拱起的宽阔的背:“这么说,你没跟女人生活过?”

王耳点头。

“我让你看一样东西。”

王耳抬头,见麦穗双手撩开毛衣,露出白花花的两个乳房,乳晕深紫色,有大钱那么大;乳头小,黑。

他“蹭”地跑出屋,帽子也不要了。

3

王耳三天没露面,杨哥催,他回到麦穗家。

“你还来呀?臭小子,我上厕所怎么整?牛奶、方便面怎么整?你混蛋!”

王耳表情欣然,从怀里拿出一个东西——一条鱼,木头刻的。身上闪闪的鱼鳞片显见是粘上去的。

麦穗一把甩在地上:“拿假鱼骗姑奶奶。”

王耳惊讶地看地上的鳞片。他抽一下鼻子,左手从裤兜里掏出一包烟,软包“人民大会堂”,右手从裤兜里掏出一包烟,软包“人民大会堂”,玻璃衬纸在红底上闪光。麦穗剥开,拈一根点上:“这么贵的烟,哪整的?”

王耳瞧顶棚,得意。

麦穗把袒胸的事在电话里跟兰兰说过。麦穗说,兰兰可惜你没看着,这小子脸都白了,拔腿就跑,没想到还有这么腼腆的人,你说是怪物不?

王耳拖地、擦桌子,背“河上树木搭成的篷帐已破坏,树叶留下的最后手指\想抓住什么\又沉落到潮湿的岸边去了。那风\吹过棕黄色的大地,没人听见,仙女们已经走了。”

麦穗问:“你知道我是干什么的?”

王耳一愣,低声:“知道。”

“小姐。你不嫌乎?”

王耳把抹布从左手换到右手,摇摇头。

麦穗叹口气:“背吧。”

“辽大操场矿泉水瓶子多的是。”王耳说,“那帮大学生踢球,人家根本不拿矿泉水瓶当事,喝完就扔。”

麦穗看看手里的烟。

“刺痛\金色的蜂群\在教堂尖塔上\银色的\歌唱祷词那\巨大的钟声与玫瑰一同震响……”

“放屁!”麦穗不知又想起了什么事,一脸怒容,“你过来!”

王耳走过去。

“咣!”麦穗踹他一脚,又咬着牙说:“过来……”

王耳又过去。

她拽他领子,“啪啪”扇他耳光。王耳挡着,扇不着。她扇自己,王耳拦住。麦穗放躺大哭,呜——呜——声音越来越小,后来睡着了。

王耳做好饭,把烟缸刷干净,下楼买橘子和黄瓜。看麦穗还仰面睡,看一会儿,转身。

“别走。”麦穗睁开眼,指鱼:“拿过来。”

红色的木鱼,纹理鲜明,松木。云母色的鳞片粘得不太均匀。麦穗看王耳,“抱着我。”

王耳半拢手,不知如何。麦穗已偎进他怀里。麦穗用乳房贴近他,王耳弓腰,悬离空间,手像烤火一样虚抚她背膀。麦穗抬眼看一眼,又埋进他怀里。少顷,两人松怀。麦穗说:“我奶奶给我做过一个吉祥物,从小带在身边。羊羔皮编的麦穗。这么长,缝着蓝、绿的小玻璃珠子。我奶奶说,只要你不离身它就保平安。可不咋的,那天没在身边啊。没穿上衣服,怎么在身边?”

“丢哪儿了?”

“丢王八蛋他们家了,可能被他老婆烧了。”

“谁呀?”

“别问了。”

4

王耳来到张强家门口,敲门。这件事他问过杨哥。

“干啥?”一个男的开门,肚子大,脸上汗毛眼大。估计是张强。

“我找张强。”

“啥事?”

“要麦穗的东西。”

张强把他拉进屋:“你是他啥人?”

“给我皮子编的穗。”

“别的不要了?”

王耳不知道还有别的,摇头。

“凭啥给你?”

“让我干啥都行。”

“干啥都行?”张强打量王耳,“口气挺大呀!”

“把皮穗拿来。”

“打仗敢不?”

“敢！把东西拿来。”

“跳楼你也敢呀？像麦穗。”

“拿来。”

“我要不给你呢?”

“我不走了。”

“你翻天了!”张强提提裤子,皮带扣是范思哲牌子。

“拿来。”

“跳下去!”

“拿来。”

“没见过你这么犟的,好小子。”张强进屋,出来,手里拿一包东西。“麦穗的衣服让我老婆剪了,碎片你带回去。这是你说的皮穗。”

王耳接过来,皮麦穗被汗浸得黄软,珠子有高粱米粒那么大,顶头是一个万字福结。

“跳吧。”张强指窗户。

王耳走过去,他把皮麦穗揣兜里,拎着碎衣包,窗下有两棵支着桩的火炬树,自行车棚已经拆了,立几根铁管。楼下没有沙子和土堆,花纹的赭色方砖铺盖整齐。小区里很安静,一个老汉背手用绳牵一个三轮儿童车,小孩蹬车。

王耳上窗台,跳了下去。

“哥们哎,你真跳呀!”张强喊。

5

人跳楼,女的是臀部着地,坐姿,口鼻窜血。男人,往往头着地,也无活。重心不一样。王耳触地时,手张开(谁都一样,都张开),头垫在碎衣包上,没破裂,脖子和胸椎断了,张强把他送进医院。

兰兰陪麦穗来到病房时,杨哥在,王耳的二叔和张强被支走了。

王耳头肿得变形,眼睛能睁开一点小缝,嘴肿得合不上。麦穗扔掉拐杖,扑到他身上。

“你咋这么傻?王耳!你缺心眼不?王耳!你咋就这么傻!”杨哥劝慰,麦穗止哭,看王耳,想从这张陌生的脸上找原来的样子。

“他咋样?”麦穗吸鼻子,问杨哥。

杨哥撇撇嘴。

麦穗又抽泣,哭声越来越大。“我命不值钱,你咋不拿自己当回事呢?这么个傻人咋让我给摊上了?”

麦穗边哭边使劲拍打王耳。王耳出痛苦相。

杨哥拽麦穗,她一扭腰,看王耳。“王耳,给我背几句诗,艾略特今天又说什么啦?背吧。”

王耳张开暴皮的嘴唇,声音细小:“晶亮、的太阳,照在莱、茵河、的黄金上……”他闭眼，背不动了。

麦穗：“你说，‘风在门下边\风在做什么’说‘爱尔兰的小孩\你在哪里逗留’……还有……”麦穗擦眼泪，回想。她看到王耳嘴边似有笑意。“‘一只老鼠轻轻穿过草地\在岸上拖着它那粘湿的肚皮’王耳，是你背的吗？”

王耳眨眼认同，嘴动，麦穗俯耳。

“金色、蜂群，那首诗，不是艾略特，我骗、你了。是肯、明斯。”

“傻子，傻子呀！”麦穗搂着他脑袋哭。王耳感到她的乳房像两眼温暖的泉水，从自己胸膛流过，抚布全身。手在被子里攥着皮穗，一会儿给她。

灵 钻

谷白喝汤,停下来,眼睛看远处。

“怎么了?”连丽方问。

没什么,只是停一下,所谓怔忡。

“咸了?”

“没有。”

谷白一口一口喝。汤里有乌鸡、淮山、北芪的成分。当然主要成分是水。

“你换上毛裤吧。”连丽方说。

谷白点点头。他想像灰羊毛裤套在自己腿上,脚腕子细,越往上越粗。腰……哪里有腰?腰和臀都让脂肪包着,六十多岁的人了。

“今天有雨吧?”连丽方看窗外。

谷白瞥一眼窗外,有点后悔。他觉得观天、研究雨情都属多余。六十来年,天不外是晴、阴、多云那么几样,天嘛。

连丽方洗碗。她腰身挺拔,屁股还隶属女人阵营,丰腴、有过渡,而不至于松懈、膨化(食品?)或璩美凤自称的烂摊子。谷白用餐巾擦去胡须上的汤——如果有的话,这是他不愿喝汤的原因之一。餐巾的品牌竟然叫“心相印”。心和什么相印?和肺脾肾?乱讲话。

谷白走过去,把手放在她腰间。连丽方用左肘一拨,转过脸,她眉宇清朗,不像五十二岁的人。“什么时候上白旗寨?”

所谓白旗寨是连丽方姐姐家。一幢带旱厕的小洋楼,各个房间挂满镜子,农民兄弟的家。“上白旗寨”的意思是在那儿举办婚礼。

婚礼？上帝啊。谷白成了一个举行婚礼的人。如果一个六十五岁的人还举行婚礼,何事尚不可为？开潜水艇,在南京长江大桥跳草裙舞,和车臣匪徒肉搏,但连丽方听不进这些道理。

“婚礼这么重要?”

“婚礼用仪式告诉我有了自己的家,而不是性。不然我说服不了自己。”

“婚礼能说服什么?”谷白问。

“转折,说路标也行。它告诉我走上了一条新路,和过去不一样了。”连丽方说这些话的时候,像在心里说了很多遍。

如果亚兰活着,她会举行婚礼吗？亚兰去世快一年了。谷白的意思是,如果前妻活着,原来不认识,和他萍水相逢,也搞婚礼吗？当然这是猜想,他们俩在1959年春天举行过婚礼。

两人把头歪向对方,像儿童那样笑,这是在黑白照片上。照完相的晚上,他们同寝。第二天一早,亚兰抱着衣服跑到了外屋。感谢上帝,没等她跑出屋外就被谷白拉住胳膊。亚兰用衣服掩胸,右手张着按在腹下,惊恐,或许还发抖。谷白记得,她光着脚,身后的酸菜缸压一块青石,缸壁的绿釉子像下淌的水滴,凝固了。这房子是借的。

“你！你……”亚兰指着他的下身。

谷白换上衣服,亚兰随后进屋。

天光亮了,糊窗的高丽纸浅晕微红。谷白蹲在炕里看她,李亚兰,十八岁,肩胛骨支着,腰像酒壶的颈一样收回去,从肋下和胳膊间的缝隙看得见饱满的乳房,像小兽的头。

后来……后来亚兰搂着他脖子,把手叉在他的分头里。那时的干部和教师都留分头,谷白爱搽一种白玉兰牌头油。

“我睁眼,看一个男的挨着我,吓坏了。”亚兰虚弱地说。

“那不是我吗?”

“我忘了。”

谷白惊讶:“你把我忘了?”

“我把结婚的事忘了。”亚兰说,“一睁眼,光身子和男的在一个被窝,搁谁不怕?”

他搂着亚兰,手指滑过她的胳膊、腰和腿。她像一包水,像白萝卜。

“我害怕。”亚兰的嘴对着谷白耳朵眼儿说。

谷白掏掏耳朵:“那咱们进被窝吧。”

粉缎被上绣着银白团花,枕头也是粉的。墙上贴仙人捧寿桃的年画,年画下面是两个刷绿漆的柳条包,一个空的,另一个装几件衣服。

“你还看吗? 电视?”

电视? 谷白听到连丽方问。

在他家,每个房间都有一台电视。谷白把它们调到新闻、影视和体育频道。他背手到各房间看,不到一分钟,背着手出来。有时,他搬椅子坐在门口听,猜剧中人的表情动作,拿不准进屋验证一下。

刚才想到柳条包。那些柳条包去了哪里? 它们会无故消失吗? 柳条包里还有一串项链,玛瑙的。

亚兰说:“我害怕。”

“你害怕什么?”

亚兰在被窝里攥住谷白的手:“我害怕以后的日子。”

“以后怎么啦?”

“我不知道会怎么样。”

她眼神无助,他血涌,如公马那样一跃而起。

连丽方把每个屋的电视都关了。她用吸尘器吸尘,然后用洗衣机洗衣,然后做饭,然后刷碗,然后看电视。她看电视的表情像看自己的家人,宁静、安适。

亚兰病逝,有人上门提亲。有的他并不认识,媒人自报家门:我住29号楼,想起来没有? 养一条小黄狗,还没想起来?

多数人没谈成。谷白担心她们絮叨、小气、乖僻,这是他妄自猜测,往下也就没戏了。他想告诉她们,谷白也不是什么好东西,猜疑、固执、缺少同情心,是个返聘教授,样子帅一些,银样镴枪头,谷白评价自己。

谷白走上讲台。大教室约200个座位,空一半。学生们拎着水杯陆续走来,他们穿运动服、迷彩服和各种想像不到的衣服来上课。

日本经济衰退的资本因素——这是他本学期的课。“日本很富裕,私人存款量已经超过了十二万亿。问题在于,这些存款远离市场,并没有出现在经济最需要的生产部门。政府管理的邮政储蓄被官僚用于效率低下的公共设施方面。日本商业银行找不到能带来更高利润的新贷款人……”

讲课时,他发现窗外的银杏叶开始飘落,像金箔一样旋转,草坪仍然油绿。如果——他能够边讲边想不相关的事——银杏落叶的时候,鸟儿啁啾,人的心里又美又难受,难怪诗人咏叹。他感到诗人们并没有胡闹,经济学在胡闹,是冠以“产品、价格、利润”之名的疯言疯语。读大学,两三年都不足以看出经济学的虚妄,毕业才开窍。但没人抱怨,因为给了你文凭。

媒人为什么有这么大的热情?弗洛伊德说性在人的生命中具有巨大的力量,说的可能就是媒人。别人的婚事,谷白觉得只有一件值得倾力相助,那就是让陆游及其表妹唐婉复活,结婚,游新马泰,在胡瓜、高怡平的节目里现身。

后来,他在原缘圆婚姻介绍所见到了连丽方。她看上去健康,沉静的表情下有一丝软弱的渴求。年轻时,她应该比亚兰漂亮。她是植物检疫师,有固定收入,有房,无子女,离异多年。

如果——谷白心里有声音响起,声音出现时,常以“如果”开头——你想找一位妻子的话,也许是她。

为什么?

没有人回答他为什么,就是她吧。

亚兰病故两个多月后,谷白想女人的次数逐渐多起来,在这之前也想过。妻子在医院躺了两年多,她得了“进行性肌肉萎缩”,由脚开始,肌肉向上萎缩。谷白天天到医院陪床,另外有一个护工。谷白给妻子做做后背按摩,防止褥疮。他们的孩子在加拿大。人在加拿大,和在月球、火星上没什么区别,只是多几个电话。以后住在月球上也可以通电话了。在医院,谷白有时待一下午,有时呆一两个小时。别人对亚兰说:“你老伴对你真好!”

亚兰回答:“他欠我的。”

谷白明白,这是反话。

亚兰有次问:“你不想女人么?”

谷白厌倦地:“多大岁数了。”

“你?”亚兰用揶揄的笑容盯着他。“我说真的。”

“我也说真的。”

亚兰看床头的点滴瓶子:“我怎么报答你呢?你听说没有?性生活是人基本权利的一项。你应该起诉我,剥夺了你的性交权。”

谷白用鼻腔出气,表示笑了笑。当看到年轻的女病人柔弱地倚在窗前,他心里也生出别样情怀。而女护士轻盈往来,谷白不禁瞠目,女人和女人竟如此不同。

“我给你留点钱多好。”亚兰说,“我常常幻想,如果我捡到一大笔钱,悄悄存起来,死后留给你。”

“我要钱干啥?”谷白慢吞吞地说。

亚兰还沉浸在自己的幻想里,“与其让肾脏和心脏萎缩掉,不如卖了。”

“卖了?”

“对呀。变成钱,帮你一点忙嘛。”

谷白沉下脸,带着怒气说:“以后不要再谈这个话题了。”

“谈谈婚礼吧。”连丽方说。她穿一件丝质睡衣,里面胸罩暗红。这都是新买的。

谷白抬头,宛如准备长叹。

连丽方蹲在他膝前,仰面:“我不逼你,等着你,等到白发苍苍和我举行婚礼,行吗?”

如果他不回答,连丽方的眼光就不会离开。谷白闭上眼睛。

“告诉我你不喜欢婚礼的理由。花钱?不用你的钱。怕别人知道你结婚了?”

“我怕什么?”谷白站起来,指着电视说,“只有刘德华才怕别人知道他结婚了。”

“你呢?”

“我？”谷白被问住了。连丽方常说一些突兀的话，但想想有理。第一次见面，她说：“我和你相识是为了结婚，结婚是为了不离婚。”

吃饭是为了不吃饭，睡眠是为了不睡眠，也对。她还说：“我们没有过去，就别问过去，多想想未来。”

亚兰曾经问过谷白：“你会再婚吗？”

“不。”

“你敢发誓吗？”

“我……”，嘴被亚兰堵住了。她说：“我希望有人很好地照顾你。”

连丽方对谷白照顾得很好，她容忍谷白的一些恶习，包括恶言。谷白遗憾亚兰没见连丽方一面，毕竟在一个城市。想到这儿，谷白觉得连丽方挺可怜，她想往或者说相信婚姻的高尚性以及对一个人的改造。

“我依你。”谷白说。

连丽方飞快瞥他一眼，双颊红了。对女人来说，这种幸福的红云，在脸上一生也出现不了几次。她从茶几上拿过一页纸：“如果你不反对，婚礼订在下周六。这是计划。”

谷白看，租车、通知亲友、摄像、请主持人……

连丽方说：“费用估计在8000元左右，我出。但我希望……”

“什么？”谷白问。

“你给我买一枚戒指。”

“戒指？”谷白张大了嘴，“我从来没买过戒指。”

“什么品质都行。婚礼那天你给我戴上。”连丽方双手交叉攥住，像基督徒祈祷。

“好。”谷白想像自己成了新郎。谷老师身穿西装，像CEO那样戴着花，神采奕奕，肩上洒满彩屑。“好。”他重复说。心里想，顺变吧，何必执拗。

亚兰说：“活这么大岁数，你只碰过一个女人，也挺冤的。”

“冤啥？”谷白反问，“不吸毒、不搞同性恋、不赌博也冤吗？”

“那倒是。”亚兰的口气像欣慰又像遗憾。

谷白没吸毒，没赌博，但有过奇遇。那年在常州开会，杭州丝绸学院一位女教师,姓叶,对他有情。谷白怕领会错了,默然待之。情没有断,像泉水一样在叶老师眼里涟涟漪漪。谷白和她半真半假地周旋,倒也入港。散会前一天,他们在电梯里相遇,她醉意阑珊,面似芙蓉,手按在闭门键上,眼灼灼地盯着他看。谷白哆里哆嗦摸她手,她扑过来,扯开他衬衣,在胸上咬了一口。谷白傻了,像泥塑的一样走进她的房。

后来,他想她,把这个人想淡了,模样花了,记不起来。就这么一次。上个月,谷白在华联商厦等连丽方,她从电梯走出来的时候,谷白吓了一跳。原来,她的相貌(抑或气质?)竟和杭州那位叶老师相像。潜意识早认出了,意识才苏醒。那一夜,他几乎恳求连丽方:"咬我吧!"但没说,没法说。

明天就是周六。连丽方张罗万方,竟不疲惫,替谷白剪指甲。白旗寨那边订十桌酒席,花车也订好了。谷白差一件事没办——连丽方也没问——买戒指。他去金店看过,看中一枚5000元的白金钻戒,一会儿去买。

门铃响了。

对讲:"你是谷白先生吗?我是周大福金店。"金店?他们怎么知道我家呢?谷白疑惑:怎么会知道我的名字?

开门,人进来了。穿旗袍的礼仪小姐捧着盘子,红金丝绒上有首饰盒,边上站一位笑容可掬的先生。

连丽方咬紧嘴唇,眼圈有点红。

金店先生鞠一躬:"这是您的戒指。可以给我看看您的身份证吗?"

谷白把身份证递上。

连丽方打开首饰盒。白金戒指上镶一块钻石,约有黄豆那么大,灰绿色,切割面上闪着蓝光。

"这是什么戒指?"连丽方问。

"灵钻。瑞士人造钻石,佛罗伦萨灰。这里还有一封信,请您收好。"他们含情脉脉地退身告辞。

谷白打开信,连丽方探过头来。

"谷白:你现在还好吗?你看到这封信的时候,我们分别快一年了。我没经你同意(请原谅),让我的朋友帮忙,在殡仪馆取出我的一点骨灰(3克),订制了这枚戒指。你戴上它,会想起我。如果觉得不吉利,就别戴了。我们结婚四十年了,我没照顾好你,但在临终之时,我衷心感谢你,并用一万个心愿祝福你……”

连丽方松手,戒指掉到地上。谷白一惊,想捡又不敢,费半天劲才拣起来。白金的、佛罗伦萨灰的戒指,里边有亚兰的骨灰。世上竟有这样的事?谷白接着读信,字像鱼虫一样乱动,但最后一行字看清了:

“……我们相聚,不会太远!亚兰”

谷白身如墓石,想动却动不了。连丽方穿上风衣,把纱巾围在脖子上,往外走。

“你,去哪儿?”谷白用了很大的劲儿。

连丽方弯腰穿鞋,掏手机,看一眼放进兜里,说:“不会太远。”

婚礼记

在炎热的6月,我身穿黑水獭皮滚边的海青缎面皮袍子,头戴高耸的羊羔皮帽,脖子上涂的香料令人晕眩。我满脸淌汗,端酒杯与陌生人对饮,向他们行鞠躬礼——这不是梦境,是去年的一场经历——身旁,是我的“新娘”阿季阿兰。我总算把她的名字记住了。

这个巨大的白帆布帐篷,能装五十多人,没桌椅,熟肉堆在地面塑料布上。食用固体酒精勾兑的酒在饮马石槽里荡漾,随便取饮。

我的“婚礼”,实为阿季阿兰的婚礼,地点是俄国布利亚特共和国乡下的草原。

事情是这样的。为做一档电视节目,我们一行人围绕贝加尔湖,寻找蒙古文化的遗音。昨天,于乌兰乌德市兵分两路,我和摄像师占布拉搭一辆卡车前往湖边的塔布。司机谢尔盖是俄罗斯小伙子,已经醉醺醺。车上,占布拉(兼翻译,而我约能听懂一点点布利亚特语)向司机炫耀中国的富裕:我们一幢楼比你们五幢楼叠起来还高(这里多为二三层楼),我们的电视有五十个频道,我们吃肯德基都吃腻了,我们……我暗示占布拉换话题,他可能太想念祖国而滔滔不绝。终于,司机停车,绕过车头开右边车门,让我们下去。

我道歉并提出加钱,司机不屑,把二十美元车费和中国产清凉油扔地上,拽我们下车,说:“傲慢的中国人,你们有钱,但没有森林和正直的心灵。”

司机——带着正直的心灵把这辆吉斯牌卡车开向远方,我们像两个蚂蚁被丢弃在南西伯利亚。我痛斥占布拉的愚蠢,告诉他,中国人刚富几年?穷人乍富,显摆啥?该!可是,这条路还有车过吗?

“写遗书吧,在咱俩变成木乃伊之前。”我说。

占布拉以比蚊子还尖细的声音说:“这辆车还开回来吗?”

“只有上帝能回答你。”我告诉占布拉。我想应该去寻找村庄。如果没村庄等着我们,就只有死亡等我们。我和占布拉的手机都没办国际漫游,联系不上剧组。该!

我们在森林里走。西伯利亚森林在我看来仍然是古代的森林。一人抱不过来的大树触目皆是。有的树由于过于古老,颓然倒地。上面开着各式各样的花,缠着藤萝,几乎被落叶埋住了一半。

森林里几乎是一个音乐厅,不可思议的鸟叫声此起彼伏。有的鸟鸣,舌尖打着嘟噜,像夜莺一般歌唱。有的鸟像模仿老人咳嗽,而且是行将就木那种极为腐朽的咳嗽,欧——咳,欧——咳。有的鸟边飞边叫,呱、呱,声音从左转到右边。有的鸟鸣胆怯,唯恐惊扰了森林的宁静,唧——唧唧——仿佛它是含着一片韭菜叶歌唱。有的鸟如大笑,哈哈哈……这种声音,如果夜里闻听,一定会吓到人脚软。

“我们的摄像机还在车上。”我听惯了鸟鸣,对占布拉的人声一下子习惯不了,被吓了一跳。

我说:“人都快没命了,要摄像机有什么用?”

占布拉说:“我们怎么拍摄?”

我说:“占布拉,你妈生你的时候并没有同时生一个摄像机。它不值得你反反复复去想。我们要走出这个森林,见到有人烟的地方才能活下去,你明白吗?”

“我们能走出去吗?”他问。

“你为什么总是提问题?不断问别人是你脑子进水的表现。中学教育给人带来的最讨厌的东西就是不断提问题。不要问,你用自己的脑子想一想之后再说话。”

“我提问了吗?”他又问。

“你这不是他妈的提问吗?连我都变成提问的人了。我再说一遍,不要用反问句和别人谈话,这不礼貌。我现在回答你问的问题,我们能不能走出这个森林。第一,取决于这个森林有多大。第二,取决于我们行走的方向对不对。第三,取决于我们的体力。结论,一切都要凭运气。"

占布拉听完我的话,似乎意识到处境的危险。他突然以尖细的声音说:"不,我要出去,我要结婚。"

我回答他:"结吧,你随便跟这里的哪一棵树,或者鸟,还有猴子结婚吧。"

"我的饭店已经订好了,交了一千元订金。每桌两瓶古井贡酒,一包硬盒芙蓉烟。四个凉菜,八个热菜。大屏幕播放我童年照片的课件……"

我警告他:"你如果不停止这些废话,我会马上掐死你。两小时内,你不许说话。"

我从风中的气味判断西南方向应该是森林的边缘,果然走出了森林,用两个小时。占布拉提出休息,我说:"你不断思考自己所犯罪孽就不累了。"又走了一小时,遇见草场,绿汪汪的点缀鲜花。占布拉说:"多美!要有摄像机就好了。"蠢货,还是不累。

走着,大脑和腿都麻木了,突然见到前面说的冒炊烟的大白帐篷,人们攒动,衣服鲜艳,像一场婚礼。

走近,我们伸出双手——人其实都有乞讨的本能——给我们吃的、喝的、睡觉的床铺吧!

人们端来矿泉水和洋葱抓饭。这时,一位威严的长者用手势阻止。长者蓄油亮的黑胡须,目光锐利,披一件阿富汗总理卡尔扎伊式的长袍,问了我们姓名、来干什么。然后告诉身边的人(名海日苏)带我去换衣服。

换衣服?吃饭或者说乞讨难道要换衣服?海日苏告诉我:呼伦巴雅尔(长者)说你相貌端方,有尊贵的"鲍尔吉"姓氏,是伟大的成吉思可汗的后代。他决定选你做他的女婿,今天的新郎。

啊?我问是不是玩笑,海日苏答不是。我又问:原来的新郎呢?他答:等他等了五六个小时,不等了。

不等了?难道这是看电影吗?我想了想,这是一场婚礼,并且是一次婚姻。谢绝?我的消化系统发出呐喊:不!不应该轻易说不,而说"耶!"

我换上华丽的新郎礼服,吃之喝之。“新娘”阿季阿兰,恐怕只有十九岁,但已很丰满,眼梢嘴角都上翘,蛮美类型。她对我似乎很满意。在众人的怂恿下——俄国婚俗,大家喊“苦啊”,新人接吻——我和她接了二十多个吻。我成为“新郎”,把占布拉乐坏了。他给我梳头,不断往我嘴里塞口香糖。而我,手端镂刻花纹的银酒杯,挨个儿看眼前纯朴的布利亚特蒙古人,他们眯着眼,面黝黑,眼睛带着笑意。他们祖先里面到达中国的人,被清朝皇帝赐名为“巴尔虎人”(虎旗军)。我在想,我已有妻,在中国;在此又得到一位比我女儿年龄还要小的媳妇儿,怎么办?这里的文化没有“怎么办”以及“以后怎么办”,纯朴和当下欢乐是生活的全部内容。我曾问海日苏,我和新娘要入洞房吗?他答是的,生出很多孩子。难怪阿季阿兰对我眼波烁烁,那是对三个,不,六个孩子的期待。

别了,祖国的亲人,闲暇来布利亚特草原找我吧,带上中国的好东西给孩子们。好了,就这么办!我把心念刚转过来,又有事情发生——新郎出现了。猜猜他是谁?司机谢尔盖。

他换上一身新西装,与呼伦巴雅尔(我今天的岳父)、阿季阿兰(我未进洞房的新娘)激烈争执。谢尔盖!是你把我们扔在森林,又因为酗酒迟到而失去新郎的资格,该!现在来抢我的新娘,呸!

人们静下来,谢尔盖阴沉沉走过来,说要和我决斗。呼伦巴雅尔、阿季阿兰和所有人都看我们俩,看不出他们希望谁赢,这是他们的文化。我想了想,还是认输吧,能打过他吗?但内心的基因说不能说不。我,把袍子脱掉,表示开始。袍子、酒以及不知什么东西起了作用,总之奇迹发生。小时候我跟一个回民练过摔跤。此刻,我用手别子摔倒这个吃瘪新郎,又以“德和勒”再次把他摔趴下。人们雀跃,把新郎袍子披在我身上。

这一刻,我完全清醒了,发表演说让占布拉翻译:“在这个帐篷里,我远离了森林死神的召唤,得到你们美好的款待并荣幸地成了新郎。但我想念我的家,我要回家……来,祝福谢尔盖和阿季阿兰成为夫妻吧,生一百个孩子……”

原以为,我这番话会招来一顿殴打,不,是一片掌声,像敬重一位绅士。我把袍子披在谢尔盖肩上,把羊羔皮帽子扣在他的金发上,之后,我醉累交加,倒地不醒。

次日黎明,占布拉叫起我,我们登上谢尔盖的吉斯牌卡车。占布拉抱着摄像机赞美眼前的一切。谢尔盖表情甜蜜。上车前,阿季阿兰拉着我的袖子说:“你才是我想得到的新郎,你还会来吗?”

我说:“可能不会来了。”

“别这么说,会的,生活比我们想像的神奇。”

但愿如此。汽车向塔布开去。

马来和海珍珍

1

玉麟池的霓虹灯入夜闪亮，光的色块排队从骑楼闪过，消失，再闪过。天不算黑，公安厅西门浴池的排风扇送来洗发液的香味。朱大壮靠在二十四中学镀铬的伸缩铁门上，穿一双春季刚上市的耐克滑板鞋，手中拿一瓶“女的”碳酸汽水。

“马来，看！”朱大壮指龙门散打坊门口的一个女孩。

马来看去，女孩橙红头发，从后面夹起，像博美狗的尾巴。她穿苹果绿的短款夹克，米色条绒裤，双手拎包，像等人。

“你能把她电话号码要来，这部手机归你。”朱大壮举起手机。

马来没手机，“家里有钱也不给你买。”这是他爸说的。大壮手机几个月就换一部，这款三星手机双彩屏，和弦，有拍照功能。

“去呀！”

马来闪眼，晃脖子。他比大壮高一头，摘篮板球、跳远在二十四中是霸王。跟人家要电话，这不找挨骂么？

“没电了？”同学王庚捅马来肋骨，“手机。”

马来再看女孩，她挺单纯，脸儿红扑扑的，眼晶亮，眉毛黄而细。“你说话算话！”马来指大壮。他深吸一口气，提提裤子，朝散打坊走去。

“小姐。”马来听出自己声音有点抖,不知脸上准备的笑容笑出来没有。

女孩把兜子抱在胸前。

马来问:“你等人吧?”见女孩没言语,他手撩头发,把指节捏得嘎嘎响。他低头看自己的多维牌跑鞋,穿三年了。裤子是别人给的,半旧的美津浓。

“你有事吗?”女孩笑了,她牙的边缘有点齿。

“我,是二十四中学生。”马来说。电话,电话的事怎么开口?

“我看你像大学生。”

“大学漏子,补习呢。”

“你想考哪所大学?”

“中央美术学院。没考上,文化课完蛋。”

“哈哈哈!”女孩笑,掩口:“你挺有意思。”

手机更有意思。马来想,她要是把电话号码写包上多好。“你,有手机吗?”

女孩从兜里拿出手机,伯利水瓶星:“你要打吗?”

马来把朱大壮的号码告诉她。连线,他接过来通话:“大壮,我这挺好,这是你最后一次用这个手机。好好用,别弄坏了。”朱大壮在那边挤眉动眼,女孩对马来的通话却很迷惑。他把手机还给女孩:“谢谢!”

马来转身走。他想好了,走三步再回头。“对了,小姐,你能把手机号留给我吗?”

女孩看着他,不像坏蛋。

马来垂下头:“对不起,打扰你了。”

“别走。”女孩说,“你叫什么名字?”

“马来。”

女孩想笑,把下唇咬住了,笑别人的姓名不好。“我电话是81086611,小灵通。”

马来仰天:“81086611,谢谢。”

“你别走呀?”女孩跑过来,“你还没问我呢?”

“问什么?”马来懵了。

“姓名。”

“对不起,我太激动了。你叫——”

“海珍珍。海里的珍珠。”

“这名儿真好,后会有期。”马来觉着身后有一根绳拽自己,那是大壮的手机。天色有点暗了,手机的蓝色彩屏在大壮手里闪耀。他离手机只有半分钟的路程了,81086611。回头,见海珍珍偏头正看自己。没想到,这女孩成贵人了。

走到朱大壮跟前,马来眯起眼,语重心长地告诉他:“81086611。”

朱大壮掏出手机,按键。马路那边,海珍珍从兜里翻出手机,马来夺过手机。

“谁呀?”

“大海的海,珍珠的珍。”

“你呀,马来,马来西亚。”

“常联系。”马来把手机“啪”地合上盖,揣兜。

“哎！别介。”朱大壮拦,“我有些照片下载,话费也没用完,下个月给你。”

马来知道朱大壮一贯玩赖,也只好这样了。

2

离文化课考试还有一个月了,马来的专业课已经过关,但不是中央美院,是中国地质大学园艺专业。早上,他背完十六大提出的全面建设小康社会的六条标准后,突然想起了海珍珍。

看这个妞干嘛呢。拨通电话,那边传来一个女声。“我找海珍珍。”马来说。

“你是她啥人?”

啥人?“我是她亲戚。”

“叫啥名?”

马来想告诉她“陈水扁”,没说。“我叫马来。”

那边嘀嘀咕咕。“珍珍不在。”那边撂了。

马来再打,关机。

要是没这么个悬念,他也许不惦着了。这么一说,马来倒认真了。他一连打了好几天电话,对方有时不接,有时关机。一天早上,他想再打一次,打不通这辈子再不打了,万恶的海珍珍。通了。

“喂。”还是上次那个人，劈头断喝：“你马来吧，珍珍现在不能见你，挂了。”

“别，我没说见她，海珍珍怎么啦？”

“嗯——有点小毛病，住院呢。你不用来看，也别买花。”电话那边嘻嘻哈哈女孩的笑声。

“在哪家医院？”

“离你们学校不远，大众医院，呼吸科。”

“你咋啥都知道？”马来惊讶。

“你不就学美术的吗？有啥神秘的。”挂了。

像人说的“不由自主”，马来到戈新花店买了一束白色的马蹄莲，到医院见到了海珍珍。

海珍珍躺在床上输液，看不出有什么病。她目光转向马蹄莲时，兴奋得脸红了，环顾周围病友。她头发变成亚麻色，马来有些认不出她了，一笑，牙上点齿还在。

海珍珍脸上的红晕不退了。马来在哪本书上看过，说（不知真假）姑娘的红晕一浮一散，是害羞；经久不散，还摸脸（她正摸脸），眼里有星星似的亮光（她也有），是爱上了一个人。爱上我了？马来耳朵发烧，手脚也热了。他不知自己是不是有爱，但被爱烧着了。

“小丹。”海珍珍指穿牛仔装的女孩，她鼻尖有颗痣。

“马来西亚。”小丹弹手指，一听这声就是接电话那位，她眼神暧昧莫测，海珍珍似乎喜欢她这种眼神，或眼神所造成的气氛。

事情变成这样子了。马来在床边坐下，吐一口气，突然想起来这是医院。“你怎么了？”

“过敏。”海珍珍说。

“丁香花一开，她就过敏，憋气。”小丹说，“你要好好当护花使者哦，下次带红玫瑰。我走了。”

小丹走了，屁股圆鼓鼓的，牛仔裤的腰际露出一条肉腰。

这是西窗，夕照涌入，地面金黄。另外两个病人一个看杂志，另一个目不转睛地观察玻璃管里的滴液。她们都过敏，床上都有花。

他们逐渐聊。海珍珍是农村孩子，在美容院当护师，正攒钱，准备开自己的店。说到那天的邂逅，海珍珍突然问："你手机号码是多少？"

马来不情愿回答："我没有手机。"

"把我的给你吧。"她递过这款水瓶星，水红色镶一圈假钻，"号也给你。"

马来心里"扑腾"一下，他死乞白赖地要她电话号码，不就是为一部手机吗？面对海珍珍红得发亮的面庞，多可耻。

马来婉谢了海珍珍的手机，想起朱大壮欠自己的手机在玉麟池的骑楼下，蓝屏闪耀，他想要来送给海珍珍。

3

"哥们儿，你听过吃屎的故事吗？"马来在篮球架子底下喝"脉动"，问朱大壮。他们刚打完球，汗把后屁股的短裤湿出两块黑斑。"一个人说话不作数，就相当于把屎吃进去了。"

"小时候谁都吃过自己的屎。"朱大壮练习投篮。

"长大了还吃就是猪。要不咋叫人怕出名猪怕壮呢。"

朱大壮捏住马来脖子，马来把朱大壮下巴掀上去。僵持了一会儿，朱大壮说："晚上我请你看音乐会。"

马来不言语。

"基隆火烈鸟组合，台湾最火的，300 元一张票。"

"三少女组合？"

"对呀。在大馆。"

"给我两张票。"

"跟海珍珍去？"

"对呀。"

"可别胡扯了。你连电话都不敢打。"

"晚上见，要是海珍珍不到场，手机我不要了。"马来说。

"晚上见。"

入夜的五里河体育场，脚灯射在银杏树上，风中微摆的叶子如银箔漂在水面。人汹涌,像渡江。“谁退票——”喊声此起彼伏。海珍珍和马来早到了,在南一区门口。朱大壮也到了,开车来的,给海珍珍鞠一浅躬,手足间有香水味。

开场歌舞挺火爆,但跟基隆火烈鸟的三位少女的演唱相比,就太微不足道了。三少女上场后像绚丽的豹子且唱且舞,音响澎湃,全场观众心情激荡。

歌罢,观众处在集体无智力的状态,手里的荧光棒还举着。“哪位先生和我共同唱一曲?”火烈鸟主唱 YOYO 问,她穿一件透明带孔雀毛眼图案的短裙。“哪位?沈阳的小伙子有没有爱上我的?”

朱大壮推马来脑袋:“你上。”

“别闹。”

朱大壮把手机塞进马来兜里:“上!”

“有没有?”YOYO 高亢的嗓音中有挑逗,也有揶揄。

底下尖叫,主要是女生叫,没人上台。

朱大壮像拖一头驴一样把马来拖到过道,举起他的胳膊,推他的腰。

YOYO 发现了,用手指:“宝贝儿,就是你,你没有让我失望,我今晚的爱全都献给你。”

荧光棒乱舞,尖叫声如同几千只受伤的鸟在海滩低飞。

马来的身体突然间不属于自己,往前走着,又回头看。海珍珍正拼命向他舞荧光棒,飞吻。马来忽然想哭,跟幸福无关,是上万人看着你,喊叫,让人觉得一点点走向刑场。走着,上了台。他嗓子紧,呼吸困难,想起了妈妈,想躲到什么东西(比方说桌子)下面。台上什么也没有。

YOYO 拥抱马来,他吓了一跳,闪身,底下大笑。从台上往下看,心情好一些了。灯晃眼,看不到台下的人。

“你会唱什么?”

马来僵僵地说:“手,不是手。”

“不是手是什么?”YOYO 打趣:“来,乐队。”

伴奏声像敲打人的头盖骨,马来张张嘴,没出来声。突然,好像有一股电流(他甚至看到了)从头顶劈下来,到脚跟。他发出连自己都不敢相信的歌声,狂野倾情。

“手,不是手,是温柔的宇宙。我这颗小星球,就在你手里转动。”

“哇噻!”YOYO 接唱:“你是电,你是光,你是唯一的神话,我只爱你。you are my saper sfar.”

“手,不是手。”马来觉得心里所有的话或者说身上所有的力量都被唱出来了,有如神灵附体,这还是马来吗?“你主宰,我崇拜,没有更好的方法……”

掌声,每一个掌声都伴着韩国式的尖叫,像钉子钉在手掌上。唱完,马来顿时觉得自己渺小了,恢复了常态。他不知手里的麦克风交给谁,放地上,噔噔跑下台。

到台口,有记者采访,拨开他们。有一人掏出名片:“我是豹纹斑唱片公司,请问想不想和我们签约?”拨开他们。马来跑回了座位,朱大壮和海珍珍向他鼓掌。

马来把兜里的手机掏出来,放在海珍珍手里,用手包住她的手,就这么攥着,一直没松开。而之后的演出,马来似乎一句也没听进去,脑子始终嗡嗡叫。

神 苗

肋木是健身器具,铁管焊的,双手握最高杠,抬双腿,练腹肌用。我说的是Z大学操场的肋木,它边上有变电所和一个水窖,肋木正对着百米跑道。

两个女孩子径直走到肋木前,攀爬坐在顶上。这是在傍晚,我很羡慕,但上去和她们并排坐着就不妥当。她们会弃我而去,然后只剩我一个人。

小时候,我也喜欢坐在高处,在黄昏或雨后。坐在房顶,地面的透视关系全都变了样,低矮卑顺。还有意想不到的发现,如压酸菜缸的方石后面有一枚新鲜的鸡蛋,练劈刺的木制步枪斜插在老孟家鸡窝后面,不用说,这是偷的枪。

肋木比房顶高些,顶上有两排铁管,可坐。女孩子不说话,掏出小食品"咔嚓咔嚓"吃,腿在晚风里一踢一晃。

我在肋木上做腹肌练习,最多十七个,分两组。抬腿的时候,伸直,在视觉达到前楼5楼的窗户,即齐眉。每次练到后来,都上不来气,难道腹肌和肺连在一起吗?

腹肌跟呼吸有关。你看短跑运动员,跑完都低头弯腰,脑与腹肌的氧都耗尽了。而我练完之后,肠子像断了一样。

在肋木上,我没怎么好好练,习惯了,聊复尔尔——十七下,多一下也不肯。但不练遍所有的科目——单、双杠,蛙跳,杠铃,心里自责。

肋木还有一个用处:把胳膊架在上边看远方。"远"和"方"这两个字都有点说大了,但有机会这样说,让人高兴。城市里看不到远方,"远"是被街楼阻隔得见不到的某处。在街里,目光早被建筑物割断,你不可能站在马路中央,看它尽头,车不让。而尽头,早有汹涌的车流驶来。

操场是由铁栏杆圈起的一片远方,包括足球场、跑道、看台和跑道边上蓬勃生长的野草。看学生们远远走过,拎着水杯与坐垫,男同学咧嘴笑着互相谩骂,女生用吸管啜饮纸装盒的饮品。看这些挺好,与世无争,享受人间宁静,只需一肋木把身体重心撑着就行。

刚才发现,放胳膊这根铁管锈蚀了,开焊,露出一排黑洞。这时,一只美丽的小蜂,腰一扭钻了进去,再没出来。我说蜂是因为它体形细长,肚子黑黄相间。虽有薄翅,却像借来的,不堪飞。又像蚁。我等待着蜂或蚁出来,捉住献给国家研究。但它不知去向,可能顺着铁管回路走了,这里面它比我熟悉。我觉得受到冷落——它没想再看我,我却想再看它一眼。

尔后,我几次想把眼光拐进铁管的洞隙里观看,未成,眼睛太大,眼光不会拐弯,直。然而我一定要让蜂知道我在这一带盘桓过。如何实施?往里装点土,种地?对,种地。种……我想到了家里的小米、大米。不行,它们不是种子。那么种子在哪里,我让思路顺着农业想。

新乐遗址有一个农业区划所,对,穿过一条街,就是农业植保站。相邻,是种子中心。在城里回忆农业的事情并不容易,须有先进的思维方式。一般什么业都和什么业在一起。慢慢想,就像由鸟粪发现鸟窝和鸟蛋一样。种子中心原来是"农业部东北种子中心"。我骑自行车赶到了那儿,我吓得不太敢进,这个种子中心庄重富丽。我没说非要农业部的种子,什么种子都行,包括芥菜籽。在城里,除了粮食以外,哪有一粒种子?粮食像阉割过的歌手。中世纪,男人唱不上去高音就用阉人歌手唱之,他们还唱女高音。

种子中心的屋里太好了,大理石、大吊灯、大沙发。透过玻璃房,得见高耸入云的库房,装满良种。无数标牌插在红的黄的黑的种子上,中英二文,我不敢看,怕他们问我"您家有几亩地?"或"您要批发吗?"

不敢说买多少种子,低头看。我想,这些买种子的人咋不往地上撒点呢?我拣几粒就够了。如果买,买半两或5粒肯定遭到他们的嘲笑,买多了也没用。

好,有个人正把种子端眼前看,顺指缝往地下漏呢。他一手扶眼镜,歪脖子看手心的种子，撇着嘴——有什么可撇嘴的——用拇指推捻，地上已落多粒。他一走，我假装系鞋带(真系了系)，拣了五六粒攥入手心。起身看牌：墨西哥小麦。好啊！墨西哥小麦。

我把墨麦与土埋入肋木铁管洞隙，蜂想出来只好改道了。

那几天雨水下得勤，一日，从肋木铁管开焊的窟窿眼钻出3株小苗。它们像蛇信子一样弯弯曲曲，张望着阳光和陌生的操场。这一种墨西哥小麦不同凡响，一株苗是红秧，还有一株是橙色的秧，另一株是白秧。

每天早上做100个双杠屈臂支撑的老佟发现了3株苗。他说："哎呀，这是什么苗？"

一帮人呼啦圈了过来。从事体育锻炼的人精力太充沛，他们跑完练完，研究完国内外形势，本来就不想走，这回有了话题。

"哎呀，铁管里咋还能长苗呢？"老张说。

"这有什么奇怪。"大老王说，"草籽让风刮进来了呗。"

二老王说："不对，我在这个操场练十五年了。我四十一岁就在这练，从来没见过这个铁管子春天出苗。"

老佟说："这也不是草呀。草啥样？谁不认的草？这不是草。"

这是啥呢？大伙儿凑过去，轮番看这几株苗。还有人用鼻子闻闻，谁也没说出所以然。

"这个嘛，"Z大学的退休哲学教授老刘说，"这属于自然界的奇异现象，预示气候异常。"

"对，对。"大老王指着老刘鼻子说，"太对了，西南大旱，然后大涝，气候太异常了。"

刘教授顺杆往上爬："这3株苗很可能是远古时期的孢子类植物，在极端天气下发芽了。预示还有更大的自然灾害。"

二老王看这3株苗："哎，你看这苗怎么都往北歪呢？"

"太对了，"大老王说，"今年北方普遍下暴雨，华北地区遭遇有气象记录以来最热天气，它不往北歪往哪歪？"

退休教授老刘指着苗说："这是3株哥本哈根苗。"

为什么叫哥本哈根苗？大伙问。这帮人大多数是下岗工人，遇到像“哥本哈根”这样的词只能问教授，必须的。

刘教授平时只在这儿做点广播体操，跟长跑的人根本对不上话，这回有了讲坛：“哥本哈根是丹麦首都，召开过全球气候大会，人称哥本哈根大会。会上，各国纷纷声讨工业化给全球气候造成的变化，冬天太冷，夏天太热。中国二氧化碳排量全球第一，二氧化硫排量全球第二，是高碳大国。所以说——”刘教授不往下说了。

“说呀，咋的啦？”

刘教授压制一个嗝，说：“出现许多奇异现象，比如这3株苗。它是什么苗？西瓜苗、香瓜苗、大烟苗、葡萄苗、月季苗、仙人掌苗？它什么苗也不是，是哥本哈根苗。”

老佟撇撇嘴，说老刘分析的挺有道理。

老张问我：“你说这是什么苗？”

我正在这乐呢，他们分析得越玄妙我越乐。我说：“铁是什么？金属。金属是什么？是矿石在高温下变成的单纯性合成材料。它——我伸一根手指，表示强调——不可能长苗。”

“太不可能了，”大老王说，“铁要长苗还开铁矿干啥？直接种苗不就结铁了吗？”

“对，”我点头。“那它是什么苗呢？我怀疑——”

刚说“怀疑”二字，他们一齐向前跨了一步，侧耳听我说。我说：“这不是哥本哈根苗，因为咱们这离丹麦还很远，够不上。我怀疑，这是一棵神苗。”

“神苗？”二老王说，“什么神苗？”

“冬虫夏草，你们听说过没有？”我说，“这基本上类似于冬虫夏草，它身上既有植物特征，又有矿物质特征。很可能，这种草含有大量的铁元素，可以补铁，补钙，总之这不是一般的苗。”

大伙听了，表情呈现多样化。议论一阵儿，散了，各自回家。

第二天早上，我到Z大学操场跑步。见肋木旁边围了绳子，有保安看守。

我问保安：“出啥事了？”

保安指肋木，这有重要科学发现，说秦始皇时期的苗在这发芽了，一会儿电视台来人。

说话间，电视台的人已经来到。支摄像机，先拍苗。然后女主持人对着镜头说："各位观众，大家好，欢迎收看本期的奥秘节目。在我身后，是一个普普通通的健身器材，但仔细看，会发现三枝奇异的植物。它是什么植物呢？为什么长在铁管里呢？我们有请专家解读。我们今天请来了古生物专家，国务院津贴获得者黄教授。有请黄教授。"

黄教授七十多岁，衣着朴素，戴一副50年代的白塑料框眼镜。他说："按我的理解，这3株苗是古老的蕨类植物。古代的蕨类植物都很高大，后来一层一层压在了地下，变成了今天的煤。蕨类植物从铁管里生出来，还是一件谜，我们要继续研究。"

女主持人说："谢谢黄教授的讲解。我们今天还请来了著名中医古先生，有请。"

这位古先生五十多岁，颏下留须，身穿团花对襟中式褂子。他说："这种草我们中医叫阳葵，汉朝的张仲景用阳葵主治痢疾。阳葵性热，去湿，与菟丝子同服，还可以治小儿夜尿。"

"好啦，"女主持人打断他，"下面我们请华佗堂制药公司老总说几句话。"

这个老总上来鞠一个躬，说："各位观众早上好。阳葵在我国医药史上已经绝迹一千年了，今天在铁管里重生再世，是人间福音。我公司决定把这三株苗移植到试验室，采用高科技手段加以培育，为人类造福。"

女主持人领头鼓掌，围观的人，包括大老王、二老王、刘教授、老张都纷纷鼓掌，喜形于色。老张推我，快鼓掌，我立刻鼓之，不然不厚道。

温泉上的月亮

1

查干努德村在乌兰扎德噶的西北方向，靠近汗山，植被好，这里还有温泉。

我天黑后住进来，看不到景色。第二天早上，没等醒过来，已被鸟和虫子吵醒。我住的房子包围在树林里。虫子喊叫：篾～篾～篾，中间穿插圆润的鸟鸣，比虫子鸣叫高雅得多。我躺在炕上想，林中到底有多少种虫子和鸟呢？它们被青草和密密麻麻的树叶遮蔽着。它们不需走南闯北就拥有一个繁茂美好的世界度过一生，多好。露水、阳光、食物、床，在树林里应有尽有，何必到外边去呢？我昨夜入住的时候，一弯新月从树林缝隙露出半张脸，其神秘庄严会让鸟儿感到身在天堂，怪不得它们不停地鸣唱。

我觉得我不要再矜持了，应该去拜访这些虫鸟先生女士。但出门之后，我把虫鸟忘记了，吸引我的是大片的野花。

刚刚清晨，小花早已仰起明媚的脸迎接天光。按照人的功利的思维，人所有的美好都是给人看的。野花不这样想，它们在荒山野岭照样显露最美，不为谁看，只在不辜负自己的一生。我眼前有一朵小黄花，它的脸多么干净，好像用画笔刚刚画出来的，颜料还没干。但花的面庞的色泽和露珠的质感画笔根本画不出来的。我看眼前这朵花，感觉人对花的形容多么无奈——鲜艳、娇美，都不准确。树林里的小野花独自开放，并不娇，也不柔，应该叫勇敢。鲜艳的鲜还靠谱，它多么新鲜,像婴儿刚刚来到世上。然而它每一天都这么新鲜。小孩子的脸三天不洗就成脏猴了,好多吸烟喝酒的大人,脸怎么洗都是脏的。它不艳,是质朴。小黄花在风雨里保持着最清洁的脸。它仰着脸,像对人说话,又像听人说话。可是,小黄花,我能对你说些什么呢?你比我们都纯洁,都漂亮,一点坏心眼都没有。我给你起个名字吧,管你叫二丫。

我不知二丫在对我说什么。从物理学讲,人所能听到的声音是极为有限的,人的耳朵听不到更多波长的声音,也听不懂昆虫之间相互传达的由一组化学模块编组的信息,它并非是物理学的声音。虎啸狼嗥、猫咪叫春和人作报告都是声音,“叫”是哺乳类动物获取信息的方式。而那些在人类看来属于“哑”的生物,比如草木、鱼类以及不发出声音的小虫,自然有自己的语言,只是人类听不到而已。小黄花二丫对我说的话是什么呢?我估摸是这样:

“你好!”小黄花说,“你走了多远的路?”

花儿们像孩子一样,喜欢奔跑,可惜不会,这是它们最遗憾的事。小花只好等风,让风把花信吹到天涯海角。这么着,花又转世去另一个地方度过一生,也许是马路边上,看人流车流;也许在悬崖边上,看小鸟从身边飞。花的一生又一生在这片土地上开放、枯萎、再开放,比人之东奔西走的一生好得多。

2

出了树林,见一片长青草的土堆冒出白气,像蒸馒头的大锅刚揭开盖子,白气弥漫几十米。早上有人在草原蒸馒头吗?那得是二十几口大锅。我走过去,白气弥漫方圆一百多米。土堆高,我还是看不清什么在冒气。也可能牧民企业家建的汽水厂爆炸了,浪费了这些气。

登上土堆看,原来是温泉。每个池子长宽约四五米,鹅卵石砌里,看上去斑驳古旧。如果你愿意,说它始建于清代、康熙皇帝在里面治疗过静脉曲张也未尝不可。一个、两个、三个,一共九个温泉,浮漾着白雾。这时候,有趣的一幕出现了,走过来几个人,年龄不小,有男有女,女的穿大裙子。他们脱了鞋,直接走进池子,坐下,水漫脖子,相互谈笑风生。用赴汤蹈火这个成语的前二字形容他们很靠谱,他们接触水像接触空气一样毫无隔膜感。

有一个人看到我，手势比划，让我入汤。我不行，只带一身衣服，下不去。到边上，看到跟我说话的人留红胡子，说俄语。他们的相貌都像蒙古人。果不其然，他们是从俄联邦来的布里亚特蒙古人。

这些布里亚特蒙古人出浴，把外衣和裙子脱了拧干，放在草地上晾，然后躺成一个个大字，晒太阳。

红胡子布里亚特人邀请我像他那样躺下，我觉得我没什么理由躺成一个大字，说："我不会。"

他一骨碌爬起来，用蒙古语说："在自己的土地上，你连躺都不会吗？"

我被他噎得没说出啥。

他说："躺，是最安全的姿态。人在自己的土地上和母亲的怀抱里才能放松地躺着，你难道不会躺着吗？"

我被他逼得只好躺下，闭眼睛。阳光照在眼皮上，混沌通红。

"您叫什么名字？"我问这个红胡子。

"洪车臣。"他说。

我问："你们是从俄国专门来这里洗温泉的吗？你们怎么知道这里有温泉？"

洪车臣根本不理会我的问话，独自发表议论。他说："土地和水是一对兄弟，而温泉是水的母亲。温泉里包含着地球的秘密。你知道它为什么跑到地面上来吗？它要抚慰和救治那些疾病中的人，失去了故乡的人。你用手摸一下水就知道了，水是分不开的。有一个愚蠢的词叫水分子，就算是水分子吧，它们你中有我、我中有你，分不开。天下的蒙古人就像水一样，汇到一个碗里、一个桶里、一条河里就分不开了。所以你不要叫我布里亚特蒙古人，我是蒙古人，只不过住在布里亚特，那又有什么关系？你听过中国的水和俄国的水吗？水就是水。你这个人很无知，所以我要教你一些东西。"他唱起歌来：

龙棠啊，龙梅

　是汗王爷的双胞胎女儿

海棠啊，海梅

是花园里的花魁

宝柱啊,宝莲

是汗王爷的双胞胎儿子

白银啊,白锡

是酒壶的身子

“这是哪里的民歌,你知道吗?”他问我。

我想了想,说:“不知道。我真不知道。”

他说:“这是科尔沁民歌。”

他身边一个人坐起来,指洪车臣说:“他是波。”

“波”是萨满教的通灵者。我说:“尊敬的波,洪车臣先生,感谢您告诉我关于水的知识,还唱了这首歌,祝您健康。”

洪车臣说:“今天晚上,我会让你看到一个波可以流露的一些秘密。晚上七点你再到这里来吧。”

3

到了晚上,我觉得天上的月亮不太对劲。月亮在昨晚是一弯新月,月牙儿豁朝右,也就是一个C字。今晚上月牙儿豁转过来,变成了残月,像P的右半边。月亮会像手心手背这样掉过来吗?不会,也许我昨天看错了。

我在温泉边上看到的洪车臣变成了另一个人。他穿一身如同战袍的蒙古袍,红底金花图案,箭袖,头上戴一顶清朝的官帽。

我跟他打招呼,他没理我。对一位波来说,他已置身灵界,我们这些凡人在他眼里不过是一些影影绰绰的驴皮影。

洪车臣看了一眼手表,这个动作挺逗,我认为波不应该戴手表。他口里念诵咒语,闭眼,双掌向下。大约过了五六分钟,温泉的水开始“咕咕”冒泡。我吓了一跳,以为我眼睛看错了,蹲下,仔细观察这些涌泉。我看到三个冒泡的泉眼,顺时针方向此起彼伏。这是波作法造成的吗?我没办法问。他身边站五六个人,都很肃默。洪车臣缓缓抬起双臂，小声唱起一首歌，歌词听不懂，循环往复，如谣曲。他喊了一声——者，温泉里的涌泉平静了，水面有一层梦幻般的蓝色，好像照相机加了一片滤色镜一样。

“这蓝色是你……”我问他，被他用手势制止。

水面上的蓝雾缓缓移动，变成一个圆圈，慢慢旋转，然后像一只蓝荧荧的龙抬头飞出去，钻进树林。

可能我的表情显出痴呆，洪车臣说：“你看看你脚底下的草。”我低头看，草变成了白色，像结霜那样的白，草尖立着，像一片锋戟。

我明白这是波作法所致。我不想讨论唯心唯物这类的陈词滥调，我甚至不劝别人相信我此刻所见到的这一幕。人们一生中难免会见到一些难以置信的事情。“难以置信”是因为我们所持有的知识界面和其他的界面不一致，信不信都无所谓，如此而已。

这时候，树梢飞起一群鸟，它们都是白色的鸟，盘旋。脚下的草恢复了深色的绿，但枝叶上挂着露珠。刚才可能是结了霜，也可能是温泉冒泡给草熏了一层霜。

你摸摸水，洪车臣对我说。

我摸温泉，水凉了。

这一刻，温泉、草和鸟都归洪车臣统治着，发生什么我都不奇怪。也许他在变魔术。洪车臣用得意的、激将的眼神看我，意思为：“你怎么不惊讶？你怎么不提问呢？”

我故意表现得漠然，使他的所谓奇迹显得平凡。

他们打开一瓶啤酒，用一只玻璃杯传来传去喝啤酒。后来，洪车臣对我说：“我什么也没有做，是月亮的能量让温泉和草发生一点点变化。世上的一切变化都是能量转化而已。”

我抬头看月亮，它又变回了C，新月。难道我刚才又看错了？月牙儿变方向，是我最大的疑惑，但愿我两次都看错了。

一条名叫贝勒的狗

1

三年前，罗正的妻子赴美国为女儿带外孙，他成了孤家寡人。孤家位于北运河南岸，树木环绕，四季风景颇适意。但寡人的日子寂寞。他是一个退休文员，没什么爱好。从第一缕初熹射入屋内，直至掌灯，罗正不知怎样打发这些光阴。做饭食之，读报，看电视，找花镜，用扑克算卦，给花浇水，就这些。到美国，他住了一个月返回，不适应。

上面说的是再早的情形，贝勒来了后，老罗容光焕发。贝勒是一只狗。它的腿约有人的手指长短，头颇大，立耳，毛色棕红短滑，是鹿狗。贝勒是满洲语，指王爷。

按说几斤重的小狗很难让空寂的屋里现出活力，特别对罗正这么个古板的人。错了，你要养过狗就知道。人还是原来的人，事还是那些事，但人做事时有贝勒黑葡萄似的眼睛盯着，就出现新意。罗正读报，比如读朝鲜龙川列车相撞爆炸的新闻，贝勒在地板上无端狂奔，因为收不住脚摔倒，凄婉地回首看你。罗正大笑，人家也是贝勒呀。罗正接社区电话，邀捐旧衣物救助灾民。罗正找几件旧衣物准备下楼，贝勒咬衣服往回拽。

“你怎么没爱心啊？”罗正训贝勒。

“汪！汪汪喔喔！”

“也不是你的衣服。”

“喔喔喔，汪！”

“行行，捐一件。”他把夹克放沙发上，拿毛衣下楼，贝勒才平静。

一回，罗正参加婚礼，夜里十一点回家。进门点灯，贝勒坐门口眼睛一眨不眨地凝视，好像担心他不回来了。老罗抱起狗：“哎唷，上哪儿找这么忠诚的贝勒爷啊！”

贝勒不满意狗粮的口感，上餐桌偷吃鸡爪子。离鸡爪子尚有两尺，被罗正喝止：

“咄！”

贝勒立如泥塑木雕，少顷，沿原路退行，从一米高的桌子上掉下来。罗正想笑，忍住，“你不知道人类的食物不卫生吗？得病怎么办？”

贝勒现沮丧相，意谓服罪。

“你愿意上动物医院打针啊？”

贝勒抬头，泪水婆娑。

“不说了，下回改正。”

贝勒跳跃，做手捧仙桃动作、匍匐前进动作。罗正感叹：

“就差不会说话，和人一模一样。比人通情达理。”

2

说着闹着，日子好过了，但狗毕竟是狗。一天看完电视，罗正问蜷睡沙发的贝勒：

“你想媳妇不？”

贝勒忽起立，双目炯炯，跳下沙发跑一圈又回沙发蜷缩，不知表达何意。

罗正哈哈大笑，说：“赶明儿给你找一个。”

罗正自己倒有思妻之心。一日读书，见陶弘景《养性延命录》言：“凡男不可无女，女不可无男。凡孤独而思交者，损人寿，生百病。”他摔书长叹：“谁说不是呢？”

楼下老黄告诉罗正，百鸟公园有游娼，专门服侍老年人。她们是下岗女工，虽贫困,人都老实,一回 30 元。

罗正说:“把我看成什么人了?”

“别板着自个儿。”老黄说,“一辈子人啦。”

说虽说,罗正去百鸟公园考察过两回,见所谓“游娼”推自行车站树下,不健身、不下棋,眼望远处。她们相貌普通,脸抹得白,大都三十五六岁。

罗正第三次去,一位(自称王丽)女士搭话:“哥(哥?),我看你来好几回了,妹保证让你开心。”言语朴实自然,说话间拍打“哥”的衣上灰尘,把罗正心里的疑虑全拍没了。

罗正领她到家,稀里糊涂把事办了。事后觉得比囫囵吞枣还无味,且在老身担了个嫖娼的名,不禁懊恼。

“王丽”急穿衣,说:“我上你家厨房划拉点剩饭。”似乎是来吃饭的。等罗正穿戴整齐到厨房,见她把剩的凉拌黄瓜、炖豆角、大米饭和半根油条摆在面前吞咽。见罗正,站起来笑笑坐下接着吃。吃毕,走到门口穿鞋,看罗正。

罗正:“走哇?”

“王丽”笑笑。

“咋不走?”

她低声:“哥,钱。”

罗正把这事倒忘了,掏钱给她,三十元。“王丽”说:“哥,再添点儿,你住这么大房子,有钱。”罗正再加二十元。门“咣”地关上之后,罗正啐一口:“呸!婊子。”回头,见贝勒看自己。奇怪呀,贝勒一声未叫,见生人(如查煤气表的)它从来狂吠不止。贝勒用别样的眼光看罗正。

3

罗正到一位留美博士的诊所——博士是喉科与信息工程学两方面的专家——咨询(每小时一百元)。

“狗为什么不会说话?”

博士:“不准确。狗有自己的信息表达方式,只是不会说人话。奥斯陆的鸟类专家第根比斯已经研究出北美芦苇莺鸣叫包含的三十种信息。”

“能让狗学说人话吗?”

“分两方面说。一、狗的声带不适合发出人类语音,包括汉字的四声、斯拉夫语系的卷舌音。可以通过手术解决,但问题在于狗是否适应这种学习。二、狗在具备了发出人类语音的条件后,前提是应该掌握这种语言。可惜狗不会。”

“贝勒精通现代汉语。”

博士笑而不答。

“让我们贝勒开口说话,花多少钱都行。”

博士沉吟,屁股在转椅里扭,说:“我可以通过手术使它的声带近似于人类。我说的是近似,比如像鹦鹉的声带。在它颅内语言区域植入一个芯片,CPU,把狗的思考元素转换为汉语。比如说,人不仅表达语言,思考也需要语言。芯片让这条狗用汉语思考,如果它会思考的话。然后,它说话——有可能说出你所期待的语言,即你我正在交流的这种语言。这是理论上的说法。事实会怎样,我也不确定。如果你想从事这项试验,或者叫对狗的语言功能进行改进的工程。要完成:一、声带再造术;二、芯片设计程序;三、开颅植入手术。费用会比较高。”

“没问题。就这么定了。”罗正声音哆嗦,不是心疼钱,是听到给贝勒开颅。

老罗抱贝勒来诊所,贝勒怒吠——因为没植入芯片,说的还是狗话语。罗正流泪,安慰:“忍着点,宝贝。为了让你说话呀!”博士一针麻药止住吠声。

手术进行了六小时二十七分钟。“很成功。”博士说,“血压、呼吸正常,芯片植入语言中枢。但能不能表达人类语言,取决你教得怎么样,要一个字一个字地教它。”

术后贝勒恢复得很好,罗正松了口气,也觉察到它正用人的语言思考。罗正教它“山,山峰的山”,指碗,“碗,饭碗的碗”,狗不语。然而,贝勒也不叫了,失去吠的能力。罗正觉得不能急,不说虽不说,该教还教:“白日依山尽,黄河入海流……”一天夜里,罗正在梦中听到一个声音:“罗——正。”

声音怯生生的,含混,像女声又像儿童,还有点像温州人说国语。他醒了,突然抱起贝勒:“你说话了?”

贝勒用湿漉漉的眼神看罗正。

“说,罗正! 你说罗正!”

贝勒用粉红宽大的舌头舔嘴巴,和罗正对视。

第二天,罗正想来想去是贝勒说话,不是自己做梦,科技太了不起了。“贝勒,说话。你会说话为什么不说?你说‘我爱你!’”

贝勒在地上转圈儿,低头,跳到罗正膝盖上,张嘴:“你,为什——么——管——她叫——婊子?”

哎唷,贝勒真会说话了。罗正乐得擦眼泪,又想:婊子,什么婊子?过半天,拍大腿,下岗女工!它怎么说这个呢?

每天早上,贝勒都说:“你为什么——管她——叫婊子?”

罗正佯怒:“不许说这个,说‘白日依山尽’!”

贝勒不是说,而在询问,用儿童般纯洁的眼神等待罗正回答。

银 匠

我来到乌兰扎德嘎草原,苏木(乡)里陪我的副苏木达(副乡长)吉雅泰很惶恐。他惶恐不是由于我矫情,我——用他的话说比老百姓还朴实呢。吉雅泰觉得记者(他认为我长得像记者)不朴实才对。

我问他这种印象从哪儿得来。

吉雅泰说,苏木书记接待过市报的三个记者。记者戴眼镜,走路背着手,很气派。

吉雅泰说,他们喝酒能讲出三个多小时的话,介绍国家形势。

"乡长能听懂他讲话吗?"

"哎呀,可能也听不懂,乡长原来是兽医。记者说话滔滔不绝,没等你听懂,人家说完了。"

我问:"记者还有哪些不寻常?"

吉雅泰说:"记者嘛,就是领导。乡长酒没喝干,他们掐乡长脖子灌下去。记者说你们这个地方太落后,喝完酒没有练歌房洗浴中心,太落后了。"

吉雅泰叹气,拿牙把衣服上露出的线头咬掉。

我说我在这里待得很高兴,比城里好。

"你还想见什么人吗?"吉雅泰问。

我说我想见一些特殊的人。

吉雅泰陷入深思。他摸自己的脸,巴掌从眉毛往面颊捋下来,嘴里嘟囔什么。他突然问:“肾结石算不算特殊的人?”

我一愣,说肾结石患者算特殊的人,但这不是技艺。

他说有技艺的人多了。给羊治病的人,吹笛子的人。绍冷村有一个人,煮羊不放水,在大锅里干熗。他用肥羊身上的油把羊肉做熟了,特好吃。我们去绍冷村吧?

“你们这的人还有什么技艺?”

吉雅泰又深思:“还有的话,就不厉害了,会做靴子的人,给树嫁接的人。我们这里有一个银匠。”

银匠? 这几乎是一个古代的行业。“他打什么?”我问。

吉雅泰似乎对银匠不那么重视,说:“银匠打银碗、银戒指。还有什么? 掏耳勺,都是小玩意儿。”

“咱们去看看吧。”我说。

第二天早上,吉雅泰弄来一辆驴车。那地方有沙漠,不通汽车。他知道我骑不了马。

驴车里面铺着红花绿叶的棉被当坐垫。吉雅泰赶车,我坐在车上观赏风景。牧区的干部真是纯朴,吉雅泰虽然大学毕业(学医),身穿时尚T恤衫,但还会赶驴车。这里官民差距不大。

草原上的草刚刚晒干了露水,花儿还没完全打开自己的朵,像刚刚睡醒,藏在草叶的身影下。远看,草原平坦得没有起伏,但深绿的草长在凹地,高高举着红穗子的草在高处。野花好像越远处越多,待走过去回头,觉得野花还是原来的地方多。驴车走了十多里路,空气中青草味浓烈。草深了,车轱辘压碎草茎散发气味。天空宽阔得连一只鸟儿都没有。

进沙漠,我下车走。吉雅泰说你不要下车,车轻,毛驴使不上劲。我又上了车,心里说对不起了毛驴,你就把我当记者吧。吉雅泰步行。沙漠如泥沼一样,脚踩下去,流沙淹没鞋。拔出脚,另一只脚又陷进去了。风在沙丘脊背刮出柔和的刀锋一样的曲线,上面有野兔蹬出的很深的脚窟窿。

到山峰,山下有一个绿树遮蔽的村子,七八户民居。

“那就是银匠的村子,贵力思台村民组,有山杏的地方。”吉雅泰说。及近,柳树的荫凉地有一群鸡挑蚂蚱吃，斑驳的树身钻出细绿枝，像一脸胡子的维吾尔老人。

“那家。”吉雅泰用鞭子指。

一座土房子前，几个人手遮阳篷朝这边看。我们到了跟前，他们转身回屋里。驴车进了院子，他们再次出屋，脸上全有谦恭的笑容。老汉在前边，七十多岁，估计是银匠。炎热的夏天，他穿一件厚厚的毛哔叽中山服，一看就是为迎接贵客而穿。他身后的蒙古老太太前额的皱纹顺眉毛一根一根向外舒展，像草叶一样，这是常年笑出来的结果，格外慈祥。

吉雅泰介绍：“银匠，云登扎布。这是记者老师。”

云登老人双手捧过来我的手：“上屋吧。”

我一迈脚进屋就闻出他们杀羊了，又一只羊成了记者的牺牲品。屋里地面洒了清水，扫过，门帘子是新换的花布，一只小猫在堆积的农具上惊讶地看我。炕桌摆满奶豆腐、黄油、炒米和切成薄片的羊肉。每见到这场面，我心里总是愧疚。他们为什么为素不相识的人破费？农牧民总是觉得欠城里人的，其实是城里人欠他们。大家坐下，气氛庄严。银匠云登坐在一只三脚圆凳上，双手抚膝，仿佛接受我的考试。吉雅泰介绍：云登扎布老汉是闻名十里八村的银匠，他打的银首饰、银碗和银烟袋锅很受群众欢迎。

银匠用蒙古语提示：“我去通辽讲过课。”

“对，”吉雅泰说，“云登上通辽讲过课。讲什么来着？你自己说吧，咱们喝茶。”

银匠手指墙，用笨拙的汉语说，那是我跟旗长的合影。

墙上挂一幅放大的黑白照片，镶框。

他说：“我们苏木没有人跟旗长合过影，只有我自己。”吉雅泰白他一眼，“苏木干部跟旗领导都合过影，怎么说是你自己？”

“牧民只有我自己，”云登说，“我这个银匠已经干了四十年了。我师傅扎木彦是和他师傅白龙学的，白龙是和他师傅小桑布学的，小桑布是锡林郭勒王爷的银匠。”

云登头上开始冒汗，他用眼神询问吉雅泰。

吉雅泰一边吃羊肉一边说:“脱了吧,你的礼服是冬天穿的。”

银匠脱下中山服,身上剩个带许多小窟窿眼的白背心,上印红字:海日苏灌渠大会战——1972。他接着说:“我到通辽的大学讲过课,说银首饰的花样,四十多人听过我的课。”

我等他往下说,银匠沉默了。

“后来呢?”我问。

他疑惑地看我:“没有了,讲完课我回来了。”

我说:“看看你的作品吧。”

他拿出一个蓝布包袱,打开,白花花的银器像对着人笑。一对银碗,银片镶在带花纹的榆木碗上。两枚银扳指,一只银烟袋锅。云登打造的纹饰十分古老,我觉得里面有匈奴人的遗韵。内蒙古博物馆的“虎衔羊银饰牌”就是这样的纹样。花纹里有动物变形,也可以说云彩纹里藏着动物的眼睛和牙齿,这是匈奴人的创造。

“这都是别人订做的。”云登说。

我明白。银匠没有多余的资金打作品。他家北墙放三节红漆箱子,漆已剥落,木头炕沿向外倾斜,该换了。

“我说完了,吃饭吧。”银匠换上了轻松的笑容。

他灵巧地上了炕,大盆的羊肉端上来,热气腾腾,闷在烧水铝壶里的白酒也冒着热气。云登和吉雅泰像玩魔方那样用手转着骨头啃,流利地用蒙古语交换对天气和庄稼的看法。

我觉得对银匠的作品看到的太少,问:“你还有银东西吗?”

云登翻眼珠想,他手指有油,用腕子擦额头的汗。“噢,有的。”他下炕,拿毛巾擦擦手,从箱子里翻出一个盘子和一个证书。

盘子像不锈钢的,上面刻一棵大椰枣树,下面一行环形的阿拉伯文,盘子有一公斤重。

云登说:“我给锦州的商人做了个全银的马鞍,他卖到外国,给我一个盘子和证书。”

证书上有一幅彩色照片,一副马鞍,极为华美,如古代君王的墓葬。

“证书说什么?”我问。

“不知道。”云登说。

“意思就是收到了。”吉雅泰说。他们俩哈哈大笑。

我用手机的翻译功能费劲巴力译出证书的大概内容。

证书说:云登的银马鞍已被阿布扎比的穆法塔酋长收藏,他专门为马鞍盖了一座盐晶的房子。酋长在遗嘱中写下,死后要把银马鞍捐给世界教科文组织。酋长向云登先生致以敬意并欢迎他到阿布扎比定居。赠送一只白金盘子,上面刻制云登姓名,酋长签名。

看完这个证书,我惊呆了。再看一下日期,2004 年。我问:“你怎么得到的这个盘子?”

“商人寄来的。”

“他说到证书的内容吗?”

“商人不懂英文,他说盘子是锡的,别靠近火。”

我不知怎样向他说明这件事,他们:“问怎么了?”

我说:“你的银马鞍成了外国的国宝,这个盘子是白金的。”

他俩惊愕地相视,一起哈哈大笑,说,巴拉根仓的故事。巴拉根仓是蒙古人中阿凡提式的机智人物,意谓这是个玩笑。

我说这是真的。

吉雅泰用指头弹弹盘子,在耳边听。云登对着阳光看证书。他们怀疑地看我。

“确实是真的,外国人没骗你们。”

云登嗖地下炕,穿上毛哔叽礼服,抱着盘子说:“记者,你给我照个相。这玩意儿在箱子里放六七年了,一直没用。”

我给他照了相,告诉银匠好好保管盘子和证书。我不能说太多,怕他们睡不好觉。

那天晚上我先睡了。云登和吉雅泰还在热烈地讨论,后来唱起歌来。

头发与肖邦

头　发

我来的这个苏木叫“乌兰扎德噶”，意思为红色的扇形地带，是西拉沐沦河的一小块冲积平原。像扇子一样打开的平川——叫扎德噶，乌兰是红。村里居民大部分是蒙古人，也有汉人和朝鲜族人。到朝鲜族人家里做客有趣。他们用清漆把炕油得亮光光，我们坐炕上喝奶茶，边喝边吃朝鲜辣白菜。喝酒，朝鲜族人唱蒙古人的鄂尔多斯祝酒歌——赛洛日外冬赛。而蒙古人用蒙古语唱“桔梗谣”，是长调的唱法。我觉得古代的蒙古人和高丽人便如此对饮。

我住到了税务所的宿舍，公社干部次序上我房间问候。承担后勤的副苏木达（副乡长）吉雅泰送给我印着鸳鸯图案的红毛巾，牙膏和牙刷，一个鸭蛋大的小镜子，还有搽脸的雪花膏和搽手的香脂。

干部们看过我，离开房间都说一句“慢慢休息吧”，这句话特逗。“慢慢吃”好理解，慢慢休息是怎样休息呢？睡觉不能太快吗？

汉语说慢慢走、慢慢喝，实为礼貌的敬语，意谓安泰由之。他们说的“慢慢休息”，意思是“享受”，沉静下来歇息。我学会之后，向他们打趣：你们慢慢笑。

有一天逢集市，我和送我小镜子的吉雅泰到集市转。我见到了多少年没见到的东西：钐刀，带黄油和新鲜皮革味的马笼头，一窝粉色的小猪在阳光照耀下的大筐里睡觉，爪上拴绳的大公鸡睥睨四方，白兔在笼子里急匆匆吃菜叶子。半大姑娘小伙儿甩着腕上的手机播放流行歌，有个小孩子拿手机给毛驴照相，驴温良地摆出侧脸。

有一个蒙古女人坐在扣过来的筐上，面前放了一个笸箩，里面装着女人的长发，一束束用绳系着。有女人走过来，从兜里掏出一束头发扔笸箩里。她们笑笑，什么也没说就走了，都是蒙古女人。

这是怎么回事？我记得收头发要给钱，怎么扔进去就走了呢？又有几个女人把纸包的、布包的头发扔进笸箩里。看笸箩的女人只笑，啥也不说。

我问吉雅泰："这是怎么回事？"

"噢，这几个村的女人有倡议，逢集把自己的头发捐出来。"

"捐出来干嘛？"

"嗨，她们打电话让人来收，换钱买黑板。"

"买黑板？"

"噢，学校的黑板是水泥的，墨汁老是掉色。她们要买玻璃钢黑板。已经买来两个了，一会儿我带你看去。"

进入小学校，这里只有三间教室。进了屋，老师停止讲课，小娃娃们背着手瞪大眼睛看我们。吉雅泰像进了自己家一样，走上讲台，摸着深绿色的玻璃钢的黑板，这是她们的头发换来的，你摸摸。

我摸黑板，质地光滑沁手，像女人们的头发。

"你写几个字，"吉雅泰说，"这比水泥黑板好多了，还好擦。你写几个字。"

我犹豫，吉雅泰说："鼓掌，欢迎老师给我们写字。"

我抓起粉笔，心里怦怦跳。写什么呢？这相当于在她们的头发上留言。说女人伟大或头发伟大都不对路。我写下两个字：母亲。

下讲台，学生们鼓掌。我回头看"母亲"两个字太孤单，又添了几个字——课堂的母亲。

学生们又鼓掌，我觉得这回是为黑板和头发鼓掌。那些我没有见过面的女人，她们乌黑光润的头发里面藏着密密麻麻的字，她们的孩子慢慢都会读出来。

肖 邦

税务所院墙后边有一片野地,尽头是护岸林。清澈的霍思台河从林子下面流过。河原来分成两汊。其中一汊干涸了,这边的还有鱼游。

每天早饭后,我到河边散步,看水鸟用翅膀拍打河水。它本想叼鱼,却常常叼不上来,鱼藏在靠岸的深绿的草丛里。用木棍拨草,黑脊的小鱼甩一下尾巴钻进泥里。

我仿佛听见河岸有琴声传来,抬眼找公社或者学校是否有高音喇叭,没有。河的上游,一群白鹅在水里游弋。它们以喙给对方洗澡,展翅大叫几声。我觉得琴声好像就是从那边传来的。风向变了之后,确实听到那边传来的琴声。弹拨乐,弹一个我没听过的曲子。

牧区蒙古人摆弄的弦乐器多数是马头琴和四胡,慢板,表现蒙古歌悠扬的情绪。弹拨乐节奏鲜明,蒙古人用得少。

琴声越来越清晰,好像是一首西洋乐曲。琴声不好听,似乎共鸣箱开胶了,声音破,音准也不太对。岸上,一架马车辕木支着地,一个少年坐在车上弹琴。

看到他手里的琴,我乐了。这是一个三角琴。我认为除了边境的华俄后裔之外,全中国没人弹奏三角琴。它是俄罗斯民间乐器,又叫"巴拉来卡"。但这个孩子的三角琴比巴拉来卡小一半,白花花没刷漆。

乐器怎么能不刷漆呢? 不拢音,音色也不好听。

少年人见我来到,站起来笑了。

我问:"鹅是你放的吗?"

他指镇里:"给肉食加工厂老板放的。"

"这是什么琴呀?"我问。

少年用手抓抓胸脯,说:"我也不知道,老板让木匠做的。"

"哪儿的木匠?"

"肉食加工厂盖房子的木匠。"

我越发想笑,盖房子的木匠能打乐器,胆够大啊!

少年说:"我给他放鹅,没工钱,让他买个吉他。他说嗨,自己打吧,反正都能出声。”

我说:“吉他不是这样的啊?”

少年说木匠锯不出来葫芦形的面板,就改三角的了。

这个琴用胶合板黏成,琴把是杨木,有四个琴钮。“咋不刷漆呀?”我问。

“老板说,买一桶清漆刷这点东西不合算。”

少年十六七岁,瞳孔和头发都是黄色,卷发,后脖梗的发卷细密。

“你叫什么名字?”

“图嘎,星星的意思。”

“你刚才弹的是什么曲子?”

图嘎脸红了,窘迫地低下头,换个姿势站立,好像犯了错误。

“什么曲子?”

他用牙咬指甲,小声说:“雨水。”

“雨水?这是谁的曲子?”

“什么叫谁的曲子?”他反问我。

“就是,你弹的这个曲子是谁创造的?”

“心连心创造的。”

看我困惑,他解释道:“心连心艺术团去年上这儿演出,一个弹吉他的叔叔很喜欢我,给我弹了这首曲子,名字叫雨水。”

“你再弹一遍。”

他弹起来,用截下的塑料格尺当拨片。我听了听,这是一个完整的作品,不是歌曲,也不是中国乐曲,图嘎弹得挺好。

“你听一遍就会了?”

“两遍!”他举起食指和中指。

他的天赋很高。这应该是一首钢琴作品,夜曲一类。

“对啦,”他突然大喊,“我想起来了,这是少蓬创造的曲。”

我想了想:“你说的是肖邦吧?”

“对,肖邦,心连心那个叔叔说的。你认识肖邦吗?”

我说:“肖邦早死了,他是波兰人。”

“你说说肖邦的事吧。”他脸上闪出神往的光彩。

肖邦？我真不太了解肖邦，勃拉姆斯、维瓦尔弟和贝多芬的故事我知道一点。我说：“肖邦是个演奏钢琴和为钢琴作曲的人。他父亲是法国人。他的老师故意不教他，让肖邦自由发展。他拒绝了俄国皇帝的荣誉称号，一生没结婚，就这些。”我又想起，他说的这首雨水，应该是肖邦的《雨滴》。

图嘎说：“我觉得肖邦是个在云彩上行走的人，他手里拿着喷壶往森林里浇花。他懂得蜜蜂和露水的心思。他的手非常灵巧，像用花瓣拨琴。我弹他的曲子就想起雨从玻璃上往下流。”

他的想像力蛮好。我问：“你知道肖邦弹什么琴吗？”

他用手比划：“比这个琴大，跟吉他差不多，刷红漆。”

我告诉他肖邦弹的是钢琴。钢琴就像把立柜放倒那么大，键子像一排牙齿，有白键和黑键，黑键是半音。

“什么是半音？”

“米和发都是半音。”

“就它们俩是半音？”

“这个事很麻烦。多有升多，来有升来，也是半音。降米、降索也是半音。升发对米来说就成了是全音。很复杂。”

“曲调越复杂越好。”他竟然说出这么一句话。图嘎是个没见过钢琴的孩子，他用白胶合板黏的假三角琴弹肖邦，而城里不知有多少孩子在憎恨钢琴。

“你能教我一首肖邦的曲子吗？”图嘎问我。

我不会。这三个字我说出来很惭愧，我多想说可以，然后教他一首肖邦的《蝴蝶练习曲》以及我最喜欢的肖邦的——辉煌的大波兰圆舞曲，但我不会，连哼唱一遍旋律也做不到。

图嘎礼貌地点点头。他说：“再学会一首我就够了。我喜欢肖邦，可我们这里的人都没听说过肖邦。”

我离开了少年，既然帮不上他又何必打扰他呢？傍晚的时候，我从税务所食堂的窗户看到，一群白鹅昂首走过土路，图嘎挥一根柳条跟在后面。他斜挎着那只系麻绳的三角琴，琴身用蓝墨水画着两颗星星。

土耳其二流子

我在斯图加特生活过一个月,这是南部德国最富庶的城市。我住在山上,那里到处是苍莽如古代的森林,下山只有一趟车——92 路公交车。

乘坐德国公共交通工具出行比较奥妙,说复杂也可以。比如,乘公交车分为月票、年票和区票。我用德国方面发的生活费买了月票,60 欧元坐一个月,不限次数。

我没怎么进城,每天只在森林里逛。有一天,翻译对我说,你买了月票不坐车不划算。你的月票每天合 20 欧元,如果每天进城少于两次,就提高了单位成本。从这里买单票进城,往返 10 欧元。

我不会算账,但比较吝啬,听他这么一说,觉得是应该进城,越坐车越合算。可是,我不懂德语、英语(懂波兰语、匈牙利语也凑合,但德国人几乎没人懂汉语),进城干什么呢?

翻译说:“你随便逛嘛。”

我减少了去森林跑步的次数,每天进两次城,心想赚了赚了。

我去黑格尔和席勒的故居装模作样参观了一下。不懂德文,什么也弄不明白,只觉得黑格尔的帽子很怪,黑大绒掐褶,如厨娘看戏戴的帽子。参观完一两个景点,回山上,下午再坐公交车出来。人就是这样被异化的,脑子被钱或者说成本核算的理论统治了。

有一天,我上午参观植物园,回山上喝点小米粥,睡一觉;下午又到市里转一圈,再回山上休息,晚七点第三次溜进城里。晚上进城需要搞清楚92路公交车的收车时间。我在山上仔细查看站牌子,阿拉伯数字的时间表写道:6:00~11:00。我晚上11:00前搭上车就可以回山上了。

斯图加特的治安环境好。在新闻自由的国家,打开当地报纸就知其烧杀抢掠,不必懂外文,图片会告诉你一切。斯图加特的报纸很不幸,几乎没有新闻得以存活的负面消息。他们的报纸绝望地刊登世界各地的灾难消息以及柏林等地的犯罪案件,本地无新闻。话虽如此,一个不懂外语的外国人还是不敢在陌生的城市漫游,还是害怕。

斯图加特经常下雨。我去的时间是6月,城市里到处覆盖着森林。在此我使用"森林"这个词的意思是:即使城市中心地带也长满胸径超过50厘米的大树,松鼠、野鸭到处乱跑,鸽子在地下三层的地铁站散步。在林区生活过的人都知道,这样的地方夏天总在下雨。森林像一个蒸锅,叶面把水分蒸发到天空,低垂的云层接不住这么多水,"啪唧"——雨水倾泻下来。6、7月份,斯图加特的雨,一天下几次到十几次,一次下十来分钟。马路上艳阳高照,森林里仍然寒气袭人。这里的人,随身常带一把伞。斯图加特无论如何称不上是一个城市,它是被森林切割并包围的一些街道,一些居住点和一些工厂和学校。宝马、大众、博仕都在这里。斯图加特街道、火车站、博物馆之建造与美化均由这几个企业承担。

如果傍晚无雨,餐馆会把无穷多的白色餐桌椅和白遮阳伞拿到露天。餐客手执一杯啤酒——洁白的餐桌布上没有菜,只有一杯酒——看落日与天气,看时光怎样一点点消失。我奇怪这些门面很小的餐馆里竟装着这么多的餐桌椅,好像每个餐馆只是餐桌椅的仓库。多数德国人喜欢在室外用餐,灯红酒绿的包房是中国人的所爱。

我不喝酒,只东溜西逛,尤爱看二流子。二流子分两种,老二流子攒集于地铁站与桥洞子,年轻二流子喜在草地上打滚。"二流子"是方便的称谓,我不知怎样称谓他们。他们是无职业者,但并非无业可就。在德国,为民众创造就业机会是政府的第一项工作,否则就要垮台。这些人只是不喜欢政府提供的工作而已,他们不是穷人。失业人员在德国每月享受500欧元的低保,免税,约合4800

元人民币。按世界银行与国际货币组织划定的标准，他们都不穷。这些人也许是无家可归者（老年人）、有家不归者（年轻人）。我所说的“二流子”，指他们身上所具有的四海为家的不羁气质，这在有工作的严谨的德国人脸上根本见不到。他们的衣服多日未洗，被雨浇过，这是指老年人。年轻的二流子衣着暴露，剃光头或莫希干头，光膀子露出一身真皮更是他们的特征。他们男女混杂，常带一条比他们更整洁的狗，草地就是他们的家园。

我在斯图加特的夜色里逛了皇帝大街，逛了几家商店，在运动自行车商店待了一个小时，听一位流浪艺人用手风琴拉巴赫与维瓦尔第的协奏曲（无谱）。在国内，手风琴技艺到达这种境地，可获中央乐团首席。后来这人被警察带上警车，他没有失业证，违法乞讨。

等到我返回92路公交车站时，眼前开过的一辆又一辆大奔驰公交车都不是92路。我用哑语请教德国人，他们很乐于帮助别人，但帮助的语种是德、英之语，我仍然迷惘。终于，我盼来了一个中国人。斯图加特的中国人少，多数是大学生，很少有像我这样半夜闲逛的人。

这个人叫张童（音译），小伙子。他说92路已收车了，6:00～11:00指的是学生放假的时刻表。完了，我回不去了。斯图加特没有出租车这一说，招出租车要提前一个星期预约。我没有信用卡，身上的钱不足以住旅店，不知道怎样度过这个夜晚。草地上全是露水，长椅已被二流子占用了。这里的火车站直接上车，没有候车室。

张童看出了我的心思，说领我去一个地方过夜。他带我上了地铁车厢，当时是晚上10:40分。坐下，张童脸上浮出胜利的笑容。他说，再过20分钟，地铁就收车了。车进库，咱俩在车上住一宿。

我一想，也行。地铁到达终点后，所有旅客自动下车。司机把车退回库里，车厢就是我们的天下。北京的歌德学院总院长阿克曼——我的德国之行的派遣人——希望我在德国搞出点冒险名堂，这就开始吧。

车到终点站——火焰街，我和张童躺在后椅上，车厢已空空荡荡。列车缓缓驶入库，进入地铁的家，停稳，熄灯，司机下车了。

张童从背包里取出一个大碗粗的绿蜡烛，看来他早有准备。接着，又取出两罐啤酒、六片面包和四片火腿肠。他说这是咱俩的晚餐，你要付我 6 欧元。我不喝酒，付了他 4 欧元。在西方，钱财一定要分得清爽。张童的收费很公平，不贵。

张童说，他是北京人，在斯图加特大学学通信技术。父母离异，他断了学费而辍学，又不愿打工，成了流浪汉。他觉得挺替中国人丢脸。我说选择生活方式是个人的自由，跟国家没关系。

说话间，有人拍门。张童说可能是警察，熄了蜡烛。门被打开，脚步噼里啪啦，上来许多人。我蹲在车椅后面，心想：用不着上来这么多警察抓我们啊？电筒晃动，他们和张童说德语。

蜡烛重新亮了，我面前出现七八个阿拉伯面孔的人，个头不高，黑发黑连鬓胡子，右臂戴红袖标。他们让我们站起来，我以为搜身，却是和我们拥抱。在叽里呱啦的对话中，张童见缝插针为我同声翻译。

张童说，他们是土耳其马列主义工人党海外支部的成员，见到中国兄弟很高兴。他们的书记——这个眉毛浓黑的人名字叫辛迪。

张童翻译——辛迪说，眼下的金融危机敲响了资本主义最后的丧钟，马克思和列宁的预言终于要实现了，资本主义将在三个月之后变成历史尘埃。

辛迪握着我的手说："中国同志，中国为什么要拿出 4 万亿人民币救市？这是给垂死的资本主义打了强心剂，便宜了西方国家，这是为什么？"他表情苦恼。

我说我啥也不知道，我只是个业余跑步爱好者。

"不对，"辛迪推我一巴掌，"实现共产主义是全人类共同的事业，你怎能漠不关心呢？"

我说你们要是实现了，我跟着沾光。

辛迪邀请我加入土耳其马列主义工人党，说按个手印就够了。

我说我不加入政治组织。

"事实上，"辛迪指我的脸，"你已经堕落成为资本家的走狗。"

"是的。"我回答，我的机票和生活费就是资本家的代表——德意志银行和博仕总部赞助的，我很羞愧。

"为了洗清自己灵魂的不洁，你跟我们一起喊口号吧。"辛迪把一句拗口的口号喊了很多遍，我振臂学了许多遍也没学会。张童学得也不像。这是一句土耳其语:资本主义一定会灭亡。

喊完口号,他们下车了,把我已经付费的面包和水也带走了。张童说:“他们是土耳其二流子。德国有许多土耳其人,别惹他们。”张童送我两片面包,没收费。

我们睡了一觉,第二天,地铁启动,把我们拉到月台上。和张童分手,我接着游览斯图加特市容,让我的资本主义月票有所增值。

野马分鬃

这是过年那几天的事。

不是初七就是初八，年劲还没过去呢。一早儿，家里电话响了，像有人掐它似的。

“你好！”

现在打电话全说你好，也不管你是谁。既不是道德评价，也不是状态判断。反正你好。

“我好。”我说。

“是金属材料公司吗？”我最烦电话串线，还有一回问我是不是冷冻精液配种站。

我说：“是。”

从这一声“是”开始，我给世界添了一点不平静的事。

“哎呀，是皮经理吗？”一片渴求之声。我想沉痛地告诉他，皮经理刚刚去世，还没有火化，赶紧送花圈来吧。可我没敢说。和人家不认不识的，别瞎闹。

我干咳一声：“我是老皮。”

“我是小翁，嗨嗨嗨嗨。”为什么你是小翁就嗨嗨嗨嗨呢，真是。

我给她“嗯”了一声。

“哎呀，皮经理，过年好哇？”

“嗯。”

“我嫂子好哇?”成了你嫂子了,昨晚那个电视剧,一个土匪的嫂子让日本鬼子给强奸了。我沉着地说:“你嫂子挺好。”

“嗨嗨嗨嗨。”奸笑。

小翁在电话那边又说了:“我大爷、大娘都挺好哇?”

“嗯。”

“我组织部七叔和机电公司二舅母都好哇?”

我想把电话挂了,但挂了还得来。我看在皮经理什么七叔二舅母面上说:“他们都好。”

“嗨嗨,我们今天早上刚到。”这是什么意思? 挺奥妙。

“嗯。”

“皮经理,你看我们啥时候装车啊?”

装车? 这帮东西想装什么? 肯定是国家财产,那还能行! 我说:“先不忙着装车,住下再说。”

“皮经理,”小翁有些急了,“皮经理,咱们不是早就定好了,今天装车吗?”

现在皮经理不好使,我说了算。“说好了也不行,情况有变化。”

“有变化?”小翁的语气简直惊讶万分。

“嗯。”我的声音很威严。作为领导,要紧的便是果断,她越着急你越沉着。我头靠沙发,脚放在凳子上,点燃一支烟。

“完了完了,哎呀,你看,我说这个,皮经理……”乱套了吧,分明是语无伦次。

电话那头七嘴八舌嘀咕呢,毫无组织性和纪律性。又换了一个声音,很悦耳,估计有四十来岁。

“皮经理,咱俩不熟,王经理让我们,意思就是……”

我威严地问:“是什么?”

我最近一直致力于播音学的研究,主要是改善发音质量,通过正确的呼吸方法和共鸣使声音响如洪钟。这时,我以膛音喝道:“你、们、想、干、什、么?”

太棒了,像话剧独白一般,富有穿透力,使坐在最后一排的观众也能听到。

“皮、皮、经理,你怎么……”对方大惊失色。

“我是一名共产党员。”我也不知怎么整出这么一句来,也是话剧味的。我甚至想起了哈姆雷特在悬崖边上的独白(孙道临配音):“生,还是死,这是一个问题了。”还有张家生朗诵的《长江三日》片断,这不比装车有意思吗?

电话那边唧唧哝哝。

我听了一会儿,还是唧唧哝哝。真令我失望,难道他们没有听过朗诵?董行佶、瞿弦和、铁成、虹云。就这个素质还装什么车?

手边有半导体,我把它打开贴到了耳机上,这是“和平与进步广播电台”的播音,女播音华语极蹩脚。我想像她一定戴泡沫乳罩,胯骨特别宽。

“……之后,英勇不屈的阿富汗人民,在卡尔迈勒同志的领导下,穿过一个又一个艰难险阻,走向……”

耳机那边说:“听不清,皮经理,什么汗?喂、喂!”

听不清也得听,你们这些倒卖钢材的主儿,得好好地向阿富汗人民学习。

半导体又说:“在距坎大哈五十公里处,有十辆满载叛乱分子的军车被炸毁……”

听见没有,还想装车呢,不懂时事政治哪行?

我把半导体放下。

这回是个女人的声音。他们带着女人来的。

“皮经理,要不是你搬家,咱们就直接到你家里去了,有些事在电话里谈不方便。”

“对。”我觉得这女人说得很合情理。

“考虑把车直接开到公司去更不利,反正装货也得上六库。你啥时候搬的家?腊月二十七?”

“对。”

“你嗓子怎么有点哈喇?少喝酒。”女人这玩意儿就是无微不至。

“没有事。”我说。

“皮经理,”她说,“既然咱们车都来了,就赶紧打发走,办不完的事,我留下办。格格格……”

这笑声太迷人了,怨不得皮经理让他们装车呢。人在什么时候才能这样笑呢？二十个男的轮班胳肢她，除非。

“你留下也没啥用。”我说。你留下也归皮经理，对我没有用。

“哟！”她娇嗔起六七分来，“怎么这么说。啥叫有用？啥叫没用？对我没用，对你可有用呢。格格格……”

太不像话了，这种语言怎么能对一个国家干部说呢？

那边又来了，“皮经理，我看你是让嫂子给拾掇怕了，还得我去给你解围。”

来这套了，娘希皮！

“老皮，”又成老皮了，“别不开面了，这车盘圆务必得装上，啊？”

“这你说了可不算。”我说。

“我说了当然不算，还得你老皮说。”一派莺声燕语。

“不好办啊，这个事。”我叹息一声。

“嗨呀，老皮。你怎么学得像老娘们儿似的？是狼到哪都吃肉，是狗到哪都吃屎。胆小怕事不成了《南征北战》里的李军长了吗？钱的事用不着你操心，你拿个章程就行了。”

“你这是说哪儿去了？”我说。

“你这人动不动就爱突噜，啥事都得一把一利索。你不看僧面也得看咱俩的交情，听了没？”

皮经理这厮敢情跟她有些勾当，这还得了！我正色曰：“我跟你有什么交情？”

“哟——”我估计她的两根眉毛像电视天线似的挑起来了：“皮德胜！”

原来是皮德胜，她喊得字字有力，好。

“没你这么干的！”

“我怎么干的？”我不心虚。

“你怎么干的自己知道。”我哪儿知道哇，好你个老皮。

“我啥也不知道。”

“哟——”进一步吃惊，“唠这个嗑了。”

图色，也须讲几分交情。老皮干完了不承认就很卑鄙了，况且是领导。

“你来真格的啦？”她喊。

“怎么的?”启发式教学法。

“呸! 你觉着我不敢抖搂。皮德胜,看你那副熊样儿,寻思自己是好东西呢?”

皮德胜肯定不是好东西,作风不好。我说:“脚正不怕鞋歪。”

“你鞋正? 狗样吧,就怕你脚也不正!”

“我怕啥?”真是,我有啥怕的。

“我崔淑兰怕啥!”耳机震得嗡嗡响。这个皮德胜,把个良家妇女崔淑兰给工作了。崔淑兰,这名还不错呢。

“明告诉你!”拍胸脯的声,空空洞洞,“我三十多岁大老娘们怕啥?”

“别给我来这套。”我说。用色相骗取国家之重要盘圆(说实话,我也不知什么叫盘圆),这崔淑兰也是破货。

“你放一声屁,盘圆给拉不?”崔淑兰要摊牌了。

“不行!”我说。

“你还算个男的吗? 牵一头叫驴都比你强!”

“猪肉豁个口子都比你强!”我告诉她。

“你妈×!”崔淑兰开始撒野。吵架这东西,镇定乃第一要务,而我恰是如此。打不还手,骂不还口。

“那也不能拉。”我说。

“我明天就告你!”她说。

我发出首长一般爽朗的笑声之后,从容答道:“就怕你没证据。”

“证据?”崔淑兰急了,“姓皮的,我早料定会有这天。想白玩你姑奶奶是妄想。我问你,腊月初八谁把我领到你们家的? 你们原来的那个家。你们家西屋双人床是不是蓝格的? 窗帘是不是绿竹子的? 你说呀!”

“血口喷人。”我说。

“我血口喷人? 你这才叫血口喷人! 你说没说机电局李局长在你们公司有个小姘? 你说没说你们公司李书记的阳痿是被吓的? 你要没说,我咋知道的?”

“你这纯属诬陷,是犯罪行为。”我劝诫她。一般人(包括皮经理和什么李书记在内)见这个阵势早傻眼了。但我照样对答如流,这就是清白的好处。

“放屁！”崔淑兰估计跳上高了，“你自己犯罪，还说人家犯罪。我到法院就说你犯的强奸罪。去年十一月那回，你给我放流氓录像，有这事没？”

“没有。”这事我能承认吗？

“好！你是不见棺材不落泪。腊月十八你说的啥？你说你老婆比我腿短，你说你玩意上的疤拉是小时候上树剐的。”

“你这都不是证据。”我告诉她。

“那好，你就在法庭上亮亮相！”

这老皮太不像话了，问题很严重，说话又太不谨慎，这哪里像一个领导呢？的确需要教育。这回可好，把卵子的事都让人家张扬出去了，以后怎么开展工作？这不好，我对待干部的态度历来是明确的，一是大胆使用，二是严格要求。

我对电话说：“说一千道一万，盘圆你们别想拉。至于别的事，有党纪国法在，我不怕。”

“不是鱼死，就是网破！”崔淑兰咬着牙说，“明天，我就和你这个强奸犯法院见！”

这就是正义的力量，我初步保住了国家财产，又透明了老皮的不良嗜好。电话那边又唧唧哝哝。

我看一下表，九点了。不行，我得上嘟噜他家喝酒去了，定好的，不行挂了吧。

“皮经理，”换了个男中音，气度沉婉坚定，像见过大世面的，“我是绍和。”

“嗯。”谁也无所谓。

“淑兰刚才太激动了，都是开玩笑，您别往心里去。”

“我是无所谓。”我说。

“那是自然。”绍和说，“头几天那批年货收到没有？”

“什么年货？”我确实没收到过年货。

“皮经理又开玩笑。玉昆回去跟我说了。说你挺客气，又要搬家。那些东西他帮你放到小棚里了。”

“没有没有。”我坚决否认。

“不能吧！”这口气分明是威胁。但我怎么能怕威胁呢？“二百斤猪肉，七十斤荞面，四坨冻虾，三十斤鹌鹑，还有一箱浑河大曲。”

你说这皮德胜捞了多少东西！我说：“肯定没有这事。”

“算了，”绍和笑得意味深长，“一点小意思。皮经理，咱们还是商量装车的事吧。”

“车，”我说，“肯定装不上了。”这么多年货我一口没吃着，能让你们装车吗？

“再等几天呢？”绍和问。

“再等多少天也没用，你就死了这个心吧。”

那边沉默了。

过了一会儿，又是绍和的声音：“皮经理，事可以听你的，我还有几条意见。”

“说吧。”

“第一，这批货已经答应给人家了，票都开了，我们回去直接拉到工地。人家把钱都给我们啦。不瞒你说，这笔钱已经挪用，不给人家货哪行？就是送给你的冰箱、电视也是从这笔钱里出的。第二，这回我们雇了五台东风车，打算往返三趟，这批货就拉回去了。车费已经交给人家了，一台车一趟往返给人家一千元，这是加倍，要不大过年的谁也不爱动弹。咱们县的公路不像你们市里，都不容易，冰天雪地的。第三，不管咱们有什么不敬之处，你都得担待，成全我们吧。咱们植保站搞钢材确属违法，我是电大法律专业毕业的，明白。但是咱们不拉，不也违法吗？我们犯行贿罪，你跑不了是受贿。再加上淑兰那码子事，人家可是军属。咱们干脆好事做好，坏事做坏。你说对不对？第四，货到家以后，我每吨再给你提五十元，这就是二千二百五十元，上次你说那个日本电子琴，我给你送家去，现在送也行。容我说一句胆大的话，贪多嚼不烂，分赃不均历来是祸根……”

这个绍和很有能力嘛，很会做思想政治工作。

“……第五条，如果我们装不上车，你家的彩电和毛料怎么办？我这并不是拉屎往回缩，咱们装不装车是小事，总得想个万全之策呀！我说得不知对不对……”

“这个这个，”我又不知说什么好了，“我们都要为端正党风做不懈努力。这批货，合同签了没有？签了。对不对？对。但我拿了你们一分钱没有？没拿。”

“没拿没拿。”绍和说。

“所以，考虑到许多复杂的情况，这批货你们肯定拉不上了，这也是支部的意见。我看你们还是回去吧，啊？”

沉默少顷，绍和又说：“我们开车回去可以，怕你不好办。”

“我有什么不好办的？”撂下电话，我就上嘟噜家喝酒去呗。

“恐怕没那么容易吧，皮经理。”绍和这个同志是很会威胁别人的，“你家里的电视机、发货票和保修单都在我手里，机身的号码和保修单是一致的。除非你移赃。”

“没什么了不起。”我慨然答曰，“一个真正的唯物主义者是无所畏惧的。”

“好，佩服你，皮德胜。”我总得让人佩服皮德胜才对。“你逼得我没招了，咱们就监察局见。”

“你是大流氓！”崔淑兰的声音。

“你也是。”我回答。

“你别忘了，那天你给我的两包春药还在这儿呢！”崔淑兰说。

“那你和绍和现在就吃了吧。”我说，“药这东西，时间长了就不管用了。”

崔淑兰又说：“你要是不搬家，我让你们全家鸡犬不宁。让你老婆王景芬上吊！”

我老婆王景芬上吊？让你脑浆子满！崔淑兰她可能吃下药了。

我半天没出声，接着无比亲切地告诉他们，声音像春风拂过郁金香花朵，温柔极了：“别这样，同志们。这样不好。我不会怕你们这套的。”

绍和说：“事到如今，我现在就让车开回去，正月十五之前，咱们法院见。”

电话挂了。

又过了好多天，我几乎忘了这事。在一次酒宴上，遇到检察院和监察局的两个人，我想问皮德胜现在怎样啦。

但我没问，我可不是那种多嘴多舌的人。

雨下在夏至的土地上

1

张八风没消息了。

一个人说没影就没影。平常,张八风给田新庄天天打电话、发短信。说村妇生孩子、警犬拉稀、老百姓打架动刀这些事。你找他,手机关机。

田新庄担负一项重要任务——寻找张八风。田新庄是张八风的领导,领也领不上什么大导,丰隆市城乡结合部怀安派出所副所长,分管社区警务。张八风——韭花台警务站警察,一人一犬,在山上待了三年半。

三天前,张八风拘留韭花台村民巴虎下山。三天后,巴虎没归案,张八风也不见影了。所长秦伟抄起田新庄的手机往桌上拍:“你必须找到张八风,三天了。我听说过罪犯脱逃,没听说罪犯和警察一起脱逃。他是不是跟巴虎一起卖矿石去了?”

“你慢点摔,这是我手机。”田新庄抢过手机。

“你手机怎么啦? 我给你买两部手机,你把张八风找回来。”

“我找? 什么时候这个事成我的责任了?”

“他没了就得找你!”秦伟掏出打火机接着拍桌子,“你俩是警校同学、哥们死党,你不找谁找?”

田新庄在椅子上扭转身体,眼看天花板,表示置若罔闻。

“别给我装，老田，从现在起，”秦伟看看手表，“6月20日上午8点半，你把手头活计都放下，找张八风这个兔崽子。找不到，你一直找到退休。”

田新庄“呼啦”站起来，伸脖子，前额快顶到秦伟五千多块钱的法国眼镜上了。“啥？我替张八风活着呢？”

秦伟衣冠整齐，像正在党校培训的省部级领导干部。他手按在田新庄肩上，“田副所长，你说啥都没用。找不到张八风，我这个所长咋干？我手里只有这么一点权力，就是指派你找人，我非把这个权力用好。找吧，别瞪眼睛了。”

秦伟出了办公室，田新庄对着门“呸”了一声。他明白，秦伟也憋着火呢，平常他不这么横，都因为巴虎。

巴虎是谁？他是韭花台的农民。韭花台，环台皆山也。一块一块的耕地是山民用筐把土背上来的。耕地最大一块也没三间房子大。巴虎在那儿当包工头。

韭花台三十几户人家种着不太多的玉米当口粮，种点养殖参，再晾点林蛙油上集市换现金。他们的养殖参属于高仿，没长成的山萝卜晒干，渍红糖水，拿胶粘点黄芩须子，曰红参。林蛙油更是仿品。哪有那么多林蛙？13亿国民跟林蛙除一下，一百万人都摊不上一只林蛙，压根没有。山民把山蛤蟆肚子的水油掏出来，掺上鸡油，就叫林蛙油，还叫雪蛤油，康熙帝偏爱的补品。

有道是，天无绝人之路。就在韭花台百姓与山萝卜、山蛤蟆荣辱与共之际，此地发现了钼矿。田新庄不知什么叫钼，儿子查字典教他这个字念木，说钼用于航天和军事领域。张八风说过，坦克装甲薄又能挡住炮弹，钢里面要加钼。他说，国家严禁钼矿出口，各军事大国都稀罕钼。海城、杨杖子都有钼矿，国家的。

韭花台出土了钼，外边来一帮人用炸药取矿石，人工砸成小块，山民背篓往山下运。这里不通车。背一篓矿石，走三十里山道，得钱15元整。山民抢着背，有人一天背两篓，挣30元，一个月得900元。他们倒腾红参、林蛙油，一年也就挣一千元左右。山民们凑份子给崩矿人士制了一面金字锦旗——“吃水难忘打井队，致富先谢开矿人”。

矿石下山就装车，开车的人身穿橙色连体防护服，戴口罩。矿石运出去卖多少钱？不清楚。出口到伊朗、以色列卖多少钱？更不清楚。张八风和田新庄不过是警察,管不着这些事。韭花台常来外国人,指着矿石哇啦哇啦说事。山民探笑脸凑前辨听,谁都没听懂。

2

田新庄话语少,眼睛看上去聪明。这样的人爱在心里跟自己说话。他在办公室转了两圈,手摸墙壁自语:“张八风,让我上哪儿去找你呢?”

张八风是个怪人,不是一般地怪。去年8月,公安部下来一位副部长检查工作。局里让张八风下山汇报工作。韭花台是全省五个模范警务站之一。秦伟通知张八风于8月10日早8点准时到达派出所。那天8点整,张八风还没影呢。8点半,没影儿。市局黄局长口口叹气。好像肚子里气多,隔一会儿提出来吐掉。9点整,部领导在省市官员的环绕中来到派出所。

领导穿一件邓力群那种小翻领灰色短袖衫,平头,手捏书法扇子。他坐下问:“你们那个韭花台警务站怎么样啊?”

黄局长胖脸有汗:“韭花台警务站民警张八风正在途中,马上就到。”

省厅厅长沉下脸:“没提前出来啊?”

“昨天就出来了。韭花台不通车,他步行。那段路暴雨塌方,他速度慢了点。”这是黄局长现挂的情节。赶着说呗,要不咋办。

厅长是老侦察员出身,端视他:“没听说你们这下雨呀?”

“山区有雨”,黄局长回答,“有小气候,还有泥石流。”

“没准泥石把张八风流走了”厅长说,“老黄,你向部长汇报一下情况。”

黄局长搞不清韭花台怎么回事,他让秦伟汇报。秦伟当过团干部,说是长项。“韭花台警务站位于海拔1866米高的哨山顶峰。辖区37户,151人。是全省地势最高,条件最苦,群众满意度最高的警务派出机构。这里山高地少,群众点灯基本靠油,耕地基本靠牛,不知外面的世界多精彩。在全省三基建设中,为落实‘民警进农村、进社区、进工地’的上级指示,我们设立了这个警务站,民警只有一人,张八风。”

“张八风同志进驻韭花台之后,全力推进各项工作,受到村民拥护,提升了党和政府的威信。八风刚去那会儿,有的老百姓连国家领导人姓名都不知道。问,现在谁是主席呀？一个九十多岁老太太说，不是张学良吗？韭花台广播、电视什么都不通，没电。老百姓没见过警察，实话说他们啥干部都没见过，对张八风非常崇拜。他走到哪儿，一帮孩崽子跟在他屁股后尾随。他看到老百姓缺医少药，自己下山买药，消炎的、止泻的、止痛片、创可贴，标签写好摆一溜儿，大伙随便取用。张八风说，韭花台老百姓没听说过世上还有止泻药，过去蹿稀蹿到天光光。他买了黑板，教孩子认字。说十岁以上孩子如果不认识三百个字，家长要服刑。村民害怕了，领一帮孩子上他这儿认字，大人跟着认。像头痛、农药、借条、和谐社会、男女厕所这些字基本上认齐。他宣布：村民娶媳妇、嫁姑娘都不许在韭花台找，必须下山。村里近亲结婚，发展了一批痴呆儿童……"

"张八风到那儿干什么去了？"部领导发话，声音沉缓。"他做了哪些公安工作？"这位领导起身，打开扇子看上边的字。

市局、分局领导谁也不敢接话茬，低头记笔记。

部领导站定，伸出胖乎乎一双手，手不大。"国家若想长治，百姓先要久安。民不安，国怎么治啊？我看张八风干的好。他不光是警察，还是乡村教员，是赤脚医生。这就叫大公安，从民生大局摆布警察的所作所为，好，你接着说。"

秦伟脸上，刚像被电流打了一般的冷冻，这会儿过血了，语调愈发高昂。"张八风同志先天下之忧而忧。村里有个老汉死了，无儿无女。他给老汉穿寿衣、摔盆打幡当孝子。'六一'儿童节，他领30个孩子下山吃了一顿肯德基。肯德基老板看一个警察领着破衣烂衫的山里孩子吃汉堡，感动了，不收餐费。韭花台的邻里纠纷，经常是你的羊吃了我的菜，我的猪啃了你家苞米，涉及赔偿。张八风提出一个口号'理要清，找八风'，分清是非之后，他拿钱给受害人赔偿。十块、二十块，一年几百上千块钱。村民先以为政府赔偿，后来听说他个人掏腰包，有啥事也就不争执了。"

部领导点头，面露赞许。

秦伟拔直了身子。"张八风为村民垒猪圈、垒院墙、收苞米、盖房子，接生小孩，三年累计用工八百多个。他上山下山穿破了6双皮鞋，我就支援他两双皮鞋。"

"你们为什么派张八风上山啊？"部领导问。这话问到点子上了。秦伟看黄局长，黄局长摘下眼镜呵气猛擦。派他上山是因为他傻，话也不能这么说啊。

秦伟一转眼珠，坚定地说："张八风同志党性强、能吃苦、会做群众工作。山上的条件很艰苦，他自己垒了一个石头房子，没窗户。除了锅碗瓢盆、床板被褥，只有警犬和一个电池收音机跟他做伴，称得上是披星戴月。"

"你们为什么派张八风上山啊？"部领导又问。刚才不是问了吗？还问。部领导双目微合，抬腕轻拍沙发扶手。还怎么说？秦伟用眼求助张火钢。

"嗯？"部领导睁眼，目光锐利。

张火钢答："部长，主要为了消灭治安死角。去年，韭花台发现了钼矿。因为采矿和运矿石的事，村民产生一些纠纷，需要警力介入。也有村民上访，说采矿污染了环境。"

"我问为什么派张八风上山？"部领导问了第三遍。话要是连着问，比刀子都厉害。

秦伟挺身而出："我们警力太少，想替换张八风，抽不出人。"

"把勤快人和好人累死，把懒人闲死，还吵吵警力不足。我说的不是你，"部领导以扇柄指秦伟，"是说体制机制问题。我要见见这个张八风。他为什么叫这个名字啊？"

部领导不问第四遍了，谢谢。在场人放松下来。田新庄回答："报告部长，张八风刚满月就中了邪风，嘴冒白沫，腿梆硬。大夫用针扎他的八风穴得以还阳。报告完毕。"

"八风穴在哪儿啊？"

田新庄快速脱鞋袜，扳左脚二脚趾："在这。"屋里飘出脚臭味。

部领导微微一笑："我看你答得不准确。张八风身上有医风、学风、仁风、义风，悲天悯人风、实事求是风，这是几风？"他偏头看黄局长。

"六风"，没想到黄局长在心里数着呢。

"唔，还有什么风，你们自己总结吧。核心就是一风，爱民之风。咱们不少警察也有八风，吃风、喝风、冷风、横风、刑讯逼供风，还有啥风？你说说。"部领导抬下巴示意张火钢。

张火钢想笑没笑出来，跟求情似的说："个别人爱打麻将，不过算不上风。"

“噢,你比我乐观,更能看到光明面。我听说还有赌风、洗浴风、吃饭不买单风、排挤老实人风,几风了?”

黄局长低头,“没记住。”

部领导走几步,坐下,若有所思:“我今天让这个张八风给我吹吹。他到哪儿啦?”

黄局长扫视张局长,张局长视秦伟,秦伟视田新庄。田新庄心想你们不是编出泥石流了吗?我还能说啥?他出屋打电话。

无人接听。要是见到张八风,田新庄真想踹他两脚。秦伟给你铺垫的多好,你也该翻身了,没办法,活该你在山上遭罪,啥人啥命。

秦伟出屋,目光恼怒。

“无人接听。”田新庄说。

张火钢出屋,用凶狠的眼光看秦伟。秦伟说:“不接电话。”

张局长点点头,“为什么派他上山?他天生缺心眼!不派他派谁?”

那天,部领导在怀安派出所整整等了五个小时。没听说部级干部等一个警员等五个小时,吃的是大街买的韭菜盒子。这么一来,打乱了市局的所有计划。包括请部领导视察指挥中心烂尾楼要钱的计划,出席消防支队功模表彰会的计划。天色晚了,部领导说下回再来,上车去了省城。

张八风干嘛呢?

这小子下山走了十多里路,听石头砬子后面的榛柴林有哭喊,又像猫叫春的痛号。进林子,他见村民王瘸子被钢夹子夹住了腿。身边放着拣蘑菇的筐。夹子是猎人打野猪设下的。他本来就瘸,这回将更瘸。张八风卸下钢夹子,再背王瘸子(他好腿被夹骨折)走20山路送到市里医院,陪床——医院规定,农村患者身边无保人,立刻撤药。而他的手机掉在了野猪夹子旁,一直响到电力消失,为野猪巡山起到了很好的警示作用。

部领导走后第二天,张八风赶到派出所,借钱来了。秦伟假装无事,试探他,递他一根软包中华烟,问:“最近忙啥呢?”

张八风特平静:“没事,昨天下山见一个村民被夹子打断了腿。你帮我拿点钱。”

秦伟问:“多少钱?”

“两千吧。”

秦伟说:“没问题,一会儿给你。老张,你想想最近有什么要紧事没?”

张八风把喷出的烟团大口吸回去,他面色黑红,警服晒得比别人的色浅。他眼睛里藏着兴奋,好像远处有什么好事等着他。随口答:“没事,村民就那些事,说了半天都是缺钱。”

“你有啥事没?”

“我有啥事?没事。”说完,他一拍大腿:“我操,汇报,是汇报不?”

秦伟起身走了。

张八风拉他胳膊:“别介,给那个谁汇报来着,领导走了吗?”

秦伟转过脸:“张哥,换一个人都以为你装呢。只有我相信你没装,你脑子真进水了。”

张八风:“是进水了。所长,钱……”

秦伟从抽屉拿出两千块钱给他,朝门口摆摆手,意思连话都不想说了。

张八风揣钱往外走。田新庄拉住他:“你不问问是哪一级领导听你汇报?”

张八风嬉皮笑脸:“问那干啥?哪一级也走了,我上医院。”

秦伟蹦出一句话:“毛主席说没有文化的军队是愚蠢的军队。我看不懂政治的军队更愚蠢。”

秦伟懂政治,34 岁当上了正所长。田新庄和张八风 44 岁了,还东跑西颠打支应呢,秦伟所说张八风那些事迹,除了接生之外都是真事。真事能咋的?在山上呆着吧。山上风多,吹你八风去吧,张警官。

3

田新庄开车赶往张八风父母家。

张八风也许在他父母家,给他爸按摩。他爸得了帕金森氏综合征。一个老工人,得了这么个洋名的病。坐下站不起来,哆嗦半个小时才能迈步。神色凝重,如临大敌。他爸这个病吃药把肾拐带坏了,尿毒症。每半个月花 400 多元(以前 800 多元)透析,张八风拿钱。要不谁拿?他妹妹两口子下岗,天天推铁皮房子的手推车在中学门口卖熏肉大饼，将够活。秦伟隔三差五给张八风拿点钱。这么说吧，秦伟股市挣的钱有一少半搭在了张八风身上。这样的所长也难找，讲义气。不过股市已经完蛋了，秦伟当不成仗义人了。

他父母家的楼破到了什么程度？从一楼楼口开始，就堆满建国六十年以来的破柜子、缸和各种杂物。进他父母家，白天也得点灯，前后都是新盖的高楼。

"新庄来了。"张妈说，"又带东西啦。"

田新庄把水果放在水泥灶台上，几只蟑螂迅速爬下去。张爸扶着桌子哆嗦。田新庄没办法帮他爸哆嗦，让他哆嗦吧。

"八风啥时候下山？"张妈问。

得，甭打听了。田新庄不好马上走，只好坐下听张妈唠叨一阵。

张妈说："新庄，这栋楼动迁，我们不是不想搬，没钱租房啊。租了房你大伯拿什么钱透析？动迁队半夜用大喇叭放歌，砸玻璃，断水断电。新庄，你们当警察的咋不管呢？这不是犯罪吗？"

"不犯罪。"田新庄说："开发公司给他们每人一天发一百块钱，专门恶心你们，警察管不了。"

张妈闭上眼，"那我啥也不说了。我巴不得让他们吓死，让动迁队管你大伯。"

"大妈"，田新庄想了半天，找不出安慰的话，掏出200元钱塞褥子下面。"我走了，改天看你。"

张爸想跟田新庄说几句话，说不出，急得眉毛往上挑，脚却往前迈了一步。

"大伯多保重了。"田新庄急忙出了门。

他把车停在路边，想，要不要去杨咸芬那里问一下？

杨咸芬是张八风的铁子，此地人管情人叫铁子。张八风跟杨咸芬铁了多年。杨是单身，不知道为什么没嫁人。她在环保局当工程师，跟张八风是小学同学。医生说有一种病，成年人的心智发育停滞在儿童阶段。他们像儿童一样善恶分明，执着于正义、爱大自然和动物，流泪并激动。没错，张八风正有这种病。杨咸芬却喜欢他这一点。这个女人像潮湿的面团，温暖安详。张八风的老婆刘丽像葱蒜，性子暴。

他们两口子常年打架，倒不是因为杨咸芬。刘丽不知道她的存在。刘丽嫌张八风挣钱少、不进步。步是谁想进就进的吗？谁不想当局长？刘丽不了解社会也不了解张八风。

田新庄把车开上新华路。今天是少有的好天气，左边那片铁红色的新楼盘把蓝天衬得像图画一般。杨树的花絮卷成蚕丝般薄白的圆球，在马路牙子下边轻轻翻滚。他拐过兴隆市场，加油站边上就是环保局。他告诉门卫让杨咸芬下楼。田新庄有她手机号，打手机不合适。

“出啥事了？”见田新庄来，杨咸芬愣了，“张八风怎么了？”

“没事。”可见杨咸芬没见到张八风。田新庄要掩饰自己的失望，编了个理由：“张八风挺好。我亲戚装修新房味大，问问你上哪儿检测？”

杨咸芬用手捋捋胸口：“我以为张八风出啥事了。你们警察三天两头有坏消息。我们局有检测站，能查甲醛和苯，我找人给你免点儿检测费……”她白胖，膨出的肉像是让人拥抱用的，真像湿乎乎的面团。

田新庄电话响。他看，分局长张火钢。

“找到张八风没？我通知你，你再告诉他，明天八点上分局政治处报到。他提职当所长了，正职。我明天领他上黎明派出所上任。你听明白没？”

“明白了，局长。”

“你务必当面告诉他。”

“我保证当面告诉他这个喜讯，我代表八风谢谢局长。”

“别谢我，这是上边的意思。他那个韭花台影响挺大，上内参了。”

“好，好，您先挂吧，局长。”

田新庄合上手机，悄悄说：“张八风当所长了，这一步跨了两个台阶。”

“是吗？”杨咸芬表情感动，“他在哪儿呢？”

“他……我找去。”

杨咸芬掏出一张纸：“我看了张八风体检单子，左心室高电位。我上医院问什么是左心室高电位，大夫说这证明左心室心肌肥厚。肥厚由高血压造成，心憋大了。憋大是因为血管硬化。说了一圈，张八风有冠心病。”

“他心早就大了。”

“你告诉他小心点儿。他好几天没短信，又办案去了？”

“对，办案去了。”

“你啥时候检测？”杨咸芬问田新庄。

“检测啥？”

“你不要检测房子吗？”

田新庄迷惑不解：“我检测房子干啥？”

“你不要查新房甲醛吗？”

刚撒的谎自己倒忘了。田新庄一拍脸颊：“对，查甲醛，甲醛太讨厌了。我让他们找你。我走了。”

上了车，田新庄琢磨，张八风心脏病发作栽进沟里了？巴虎呢？分局有好几个四十六七岁的民警心脏病发作猝死，平时一点征兆都没有。田新庄昨天给韭花台村民小组长马青打过电话，马青说他眼看着张八风押巴虎下山了。

马青沿山路巡查过一个来回，没发现张八风和巴虎的蛛丝马迹。押巴虎下山，不把他带到看守所，还能把他带到哪儿？带巴虎上自己父母、铁子家遛一圈儿显摆显摆？没这可能性。

田新庄开着车在街上漫无目的地转。女人们换夏装了，穿薄穿露。大街成了一锅花枝乱颤的女人鲜粥。要不到张八风家看看？张八风有可能把巴虎带家去。比如巴虎缺衣服了，生病了，在他家躺着喝姜汤都有可能，当然这要以他老婆刘丽不在家为前提。犯罪嫌疑人就医必须上公安医院，但张八风不一定遵守这条规定。换别的警察，早把嫌疑人带到看守所，办手续，签字完事，谁管你病不病。如果人犯脱逃，那得担多大的责任。张八风当年把一个在公交车扒窃的小偷带回家，给小偷下荷包蛋挂面，给他包扎伤口。小偷 17 岁，孤儿。两人撕扯，小偷受伤了。具体说，张八风把小偷胳膊划一道口子，衣服撕破了。他挨了小偷两脚。张八风没处理小偷，送他一件 T 恤和一个破手机，小偷管他叫干爸。后来，小偷拿张八风给的钱上发廊学手艺。张八风十分自负，说这小伙已经掌握了离子烫和陶瓷烫，有天赋，成为发型大师也未可知。直至便衣队在超市抓到“发型大师”的现行，小偷一直没断了偷。唉，张八风咋整。

但田新庄打怵去他家，刘丽不一定给你整一套什么话。刘丽在公园早场跳拉丁舞,穿着摩登,走道撇拉撇拉,好像自己是专业舞蹈演员。上回,田新庄给刘丽送房补款,一共六千多块钱。收了钱你就乐呗,对不对?这娘们儿说警察都有外心。凭什么不在家待着上韭花台?肯定有农村二奶。骂的寒碜,什么鸡巴卵子全往外整。东北老娘们儿兴这套。刘丽说:“你们派出所领导成心拆散我们这个家庭,你们凭什么往死山沟子派人?你们自己咋不去?山沟有事报警呗,派一个人天天蹲那儿干啥?”田新庄硬着头皮听,应了部领导说的那句话,“你们为什么派张八风上山啊?”刘丽说:“张八风软柿子好捏,你们天天讲万家团圆,咋不让警察一家团圆呢?”

田新庄说:“嫂子,八风在外边肯定没人,谁上农村找铁子?不可能的事。”

“别说不可能。不可能他钱哪去了?咋不往家交钱?帮贫扶困,快别放屁了。农村妇女胖乎,搂着实成。”

其实田新庄也迷惑过,张八风怎么能在韭花台待得住?他在市里有老婆、有情人、有朋友,为啥跟山民搅和成一家人,不提下山的事呢?厌世了?不能吧。张八风让他网购三张世博会的票,说国庆节领全家到上海白相白相。张八风发明了一句广告语寄给世博会组委会,等待被采用之后,路费免单——“不看世博,一生白活”。田新庄把票已经给他了,每张160元的日票。张八风说要用一斤假林蛙油还他这个交情。

张八风的儿子张旗。念初三,自己做饭。他妈常回娘家住或不知上什么地方住。张旗说:“田叔,我最想考云南大学,越远越好。不回这个家了,他们天天吵架。”

车停在张八风家楼门口,这里叫宝源社区,80年代的老房子。他刚拔车钥匙,见刘丽臂挎小白兜出楼洞,吓得赶紧打火开车走人。他没在家。

田新庄不知到何处寻找张八风,连派出所也不敢回了。今天早上秦伟说:“找不到人,你把张八风尸体弄回来也算贡献,我好有个交代。”田新庄想起他在电话里答应分局长的话——我保证当面告诉他这个喜讯,“面”在哪儿呢?上哪“当”去?张八风生来就不该当警察,不知道哪头炕热,真是男怕投错行。

田新庄把车停到黎明公园,看老年人下象棋。碧桃树的叶子长出三寸长,带着锯齿。鸟藏在树阴里对唱,飞起来,翅膀把树叶刮得簌簌响。他看棋看不进去,设想张八风当了所长是什么样。他还能当所长?他没准儿把派出所卖了救济大街的穷人,让黎明派出所成为历史上第一个破产倒闭的派出所。不过也没准能干好,民警拥护没私心的领导。

“嘟……”手机响了,“你赶紧回来”。没等田新庄言语,秦伟挂了。

4

回所干嘛?张八风露面了?田新庄急忙到了派出所,进走廊听到秦伟的办公室吵闹喧腾。一个女的喊,声音激烈:“干什么这是?你们还讲理不?”

完了,这是永泰小区那个上访户。她跟开发商谈不拢,往自己身上洒汽油,兜里常常揣七八个打火机,两次进京上访。他冲进秦伟办公室,一看傻了,刘丽?刘丽穿黑泡泡纱短款西服,低胸红吊带,抱膀仰脸坐在秦伟办公桌上。秦伟见田新庄进来,马上溜了。田新庄好说歹说把刘丽请到自己办公室。

刘丽吵累了,喝了一瓶矿泉水,不说话。田新庄不敢发问,问不是引火烧身吗?她把空瓶往墙角一扔:“张八风明天不露面,我就这么办了。”说完挎小白兜昂首走人。

“这么办”是怎么办?田新庄摸不着头脑。正纳闷,秦伟进屋。

“刘丽想咋办?”田新庄问。

“爱咋办咋办,那都不算事。”秦伟伸腿把门踢上,划锁。他眼光探过来,问:“人哪?”

“没线索。”

“市内各医院太平房你查了吗?”

田新庄扑哧笑了:“不至于吧,张八风还能成无头男尸啊?不能。”

秦伟沉着脸,用手指头点他,再点,说:“咱俩出去说。”

楼下空地,四周没人,只有一棵树。秦伟说:“上边要人呢。”

“让八风当所长。”

“别他妈瞎插嘴。咱俩今天说的话你就当没听见,说哪了?”说完,秦伟叹口气。“咱们找张八风,上边找的是巴虎。”

“巴虎?”

“别插嘴。插嘴你说,说啊!”

田新庄缩缩脖子,表示老实了。

“巴虎,是韭花台负责运矿石的工头。钼矿封了,你听说没?”

田新庄摇头。

“这个矿有相当级别的人参股,往外国——是哪个国家我就不跟你说了,你这个嘴不好,转口好几个国家卖矿石。一筐三四十斤的矿石卖到一千多美元。高层调查这个事。矿上的人都跑了,只剩一个巴虎。巴虎什么案由被张八风带走的?”

“私藏雷管炸药啊,分局批的拘留证。”

“这里面的事比炸药大,这个案子,市局都靠边站了,上边直接办。巴虎是唯一的人证。”

“巴虎能不能被人杀了?”田新庄问。

“你杀的?”

“我杀他干啥,开矿的人呗,灭口。”

“这是你说的,我没说。”秦伟摸出一支烟吸上。

“那张八风干嘛去了?”

“麻烦事就在这儿,巴虎让派出所拘了,拘到哪儿了?拘他干啥?我哪回答得清楚,我说拘他是因为治安案件。这个事咱们粘包了。”

田新庄想插也插不上嘴了。

“现在这个事裹进来政治了,牵涉到大干部的命运。这他妈张八风,把人给拘没了。你一点线索都没有?不能吧,你是不是有事瞒着我?”

“我要瞒着你,天打五雷轰!”田新庄像少先队员那样举起右手。

“有人说张八风把巴虎私下放跑了,还有说他俩出境了,说啥的都有。”

“那咋还提拔张八风当所长呢?”

“你看你,没脑子啊?”

“引蛇出洞?”

“别他妈瞎说。”秦伟弹弹烟灰。“也是那个部领导赏识他。”

“巴虎不露面,我这个所长肯定完了。其实我有步,市局治安大队长退休,位子基本是我的，这回完了，白铺垫了。”秦伟以掌击树。

“张八风……”

“什么都有可能，让人宰了，跟巴虎在山里玩呢，携款潜逃，都有可能。给你十万你不逃，给你一百万你还不逃啊？杨咸芬在单位吗？”

“我看见她了，上班呢，不知道张八风下落。”

秦伟拽拽田新庄衣领：“你接着找。如果发现巴虎，严密防范他自杀自残，咬断舌头什么都不允许。抓到就给我打电话，咱俩审完之后再往上交。以免日后算账，咱们没话抵挡。见到巴虎，你打我手机，说索尼电视降价了。要是张八风还活着，说夏普也降价了。别提他们人名。”

“给咱们上手段了？”

“那你就别管了，专案组还有军方的人。”

5

田新庄仿佛从一场梦里醒来，这不是个无序的，偶然的失踪事件，一张疏而不漏的大网正罩下来。张八风显得陌生了。对呀，他对韭花台那么有兴趣，他说他喜欢人少的地方，淳朴的人，有那么简单吗？田新庄觉得张八风正坐在拉斯维加斯赌场的大皮椅子上发牌呢。赢钱后，拿拐尺把绿台呢上的筹码圈到自己身边。

这只是田新庄的推测，心乱了对什么都有所怀疑。田新庄一拍大腿，想起一件事。

巴虎从家里被带走五天了，他家里怎么不来人呢？怎么不送衣服？

他给看守所白所长打电话，问有没有农村人打听巴虎。“没有。”白所长答。

他电话告知韭花台的马青办两件事：一、查巴虎老婆或孩子用不用手机。二、把手机号要过来。

晚上十一点多，马青来电话，说巴虎老婆李凤云有手机。今天晚上七点到十点通话三次，号码是……

妥了，田新庄觉得路障全搬走了，脑子里敞敞亮亮。第二天一早，他到技侦部门采集到跟李凤云通话的主机，是鹰手镇李大胡子罐肉馆门前的公用电话。

鹰手镇离市里二十公里。田新庄领三个民警,晚七点前赶到了李大胡子罐肉馆。

七点半,一个农民工模样的人来打电话。他个小,脸像晒干的咸菜疙瘩,头发白而直立,穿一件绿迷彩服。他通话东张西望。田新庄走到他身后大喝:"巴虎!"

这人扔下话筒就跑。往南,被堵住。往西,又有人堵。三个路口都布上民警了。田新庄三两下把他铐上,带进车里搜身。他怕抓错人,在大街叫喊影响不好。在别人背后大喊,谁听了都吓一跳,但撒腿跑,八成就是嫌疑人。

"巴虎。"

他翻翻眼皮:"我不叫巴虎,你们找错人了。"

"看看我是谁!"田新庄对视他。一般人这时候傻了,以为他是矿上什么人。这也是诈唬。这人看他两眼,说:"我没见过你。"

"带他下车。"

田新庄掏一元硬币塞电话里,拨一个号,拽他脖领子过来。电话接通。田新庄说:"凤云嫂子吧,我是巴虎大哥的朋友,大哥刚才让车给撞了。"

那边女人:"什么?他刚跟我通话就没声了,巴虎撞得厉害不?哎,你说话啊……"

这人听得一清二楚。田新庄得意地,体贴地把话筒放他嘴边:"讲两句。"

他说:"我没事,我被公安……"没说完,田新庄把电话挂了。

这会儿的田新庄,那真叫踌躇满志。他拍拍巴虎肩膀,拉拉巴虎耳垂。"巴虎,你是名人哪!配合点,我肯定不难为你。你肚子里有多少大事我都不问。我只问一个人,张八风在哪儿?"

巴虎低头:"我不知道。"

"好,你不知道。张八风带你从韭花台出来,怎么剩你一个人啦?"

"我跳山崖逃跑的。"

"跳哪个山崖?咱们现在上现场。"

"我忘了。"

"好,你逼我下手,我要让你下地狱,直到你告诉我张警官下落。"

“我不知道。”

田新庄掏出手机，打算报告秦伟，抓到了巴虎。电话先响了，秦伟。

秦伟：“抓住没？”

田新庄迟疑一下，改主意了：“没呢，人没上来呢。”

秦伟：“抓紧布控。”

田新庄不想早告诉秦伟，秦伟有可能没把巴虎捂热，就让专案组提走了。从此无从得知张八风去了哪里。

他盯着巴虎，好像要把目光变成锥子，扎进这个脑袋里，从里边翻出张八风的痕迹。鹰手镇小街，路灯还是老式的水银钠灯，光线弱而惨淡。照在巴虎脸上，汗绺在他脖子上反光。田新庄看巴虎满脑门的皱纹、下垂的眼睑。想，张八风的下落就在他脑袋里，在他眼睛和嘴里。

田新庄一把拽过他胸襟，喊：“你说呀，张八风在哪儿，你怎么不说呀！”

没等巴虎反应过来，田新庄转身，手拍电话亭的绿塑料挡板：“八风啊，你在哪儿啊？”鼻腔里带着哭音。

巴虎惊呆了，身上哆嗦。民警也感意外。田新庄这举动，在嫌疑人面前有点失态。

田新庄蹲下，擤鼻涕，用衬衫擦泪水。多少天的憋闷都哭出去了。他起身，抹一把脸，细长的眼睛里藏一道光。“巴虎，告诉我张八风在哪儿。”

巴虎：“我不知道。不知道不能瞎说。”

“我求你了，一个警察求一个罪犯，行不？你告诉我张八风下落，我替你照看老婆孩子，行不？”

“我不知道。”

“我现在就整死你，说你过马路让车撞死了。你信不？”

“信，我不知道八哥在哪儿。”八哥是韭花台人对张八风的称呼。

他们没回市里，也没住镇上的旅店。他们五个人在警用面包车上捱了一宿。田新庄大部分时间没睡着。从后视镜看，巴虎也没睡，吸鼻子，嘬牙花子。田新庄看车外，后半夜的夜色渐渐薄了，街道发白。一群少年人刚从网吧出来，推搡打闹。张八风在哪儿？现在睡觉还是干啥呢？田新庄还等着他的假林蛙油孝敬老丈人呢。

早晨六点多,田新庄把车开到市里张八风的父母家,架巴虎上楼。进屋,田新庄对张妈说:“大妈,半夜喊话那个坏人让我们抓着了,你说咋处理吧。”

张妈正从一堆破菜叶子里挑好叶子,一看就是在市场拣的。她打量双手戴铐的巴虎:“你咋那么没良心? 还让我们活不?”

张爸双手扶墙,像用手试探墙结不结实。他穿90年代的橄榄绿警服,袖口肩头带黄绦子,像个旧军阀。他想对巴虎说话,说不出,脸上肉抖。

张妈突然跪在巴虎面前:“求求你们别拿大喇叭喊了,我们活也活不了几天了,都快死了,你还让我们遭这个罪啊!”

田新庄赶紧扶起张妈,指巴虎脑门:“你听了没,这是张八风父母的肺腑之言。”

“八风干啥呢?”张妈问。

“他知道。”田新庄指巴虎。

“他咋还知道,他不是动迁队的吗?”

巴虎眼里流下一滴泪,用肩头蹭。房子里漆黑,墙上电线零乱,挂着蛛网。锅里的剩饭像放两三天了。黑白电视里有一个女歌星张着大嘴唱歌,无声,电视沙沙响。

“他就是八风抓到的。大妈,我们走了,枪毙这个人去。”

“别枪毙,”张妈急忙摆手,“他才四十多岁,家里还有老爹老妈呢。你告诉八风来时候给我带一盒藿香正气水。”

上车,他们赶到第三中学。七点钟。

张八风的儿子见到田新庄,先鞠一个躬。

田新庄掏出100元钱放他兜里:“张旗,顺道看看你。”

张旗指巴虎:“田叔,你们早晨就抓到坏人了? 他犯啥罪了?”

田新庄摆摆头:“不知道他犯了多少罪。”

张旗说:“田叔,我爸呢? 我妈要和我爸打离婚。她说我爸如果不跟她一起去办手续,她就登报公告离婚。她告诉秦所长了。我爸呢? 我不想让他们离婚……”

这孩子说说哭了，肩膀抽动，攥自己手指。田新庄给他擦泪：“没事，没事，你爸就回来了。我们先走，有事给我打电话。”

他们带巴虎上车，巴虎蹭眼泪。

电话响，秦伟。

“停车。”田新庄下车跑出十多步接电话。

“巴虎抓到没有？专案组的人就在派出所，等提人呢。”

“抓到了。”田新庄声音很低。

“快带回来呀。”

“你不先审吗？”

“审个屁，哪有时间，快带回来。”

田新庄撒了个谎：“我在韭花台，搜查巴虎家的非法爆炸物品，一会儿就押他回所。”

“别管别的了，也别管张八风了，我最多给你三个小时，抓紧。”

田新庄的警车停在去韭花台的山路脚下。哨山苍莽，处处是绝壁，石头裂缝的地方探出树木，飞鸟盘旋。人下了车，凉气扑面而来。田新庄按巴虎脖子：“说吧。”

巴虎不吭声。

“往上走，找不到，我和你一起跳悬崖。”

巴虎突然开口，用下巴指路：“走下边这条沟”。

沟里乱石嶙峋，榛柴剐衣。往上看，二三十米高的峭壁探出一块，上面一条羊肠小道。走进去五六里地，巴虎往上看看，转入石壁底下。

石壁下的深草里露出一条小溪，泥土色的小鱼顶水往上游。

巴虎站脚。

他们赶过去。地上趴着一个人，蓝色警装，一半身子泡在溪里。田新庄心都哆嗦了，他慢慢把人翻过来，张八风。他头部肿胀，几乎大了一倍，开始腐烂了。染过的黑发鬓角露出齐刷刷的白发根。有人说，人死了头发还会长。他的左手腕露出指甲大的白骨，肉皮让鱼啃没了。田新庄把张八风抱起来，手接触他身子，觉出骨头都碎了，放下，看巴虎。

“八哥带我下山，”巴虎说，“走到这块儿，我说要拉屎，他把我手铐打开了。我抱他滚了崖。”

“你为啥抱他滚崖？”

“我下山就没命了。”

“谁告诉你没命了？”

“我在钼矿有人命案子。有个四川人闹事，被我捅死了。”

“你怎么没摔死？”

“我挂那棵树上了。”巴虎往上指。

田新庄抬眼，小道下三四米处有一棵松树，树干比大碗都粗，像打开的扇子。松树下面七八米的另一棵树上，搭一顶蓝色的警帽。这时候，天淅沥沥降落雨点。今天夏至，夏至就下雨吗？雨点把树叶子打得啪啪响，泥土冒出刺鼻的土腥气。树上的警帽被雨一点点打成了黑色。

6

所有的悬念都收线了，就像田野上的白雾突然被风吹散。没等田新庄电话报告，武警、公安，还有检察院的人已经站在山崖上，朝他们这个方向看。巴虎砸重铐押进武警的车，外地车牌子，不知要把他押解到哪里。张八风的遗体收走了。田新庄从他警服兜里翻出三张世博会的门票。票卡放在一个精美的小信封里，被水泡湿了。信封背后的画面是一群各个肤色的孩子怀抱浅蓝色的海宝玩偶大笑。

田新庄独自去了韭花台。野花从路旁一直开到山崖下，好像在躲猫猫。小鸟儿从山谷飞过，飞得比人还低，翅上的翎羽能看得清楚。雾气徜徉，像河流在山腰漫流，却连一片树叶都漂不起来。韭花台村在前方影影绰绰露出房顶，这是张八风待了三年的地方。

张八风的黑石头房子在道边上。石料是麻石，表面带着白色的凿痕。门口的警犬跳起来，被脖颈的锁链拽回。它见了穿警服的人亲近。它摇摇尾巴，又瘫倒了。马青电话里说自从张八风下山，这条犬开始绝食。

门没锁，一根环形的铅丝别着钉锔上。田新庄进屋，人才离开几天，屋里已经没了生气。床上铺一块红绸条幅裁的，印有“酬谢嘉宾”黄字的床单。床下摆一双胶鞋和拖鞋。靠墙有一张小学生用的双洞窄课桌，是他从山下扛来的。桌面玻璃底下压着他的全家福照片，一张登黄山的纪念门票。抽屉里有三个笔记本。一个本记村民每家几亩地、几只猪羊、几口人。第二个本写着村民治安事件。第三个本里面是他的负债额和年月日。好几处出现Y，代表杨咸芬。“借秦所2000元，借新庄500元+16元，借小胡200元”等。

田新庄把笔记本放进兜里。桌上还有一个立框照片，张八风手握七七式手枪侧身瞄准，风把前额头发掀起，这是他最得意的照片。田新庄把照片收起来。

“你是干啥的？”

一个黑瘦的人，手把门框问，陆续又来了一些人。

“我是怀安派出所副所长田新庄。”

“八哥是不是调走了？”

田新庄正犯愁怎么对他们讲，顺口接茬：“对，张八风调黎明派出所任职了。”

“不行。”一个老汉撸袖子，他白须拂胸，胳膊全是腱子肉。“我们不让他走，你是接他班的？我们不欢迎你。”

“我们不让八哥走。”这帮人喊。

“你是田所吧？”一个五十多岁的整洁人说，“我叫马青。田所你回去跟领导说说，我们诚心诚意留张警官，他是我们韭花台的人了，他儿子在这呢。”

儿子，他在这儿都有儿子了？一位二十多岁的妇女把怀里的大胖小子递给田新庄。

田新庄接过来掂了掂，胖小掀开他帽子。

“这是八哥的儿子，张虎。”马青说。

田新庄有点哭笑不得，怕山民让他把张虎抱回去，抱回去谁养啊？

“啥时候生的？”他问。

“一岁半了，属牛。”张虎妈羞涩地说。

都跟人生孩子了，还羞涩啥。田新庄把孩子放到妇女臂弯，说：“他生儿子这事我做不了主，得向领导报告。”

山民哄堂大笑,笑得按肚子。

白须老汉说:“不用报告,这是过继给他的义子。人家杨福义小两口情愿把孩子送给他,随他的姓。张虎长大给八哥养老送终。”

马青拉田新庄袖子,指前边。“大伙匀出一块房基地,明年给张警官盖房子。就那块地,鸡在那儿叨米呢。这是村里最高一块房基地,无偿送给他了。还有——”他让田新庄往右面看,“看了没,我们连张警官的坟茔地都给选好了,你看,看着没……”

田新庄跌跌撞撞走过去。突起的乱石间垫起五米见方一小块地。青石碑立得比人高,没刻字。田新庄头一回听说,老百姓爱戴警察,连墓碑都给他立好了,用他们背上来的泥土。

“这么好的警察,”马青说,“你们怎么能把他调走呢?我们韭花台人从来没见过政府干部,好容易来一个,你们又给整走了。你看看老百姓,你们忍心吗?”

一个十来岁的小孩扒开人群,他穿一件化肥袋子缝的白短裤,问:“八哥给我买的彩色粉笔买来了吗?”

另一个小孩左手倒拎蛤蟆,说:“我给八哥拣了四个鸟蛋。”

“大爷,大爷!”一个小伙子跑过来,对白须老汉说:“八哥死了。”

“啊?”这帮人脸色全青了,张大嘴,瞪着空洞的眼睛。

“他咋死的?”

“巴虎把他推崖下摔死了,他知道。”小伙子指田新庄。

山民缓过神来,问:“真的吗?你说话呀,你聋了?”

田新庄不说话,被他们推来搡去,像喝醉的人……

7

此后一个多月,田新庄跟外界全无干系。他不清楚与张八风相关的所有事情是怎样完结的。离婚的事,他儿子中考的事,他父母租房的事,杨咸芬的事,巴虎以及大干部的事各有怎样的结果。他连张八风的遗体告别仪式也没参加。山民推搡那会儿,田新庄低血糖症发作,昏厥过去,摔在石头上,把第7、8节胸椎硌坏了,住了一个多月医院。那天,山民用门板把他抬下山。他看到几十个村民在黑石房前站着、蹲着，朝他这边看，气氛肃穆。他听说张八风的二级英模已经批下来，局里正在组织他的事迹报告团。这样，他儿子保送公安院校没什么问题了。还能有一笔抚恤金，应该在二十万到四十万之间。他父母租房不差钱了，刘丽还离婚吗？谁会跟这么多抚恤金离婚？可惜杨咸芬一分钱没得到。田新庄听说，她找殡仪馆的人，偷偷留下张八风的一小把骨灰。

杨咸芬到医院探视田新庄。

田新庄没头没脑问："你想八风不？"

"慢慢就忘了。"

"他真是你铁子吗？"田新庄又问。

杨咸芬笑了，看田新庄，像看一个说错话的幼稚小孩。

"张八风说你俩生米煮成熟饭啦。"

杨咸芬说："他敢吗？"

田新庄没听明白。

杨咸芬说："凡是善良的，热心公益的，爽朗的男人，大多对婚外恋怀有恐惧症，他不敢。我让张八风三天两头上我家，是震慑附近几个不轨之徒。告诉他们我有男人，警察男人。我们俩其实特干净。"

田新庄点点头。可惜呀，八风连个铁子没处上就走了。

上一周，田新庄在晚报上读到一篇文章，叫《雨下在夏至的土地上》，上面写："到了夏至，雨水不再是陌生人，它们像投奔故乡的游子，回到夏至的土地上。"

"夏至，雨的声音大过河水声、庄稼拔节声、蛙声。雨说给土地的话要在夏至这一天说完，土地根本没插话的机会。对雨水而言，春、秋、冬三季造访土地只算做客，夏至才回到自己的家。"

田新庄觉得这些话里有奥妙，好像说，韭花台就是张八风的归宿。夏至是什么寓意？没琢磨透。

"草毛了，从春天开始，草在雨水的定额里断断续续地生长，属于计划经济。"

"而至夏至，草逢豪雨，尽情挥霍。一边喝一边长，还有余裕的水分洗一洗脚丫缝的泥。”

哈哈，洗一洗脚丫缝的泥。

“水有的是。草在风里甩去袖子上的水，夜里像冲锋一般疯长。以往像城堡一般的云朵全向夏至投降，化为宽大的灰筛子筛雨，减轻天空的重量。”

“廿四节气里，夏至序十。公历6月22日前后，太阳到达黄经90°，为天文学之夏至点。这一天，阳气极至，阴气始至。夏至即如十二时辰的午时，阳鼎盛而阴渐生。六月，十二生肖的午马当令，奔腾暴烈，下点雨只是小意思。午时与夏至，归于十二正经之心经。心为火脏，刚强勃盛。火与心，马与午，夏与午，生机腾发之至，乃至夏至。”

读到这儿，田新庄会糊涂一阵儿。

“夏至，雨回归大众，为野草榆树赖毛子蛤蟆蝌蚪下雨下到冒泡。该长的都长出来，青苔随之厚泽，每寸土地都长出植物。至于花，开遍了城乡大地，花是草木对天的谢忱。大地无所有，聊寄一树花。河南的唢呐曲牌，就有一曲《一枝花》。”

这些话，像韭花台老百姓写给张八风的话，也像张八风对山民的回答。雨是善，地是韭花台。

“《素问》曰：‘心主夏。’养心的人于夏宜安，食苦味，助心气。对大地来说，心是生长，是让所有植物尽情生发。如果有什么植物到了夏至还没长出来，就永远长不出来了。”

植物们到了夏至还没长出来，就永远长不出来了。这里边有内容，虽然田新庄不明白有什么内容。

“雨下在夏至的土地上。

大地母亲一手拢过雨水的子女，一手拢过草木的儿孙。这时候，大地最高兴，像看见满院子孩儿乱跑，天真无邪，比秋天的成熟还好看。”

每读到这儿，田新庄的眼泪会慢慢流下。“大地母亲一手拢着雨水的子女，一手拢过草木的儿孙。”他想起张八风的父母，张旗和韭花台的张虎，还有一个字都没有的墓碑。而他读到夏至为蝌蚪下雨下到冒泡，会哈哈笑起来。报纸烂了，田新庄用A4纸把这篇文章抄了一遍，早晨到黎明公园后面的桃树林念诵。作者叫鲍尔吉·原野。外国人,咋还懂中医呢?

田新庄在桃树下边走边念,发笑、抹泪。在街上,有熟人见到田新庄,问:“你腰咋样了?”他回答:“雨下在夏至的土地上。”秦伟和田新庄的老婆都说他精神出了一点点毛病。分局让他休息半年。

田新庄把这篇文章背得很熟,想起八哥的时候,他躺床上闭着眼睛默诵:雨下在夏至的土地上……

2010.6.21·夏至

我们的冬天

买帽子

沈阳今年的冬天最冷。报上说60年来最冷。60年前,我未降生,不知道这个结论对不对。但对我的耳朵,手和鼻子而言,确实冷。这是在跑步的时感到的。鼻子漏了,像下水道一样。眼睫毛结霜花,眨巴一下能粘上。手从双层手套取出来,半天暖和不上,真冷。

我最冷的时候想到的每每是乞丐。为什么想到乞丐,我也觉得怪。跑步的时候脸冻僵了,伸手捂捂脸。手又冷得受不了。这时想到无家可归的乞丐,俗称"花子"。他们没棉帽子,没手套,这个冬天够受。

看天气预报,零下34度,35度的天气接踵而来。我在屋里磨悠,觉得他们挨冻几乎是我的责任。我开始想,他们缺的东西——大衣、棉衣裤、棉鞋。何止这些?他们什么都没有,连裤衩都不一定有。我没这么多钱把他们打扮得像新郎似的。算了,不想了。但脑子还想,一看天气预报就叹气。一天,我心里灵光一动——何不买一些皮帽子送他们。帽子不分大小号,比鞋袜什么都好安排。妥了,我连上哪儿买都想好了。

宁山路有一片卖劳保用品的小店,在靠街的阴暗的楼底层。在最后一家找到了帽子。太好了,草绿布面羊剪绒帽子,里边的标签是"辽宁省沈阳制帽厂",

电话五位数。我二十多年前来沈阳,电话就六位了。这么多年过去,这些帽子仍然簇新地堆在这里,没被虫咬火烧,显然是为了迎接这个最冷的冬天。

卖帽子的是一对七八十岁的老两口,动作迟缓得像电影慢动作一样。我问完价钱,说买十个帽子。老头问我:戴得过来吗? 我说我自己戴八十年也戴不了这些帽子,送人。老头说:“送礼送帽子? 这帽子式样不好。”我说送要饭花子。他盯我半天,没表扬也没批评,说:“别买十顶,八顶你都送不出去。”我问:“为啥?”他说:“你找不着他们。”事实证明老头说对了,他虽然关节强直但洞明世理。

找花友

买了八顶帽子,我挺兴奋。傍黑天,我把帽子塞进双肩背包,去送给这些花子。这时代爱称“友”,跑友、麻友,养猫的叫猫友,但养狗者彼此不叫狗友。我找的是花友。然而不顺利。

其一,零下三十多度的气温,很快把我冻透了。羽绒服、登山靴和皮手套完全形同虚设。这不怪它们,我骑自行车,四面寒风。我在心里跟花友比,他们穿的比我薄多了,整夜在外面又如何? 其二,我事先没想过花友们在哪里,想也白想,没人知道他们在哪里。我在大街上骑行,人少,都给冻回家了。我盼着路灯下看见一个花友手捂耳朵,跺脚御寒,没有。我想也是,他为啥在路灯底下站着呢? 路灯也不能取暖。他可能在没灯光的胡同的遮风处躺着,或在桥洞子下面躺着。我沿黄河大街、西塔的大街小巷找,一位都没遇到。找找养成了毛病,专盯不戴帽子的人。见到几个,近身看,人家衣衫俨然,不像花友。见到一位衣服略破又没戴帽子的人,我下车问讯:“干啥去?”他答:“上老丈人家喝酒去。”我一听心凉了,连老丈人都有,哪是花友啊。忍不住说一句:“我有帽子,你要不?”他答:“不要,我冬天从来不戴帽子。”说完他又补充一句:“你这人心挺好。”我心想:“你遇见这么好的人也不配合一下?”又问:“你真不要啊,来一顶吧?”他摆手:“真不要,你快忙吧。”

我恋恋不舍地离开这个上老丈人家喝酒的人后,不知上哪里去,挫败感浮上心头。在街上,我已经孑孓了两个小时,毫无成绩,别人都上老丈人家喝酒去了,唯独撇下了我。我告诉自己,上繁华的太原街转一圈,这是最后的尝试。如果见不到花友,明天把帽子送给百鸟公园的跑友,就说拣的。

送帽子

太原街不愧为商业街,亮如白昼,楼厦霓虹明灭。穿裘皮的娘们儿牵着小狗溜达,小狗有鞋有背心。我突然发现一人翻垃圾箱。

天佑吾人。我跑过去说:"你好!"他从垃圾里抬起头,眼睑和嘴唇边上都是白的,剩下地方全黑。"干啥?"他愤怒地问我。我说明来意,他拿过帽子,看一眼,扣在头上继续翻垃圾。他虽然无言,我还是挺高兴,开张了。第二个花友挺好找,他在银行关闭的金属门下边躺着,身上盖七八层大衣或棉被。我问:"给你帽子要不?"他熟练地毫无感情地说好人一生平安,接过帽子看一眼,戴上了。第三个花友是老太太,用绳拽着一堆垃圾往前走,头围单薄的纱巾。我送上帽子,她里外看看,说还是新的呢,夹腋下走了。我问她为啥不戴上,多冷。她回一句,"给我儿子。"

这是我遇到的三位花友,他们全翻帽子朝里面看一下,看新旧。他们全不看人,好像我不值得看。第四位花友也在翻垃圾箱,不过是在马路对面。我给他帽子之后,他竟伸手跟我握了握,眼边浮上一层泪,说:"现在还有这么好的人哪?"我说:"多了,是你没碰上。"这个人六十多岁,有酒气,脸上的惊讶半天回不过来。他问我住哪儿,我说皇姑。他问皇姑哪儿,我瞎编了个地方。他问哪楼哪号?我问他干啥?他答:我得看你去,你这人这么好,我得看你。我说用不着,上车走。

他拽我车后架,说:"我也有东西送你。"他衣服分好多层,每层都是外衣,合在一起穿。他掏出一个带狮子头的旧打火机:"给你。"我说不要。他接着掏,掏出一个折成方块的画报,打开,里面印的照片是裸体女人,啥都没穿。我说不要。

他摸一把脸:"你咋啥都不要呢?我给你好的。"他从另外的兜里掏出一个扁瓶,有半瓶琥珀色的洋酒。送你了,比你帽子贵,这都是我捡的。

我说:“谢谢你,我不喝酒。”

他说:“你咋也得要我点东西呀? 要不我不让你走。”

我说:“你都有啥?”

他把衣服一层层脱下来,我说:“这么冷,别脱。”他倔犟,全脱下来,只剩一个衬衣。从这七八件衣服里掏出不少东西摊地上,没开盒的安全套,小包装的番茄酱,酒店小瓶洗发水,唇膏,木梳,还有一个夜光的,一弹老高的塑胶球。我说我要这个球。他说:“你真有眼力。咱俩交个朋友,哪一天看你去。”他把我车后架松开了。

第五个花友其实不是花友。他年轻,剃光头,双手揣棉衣袖子里站街边。我问:“你干啥呢?”他说:“等人呢。”我说:“送你个帽子吧。”他接过来戴上说正好。这时飞跑过来一个人,他俩钻进一个四轮车开跑了,来饭店拉泔水的。第六个花友带职业特征,他在人行道上晃荡搪瓷茶缸子乞钱。我送他一顶帽子,问:“你们这伙人都在哪儿?”他反问:“哪伙人?”“要饭的。”他说不知道。我一听就知道他在敷衍。我把帽子从他头上抢过来,“你说。”他一指,南站票房子。我把帽子又给他扣上了。此友不愿让他同仁得一个帽子。

南站票房子? 对,票房子暖和。我进了南站候车室,这时候是晚上十一点。长椅上旅客东倒西歪。我发现一个肥胖的小伙,脸也不脏。他身边一堆棉花套子证明他是花友。给他帽子,他鄙夷不屑,说:“我用不着,一冬天就在这过了。”说完哼小曲,上下打量我,问:“你干啥的?”

我真答不上来自己是干啥的,我的职业或事业跟帽子没关,但此刻我只是个送帽子的,我说:“送帽子的。”他说:“不像。”

在我继续地找花友的时候,刚那个胖子领来个威严的人,也许是便衣警察,也许是协勤。

威严地问我:“你干什么呢。”声调横。

我说:“不干啥。”

“你背啥玩意儿,倒地下检查。”

“你凭什么检查,你是干啥的?”

此时又来了三四个他们的人,拽住我肩头,让我出示身份证。我没办法出示了警官证(凑巧带身上)。他们看了大为惊慌,说:“对不起,咱们这儿经常有人打着送东西的幌子搞诈骗。”说完他瞪那个胖子一眼。

出了候车室,我还剩两顶帽子。我送给一个迎面走来的衣衫褴褛的人,对方回声谢谢,才知她是女的。剩一顶帽子,还在家里放着呢。

岩 画

大雁山上有岩画。

吉雅泰对我说:“老师,你是专家,咱们看看去吧。”

专家帽子像云彩在天上飞,我哪里是什么专家?看看热闹吧。余生也早,见过克什克腾旗百岔河岩画、乌拉特中旗阴山岩画。这些画,按专家的说法,是“人类童年的记忆”,我看不出啥名堂。

我们步行前往大雁山。早上八点多,红色的萨日朗花已经开放,花瓣弯曲着,像杂技演员尽量往后弯腰,等待身边发出掌声。包拢花瓣的小黄花在萨日朗花的身子底下开放,准备托起花瓣的腰。我们顺慢坡往上走,花儿排着民间的队伍也往山上走。它们不回头。走一会儿累了,歇脚,往山下看。山坡柔缓地向远方打开,草和花的茂盛隐藏了山势的陡峭。青草像无数匹绿绸子滚到山脚下,造就宽阔的川地。这时,心里想唱宁夏花儿——站在那高山望平川,就这一句。每往山下看一眼,都想唱这句歌。我其实不会唱,这种逶迤顿挫的宁夏花儿从脑顶共鸣发出来的声音,一般人唱不来。歌像美人,想一想而已。这么好的歌词,为什么不做中国登山协会的会歌呢?

说话间,登上山顶。吉雅泰说岩画在东边。东边的山头乱石嶒嶝,从车轮大到房子大的深赭色石头突兀地摆在那里,更像是愣在山顶。石头不长草,也不挨着土,它们四分五裂地待在山头,好像刚从什么地方滚到了这里。这是山顶,它们从哪儿滚来的呢?

“看!”吉雅泰伸出手掌介绍:楚鲁乃觉日(蒙古语,石头的图画)。在这些赭石上——专家认为这种石头含铁量高——画着树叶大的图案,多数是人形。这些人像青蛙,如缴枪的兵丁,他们举着胳膊、蹲马步。除了人,还有鹿和花朵,花形显然是对萨日朗花的摹写,花瓣用力弯曲着,但下面没小花。

“这些岩画是什么年代的?”我问吉雅泰。

吉雅泰偏头向天空看,好像云上有答案。“专家说,匈奴时期或者新石器时期。”

我笑了,这个专家看来不怎么专。匈奴跟新石器在时间上离太远了,它们并不是周一和周六的关系。

“哪儿的专家?”我问。

“哎呀,哪儿的都有。”吉雅泰手指遥远的天边,“全国各地的都有。他们一拨儿一拨儿来,还有八十多岁的专家,人扶着走路。他们照相、摄影。岩画有被偷走的,你看。”

吉雅泰指一块石头,缺了一尺见方。

“电锯割的,”吉雅泰说。“还有拍电视的,女主持人站在这地方说话,一会儿指石头,一会儿双手放一块儿,自己跟自己握手,可能是中央电视台的吧?拍了三天。他们从牧民家一共买走二十多只羊,全吃了。”

这么拉风的岩画我要好好瞧瞧。猪血般的岩石上,留下了灰白色的图案,线条流畅,笔触稚拙。我差不多变成专家了,流畅稚拙,是评论家爱说的话。这些岩画分布在方圆三十米内的七八块岩石上。我——有人说我眼光敏锐,大约如此——发现一幅岩画半成品。这只鹿,光有两条前腿和一只尾巴,少后腿。可能创作刚才入一半,敌人突袭,比如汉人来袭匈奴人、新石器人遇到旧石器人的进攻(姑且说)。岩画家掷笔从戎,甚至战死也有可能,留下了半幅画。一般说,史前人士没这么不认真的,是残酷的战事让他们中断了心爱的创作。

“老师,你判断这是什么时期的岩画?”吉雅泰问。

“唔,”我用手摸了摸岩画说,“我看跟红山文化属一个时期。”

“太好了,”吉雅泰说,“我用手机记下老师的观点,告诉旗文化馆。”

“别,你告诉了他们,我还怎么写论文。”我摸着石头像,“以前我给别人接过骨。”

吉雅泰听不懂这些玩笑话,用短信记录。

“啪、啪”,大雨点摔在石头上,听得清响声。石壁开放一朵一朵颜色更深的花,图案更清晰。

头顶晴空,哪来的雨呢?吉雅泰指北侧山下,铁灰色的浓云匍匐而来,和落叶松林接上了。“下山吧。”他说。

我跟他急匆匆下山,奔一个孤零零石片垒的房子而去。进了这间房子,衣服全湿透了。

石房子是一位老羊倌的家,他叫虎其吐,眉梢各有一点眉毛,这是长寿的象征。吉雅泰跟他熟悉,牧区干部几乎认识每一位牧民,不容易。

虎其吐老人用干松枝拢火,松香味随毕剥声弥漫屋里。他有八十岁,目光灵活,也清澈。我拿香烟递他。

他双手接过,说:“好烟哪。”

我说:“旗里领导送的,我没花钱。”

吉雅泰介绍——鲍尔吉。他站起身:“啊,黄金家族啊!”

我起身还礼,说:“不敢当。”

虎其吐听说我来看岩画,说:“你真喜欢这个吗?”

我说:“不懂,看一看。”像城里专卖店门口女孩拍手说的,随便看一看啦。

老汉看了我一会儿,他眼光里有儿童式的顽皮,或者说带一点点嘲讽。

他说:“我看你是诚实的人,我要告诉你实话。”

我和吉雅泰光着膀子,拎衣服烤,不知他要说什么实话。

老汉拿树枝拢火,说:“那些岩画是我画的。”

他画的?我不知所措,吉雅泰眼珠几乎要滚出来掉到火堆里。我们邂逅了一位史前岩画作者,嗯?

他见我们不信,搬来一个木箱,哗啦扣地下。里面有凿子,锤子和灰白的石块。

他说:“先用凿子凿出花纹,人的花、鹿的花,再用石头在花纹上蹭,岩画——他摊开一只手,另一只手握着凿子——就出来了。”

他看我们还是不信,从炕头的白毡子底下拿出两块赭石片,石上有青蛙式的小人和鹿形。“我画的。”虎其图老人用皴裂的手指点自己鼻子。

我俩拿过石片看,和山上的一模一样。老汉又拿出一块石片,在地上凿——咔咔咔,圆形的头;咔咔,两个白点是眼睛;咔,接下的方形是身子、胳膊。

我倒抽了一口气。世上固然有许许多多人所不知的秘密,但眼前这个秘密太出人意料了。

“您是岩画爱好者吗?”我问,我不好意思管他叫骗子。

“不爱好,”老汉摇头,“是没办法。”

“什么没办法?”

“真的岩画,我们这里有,”老汉拍地面。“有人炸,有人用电锯割。没办法,我弄假的掩护真的。”

外边雨停了,虎其吐老汉领我们上山。老汉拿小铲子在一块石头下挖土,挖了约有一尺深,石壁露出湿润的岩画,图案跟山那边的差不多。如果一定要比较,我只好说这个看着更真实。

“这是真的岩画,”老汉说。“真的不多了。我从山下背土,背烂了两个筐,统共有一百多筐土吧,把这些岩画埋上了。堆上土,踩结实,过半个月就长草了。我最怕下大雨,土冲跑了,岩画又露出来,还得背土。”

“你保护岩画是为了什么?”我问。

“岩画是有灵魂的,”他诚恳地说。“岩画的灵魂夜里出来溜达,有人见过的。土埋着也不影响他们溜达。这些人古代生活在这个地方,死后,灵魂被吸在石头上。他们想看看河水,看看草地上的花,闻闻牛粪的味。月亮下面,羊群在圈里互相挤着,可好看了。鱼在河里跳,像有人一样。这些灵魂看了这些东西,心里不惦记了,回山上接着睡觉。外边的人拿炸药炸下来的岩画卖钱,电锯割,灵魂受不了,会给这儿带来灾难。”

我们走到山头那边——我称之为虎其吐岩画工作室,他的作品被雨浇过,愈发稚拙。他拿烟袋锅指缺肢的鹿说,还缺两条腿。我腰疼,要不早把腿画上了。

吉雅泰对老汉说:“鲍尔吉老师是好人,不会把这个事说出去,你别再告诉别人了。”

我听懂了吉雅泰的意思,说:“你放心,我不会告诉别人。”

吉雅泰说:“我们正准备申请世界物质文化遗产。”

我说:“祝你们申遗成功。”

老汉听不懂什么是申遗,看看我,再看看吉雅泰,笑着说:“成功了,什么都好了。”

我摸摸老汉的画,心里说:我摸到了人类物质文化非遗产,遗产在土里埋着呢。我问他:“你画的岩画没有灵魂吗? 会不会半夜到处走?”

“嘻嘻,”他打开一双手,笑得露出稀稀落落的牙齿。“我的手,抓牛粪、给羊接生,怎么能画出有灵魂的东西呢?”